Meike Messal

Dünenschrei

Handlung und Figuren dieses Romans entspringen der Phantasie der Autorin. Darum sind eventuelle Übereinstimmungen mit lebenden oder verstorbenen Personen zufällig und nicht beabsichtigt. Nicht erfunden sind Institutionen, Straßen und Schauplätze auf Fehmarn.

Originalausgabe März 2023

Tel.: 0561/766 449 0, Fax: 0561/766 449 29

Titelfoto: © Meike Messal

ISBN: 978-3-95475-245-4
www.prolibris-verlag.de

Meike Messal

Dünenschrei

Fehmarn-Krimi

Prolibris Verlag

Die Autorin

Meike Messal wurde 1975 in Minden geboren. Nach dem Abitur lebte sie für einige Zeit in Israel und Südafrika und studierte in Hamburg Germanistik, Anglistik und Amerikanistik. Anschließend unterrichtete sie in Schleswig-Holstein. Die Wege an die Küste waren kurz und Messal, die das Meer liebt, verbrachte ihre Freizeit am liebsten am Wasser. Besonders hatte und hat es ihr Fehmarn angetan.

Inzwischen lebt sie mit ihrem Mann und ihren beiden Kindern wieder in ihrer Heimat und unterrichtet an einem Mindener Gymnasium. Wann immer es die Zeit zulässt, findet man sie jedoch an ihrem Sehnsuchtsort – auf Fehmarn. Nach *Nachtfahrt ins Grauen* und *Atemlose Stille* spielen ihre aktuellen Kriminalromane *Düsterstrand*, *Klippenfall* und nun auch *Dünenschrei* daher auf ihrer Lieblingsinsel.

Messal ist außerdem als Herausgeberin aktiv und veröffentlichte zahlreiche Kurzgeschichten.

Weitere Informationen zu der Autorin unter www. messal.com

Für Wolfgang, meinen Vater

Du bist wie ein Tag am Meer –
voller Sonne, Wärme und Glück

Prolog

Über dem Wasser schimmerte ein Licht. Mit letzter Kraft schwankte sie darauf zu. Auf den schmalen Streifen Helligkeit, der auf den Wellen tanzte. Dort musste sie hin, dort würde es Rettung für sie geben.

Die Nacht war von einem tiefen Schwarz, schwere Wolken verhängten den Himmel. Unmöglich zu erkennen, wohin sie ihre Füße setzte. Aber es war nicht mehr weit. Da vorne beim Licht, da waren Menschen.

Schemenhaft tauchte der Umriss eines Hausbootes auf, als sie sich dem Hafen näherte. Das Werft-Gelände war ausgestorben, nur der Wind pfiff hohl durch die Masten der Schiffe. Es hörte sich wie ein Stöhnen an. Überall Finsternis, allein das Boot ganz am Ende des Stegs streute diese Handvoll Helligkeit in die Nacht. Verbissen steuerte sie darauf zu, zog ihr rechtes Bein hinter sich her. Sie konnte es nicht richtig bewegen, der Knöchel schmerzte. Brombeerranken streiften sie, umklammerten ihre Arme. Wo kamen die her? Ein Dorn ratschte durch den groben, zerrissenen Wollpullover in ihr Fleisch und sie wimmerte auf.

Für einen Moment blieb sie stehen, wischte sich über das Gesicht. Sie würde es schaffen. Nur noch ein paar Meter.

Leises Lachen wehte zu ihr hin. Sie sammelte sich, ignorierte den Schmerz, der durch ihren Körper floss. Einen Schritt. Und noch einen.

Jetzt sah sie die Tür des Hausbootes deutlich vor sich, das Grau hob sich ab, fast konnte sie den Arm danach ausstrecken.

Sie wurde schneller, umklammerte mit beiden Händen ihren Oberschenkel, zog das rechte Bein mit.

Verstand nicht, warum sie plötzlich ins Leere trat. Warum sie vornüberkippte und fiel. Aufschlug und sofort sank.

Wieso bloß war da Wasser und kein Steg?

Dann dachte sie gar nichts mehr. Die kalte Ostsee umschloss sie so schnell, dass sie vor Schock erstarrte. Ihre Kleidung sog sich voll, zerrte sie nach unten. Verzweifelt riss sie die Augen auf, drehte panisch ihren Kopf. Eine solche Schwärze hatte sie noch nie erlebt. Sie strampelte, aber ihre Beine waren furchtbar schwer, eine Eishand umklammerte ihre Lunge. Nach oben, sie musste hoch!

Doch ihr Wollpullover war wie Blei an ihren Armen. Ein Tintenfisch, der sie gepackt hatte und in die Tiefe zog. Nein, das durfte nicht sein! Sie musste hier raus, musste atmen!

Wo war oben, wo war unten? Sie hing fest in dem schwarzen Raum.

So durfte das alles nicht enden ... Sie war doch kurz davor gewesen ... Nein, so wollte sie nicht ... so wollte ... sie ... nicht ...

Sie zog ihre Beine an den Körper, einen Schwimmzug, aber ihre Stiefel waren zu schwer.

Ich schaffe es nicht. Der Gedanke war plötzlich in ihrem Kopf, glasklar. Die Wasseroberfläche war weit weg und unerreichbar und die Finsternis so tief und endlos.

Kapitel 1

»Es wird kalt.« Fröstelnd zog Sylke die Decke enger um ihre Schultern und kuschelte sich tiefer in die dicken Kissen des Strandkorbes.

Levke rückte näher an sie heran. »Aber es ist so schön hier draußen.« Sie ließ lächelnd ihren Blick über den Hafen schweifen. Von der Dachterrasse des Hausbootes hatte man eine grandiose Aussicht. Tagsüber konnte man das quirlige Leben im Hafen Burgstaaken beobachten, nachts kam man sich vor wie auf dem offenen Meer. Die Masten der Segelschiffe waren kaum auszumachen, nur die Wellen schlugen sacht gegen die hölzernen Wände. Heiser schrie in der Ferne eine Möwe.

»Wunderschön«, stimmte Sylke zu und griff nach Levkes Hand. »Tausend Dank noch mal, Levi, für diese tolle Idee. Ein paar Tage auf einem solchen Boot, das ist einfach ein Traum.«

»Es heißt Floating home«, korrigierte Levke sie lachend. »Es ist kein Boot, weil es fest im Hafen liegt und nicht fahren kann.«

Lauras Hand tauchte zwischen all den Kissen und Decken auf, sie hielt ein Weinglas hoch in die Luft. »Aber es sieht aus wie ein Boot. Und schnurzegal, was es ist, es ist wunderschön. Also, auf unsere gemeinsame Auszeit! Und auf diesen XXL-Strandkorb, in den wir alle drei hineinpassen.« Levke und Sylke ließen ihre Gläser gegen Lauras klirren.

»Wäre Emmi nicht schon müde gewesen und zu Bett gegangen, wäre es doch etwas eng.« Sylke schob sich ein Kissen in den Rücken und lächelte bei dem Gedanken an ihre Tochter, die den Strandkorb nachmittags bei der Ankunft gleich als ihren neuen Lieblingsplatz auserkoren hatte und stundenlang nicht herauszubekommen war.

Nun schlief sie hoffentlich tief und fest. Seit sie im Sommer entführt worden waren und um ihr Leben hatten kämpfen müssen, zeigten die Nächte Emmi ihr düsteres Gesicht. Oft wachte sie auf, schrie in einem Albtraum auf oder wälzte sich unruhig hin und her. Sylke hoffte, dass die Wellen, die Geräusche des Meeres, die Emmi so liebte, ihr halfen, zur Ruhe zu kommen. Sylkes Laden *Fehmarn und Meer*, in dem sie ausgesuchte kunstgewerbliche Ware nicht nur als Souvenirs für Touristen verkaufte, hatte sie für das lange Wochenende um den Tag der Deutschen Einheit geschlossen. Sie hob das Weinglas erneut. »Auf uns vier! Auf unseren Urlaub! Was wollen wir morgen unternehmen?«

»Ich könnte hier die ganze Zeit auf der Terrasse liegen und in den Himmel schauen.« Levke blinzelte in die Nacht. »Schade nur, dass es so wolkig ist, man kann keinen einzigen Stern erkennen.«

Laura beugte sich ein wenig vor, um Sylke und Levke ansehen zu können. Das kleine Windlicht auf dem Tisch vor ihnen warf einen flackernden Schein auf die Frauen. »Ich bin dafür, dass wir uns morgen einfach durch Burgstaaken treiben lassen und spontan entscheiden. Vielleicht hat Emmi Lust, mit dem Boot zum Schaufischen rauszufahren? Wir können auch ins Museum *Übersee* gehen, das ist doch hier direkt nebenan. Verrückt, ich wohne schon so lange auf Fehmarn, aber die typischen Tourisachen habe ich noch nie unternommen.« Sie schwieg einen kurzen Augenblick. »Jedenfalls nicht mehr, seit ich ein Kind war«, fügte sie leise hinzu. »Dabei machen die bestimmt viel Spaß.«

»Gute Idee, wenn auch leckerer Fisch und anschließend ein großes Stück Kuchen im *Kontor* dabei herausspringt.« Levke nickte zufrieden vor sich hin. Wenn das Essen stimmte, war ein Tag schon mal grundsätzlich gut. Sie stieß Sylke in die Seite. »Und du? Worauf hast du Lust?«

»Ich finde, wir sollten alle etwas unternehmen, was wir noch nie auf Fehmarn gemacht haben, obwohl wir hier wohnen. Jede sucht etwas aus und nimmt die anderen mit.«

»Perfekt!« Laut schnalzte Levke mit der Zunge.

Laura prostete ihren Freundinnen erneut zu. »Dann auf neue Wege und …« Sie stockte mitten im Satz. Ein unnatürlich lautes Platschen schnitt durch die Nacht, nah, direkt hinter ihnen. Das Hausboot wackelte.

Sylke erstarrte. Von einer Sekunde auf die andere wandelte sich die friedliche Atmosphäre. Mit einem Mal wirkte die Dunkelheit bedrohlich und unheilvoll. Flackernde Schatten tanzten über die Holzplanken und schlagartig wurde Sylke, die sich eben noch neben ihren Freundinnen warm und geborgen gefühlt hatte, klar, dass sie die einzigen Menschen im Hafen waren.

Das Hausboot lag hinter der Werft ganz am Ende der hölzernen Stege, die sich durch den Hafen zogen. Tagsüber herrschte hier geschäftiges Treiben, aber nachts war der Hafen jetzt im Oktober leer und verlassen. Die Hausboote neben ihnen waren nicht vermietet. Als sie am Nachmittag das Boot bezogen, hatte ihr die Ruhe gefallen, die Abgeschiedenheit. Jetzt raubte ihr genau das den Atem. Ohne es zu wollen, zogen blitzschnelle Bilder an ihrem inneren Auge vorbei: Sein blutüberströmtes Gesicht, zu einer Fratze verzerrt. Sein keuchender Atem in der Finsternis. Das Gefühl, als sie fiel, die Klippe hinunter. Seine Gestalt, die am Strand von der Nacht verschluckt wurde.

Die Polizei hatte ihn noch nicht gefunden, er war weiterhin auf der Flucht. Er, ein Mörder, der Emmi und ihr seit Monaten den Schlaf raubte ... seit ihrer Entführung im Sommer. War er zurückgekommen? Wollte sich an ihnen rächen? Dafür, dass sie entkommen waren? War er in das Hausboot eingedrungen, während sie oben gelacht und getrunken hatten? Hatte er Emilie aus ihrem Bett gezerrt und sie in das kalte Meer geworfen?

Laura war aufgesprungen, hatte die Decken zur Seite geworfen. »Was war das?«, rief sie. Ihre Augen leuchteten groß und weiß in der Dunkelheit. Auch sie hatte mit Dämonen zu kämpfen, das wusste Sylke nur allzu gut.

Sylke wollte antworten, doch ihr Mund fühlte sich trocken an. Levke hastete die schmalen Stufen hinunter, die von der Dachterrasse außen an dem Boot entlang direkt zum Eingang führten. »Levi, warte!« Jetzt kam ihre Stimme wieder, krächzend. Wenn er dort unten lauerte? Und Levke die Nächste war, die er ins Wasser stoßen würde? Sie wollte aufspringen, aber die Kälte in ihrem Inneren lähmte sie, schien sie mit aller Macht nach unten zu drücken, nahm ihr den Raum zum Atmen. Seit ihrer Entführung im Sommer hatte sie oft das Gefühl, keine Luft mehr zu bekommen. Am schlimmsten war es, wenn sie erschrak. Schlagartig erstarrte ihr Körper, sie konnte noch nicht einmal den kleinen Finger krümmen. Als sei sie hypnotisiert und dazu verdammt, wie eine bleiche Puppe in Raum und Zeit festzuhängen.

Laura packte ihre Schultern und schüttelte sie, zerrte sie aus dem Strandkorb und zog sie mit sich. Sylke bewegte sich steif und ungelenk.

»Emmi?« Immerhin kam ein Wort aus ihrem Mund, ihre panische Stimme fegte durch die kühle Luft. Lauras keuchender Atem war direkt neben ihr. Sie hatte Sylke unter den Achseln gepackt und schleppte sie mit sich die Treppen hinunter. Bei den letzten Stufen kam endlich Gefühl in Sylkes Körper zurück. Angestrengt starrte sie in die Dunkelheit. Am Nachmittag hatte sich der Vermieter bei ihnen entschuldigt, dass die Lampen am Steg ausgefallen waren, und versprochen, sie schnellstmöglich zu reparieren. Völlig egal war ihr das da gewesen. Hätten sie doch bloß darauf bestanden, dass er den Schaden sofort behob!

Zwei Personen standen unten am Steg. Levkes roten Wollmantel konnte sie ausmachen. Die Person neben ihr war barfuß und trug nur ein helles, langes Shirt. Sylke blinzelte, dann stieß sie erleichtert die Luft aus. »Emmi!«, rief sie und wankte auf ihre Tochter zu. »Was machst du denn hier draußen?«

Emilie antwortete nicht, zeigte nur zitternd auf das dunkle Wasser. »Da ist jemand reingefallen«, stammelte sie. »Ich habe es genau gesehen.«

»Okay, ganz ruhig.« Froh, dass das Eis in ihr langsam schmolz, zog Sylke ihr Handy aus der Tasche. »Ich rufe den Rettungsdienst.«

»Bis die hier sind, ist es doch längst zu spät.« Emilie schwankte leicht. »Sie kommt einfach nicht wieder hoch.« Ehe Sylke sich versah, war Emilie einen Schritt nach vorne getreten, dann platschte es erneut, als das Wasser über ihr zusammenschlug.

»Bist du verrückt?« Fassungslos sah Sylke ihrer Tochter hinterher. Ohne nachzudenken ließ sie das Handy fallen, riss sich ihre Jacke vom Leib, warf ihre gefütterten Stiefel zur Seite und hechtete ins Wasser. Für einen Moment raubte ihr die Kälte den Atem. Ein paar schreckliche Sekunden fühlte sie ihre Arme nicht und hatte das Gefühl, unkontrolliert zu sinken. Doch endlich erinnerte sich ihr Körper. Es hatte etwas Gutes, wenn man nah am Strand wohnte und bis in den Spätherbst hinein in der Ostsee schwimmen ging. Drei Züge und ihr Kopf tauchte aus dem Wasser auf. »Emmi?« Hektisch schaute sie sich um. Ein heller Lichtkegel ließ sie blinzeln. Oben auf dem Steg standen zwei Schatten, der Schein von Lauras Taschenlampe tanzte auf den Wellen. »Mein Gott, passt auf euch auf!«, rief Levke ihr zu.

»Wo ist Emmi? Seht ihr sie?« Sylke zitterte und wusste nicht, ob es an dem kalten Wasser lag oder an der Angst, die ihr erneut die Kehle zuschnürte. Der Lichtkegel huschte suchend über die Wasseroberfläche. In dem Augenblick teilten sich die Wellen und Emilies nasse blonde Haare leuchteten direkt vor Sylke auf. Sie hustete und schnappte nach Luft. »Mama, da unten! Ich glaube, da ist was.« Und schon war sie wieder verschwunden. Schnell tauchte Sylke hinter ihr her, öffnete die Augen und sah – nichts. Eine undurchdringliche Finsternis umgab sie. Da packte sie eine Hand, zog sie nach vorne. Und Sylke spürte etwas Weiches, einen Pullover vielleicht. Sie krallte sich daran fest, zog. Verdammt, war der schwer. Die Luft ging ihr aus, Blut dröhnte in ihren Ohren. Noch einmal zog sie und mit einem Mal ging es leichter. Etwas berührte ihren Arm, das Wasser neben ihr bewegte sich. Sie zerrte an dem Pullover, nach oben, an die Oberfläche!

Keuchend tauchte sie auf, ließ nicht los. Und sah in dem Augenblick nicht nur die blonden Haare ihrer Tochter, sondern auch Lauras Kopf neben sich auftauchen. Sie war ebenfalls ins Wasser gesprungen, um ihnen zu helfen. Levke stand noch immer am Steg und leuchtete auf sie hinab. »Wir haben sie«, röchelte Laura. Mit vereinten Kräften zogen alle drei Frauen an dem Körper. Es gelang ihnen sogar, ihn auf den Rücken zu drehen, sodass die dunklen Haare sich an der Wasseroberfläche ausbreiteten wie ein Fächer. Sylke griff nach dem Kopf, umfasste ihn von hinten mit ihrem Arm. Levke hatte sich schon bäuchlings auf den Steg gelegt und packte den leblosen Körper an den Schultern. »Das schaffe ich nicht allein«, ächzte sie, während sie versuchte, die Person nach oben zu hieven. Sylke drückte von unten, versank dabei immer wieder, schnappte nach Luft. Wie Blei fühlte die Person sich an.

»Laura, komm hoch und hilf mir hier«, keuchte Levke, die weiterhin von oben an der Gestalt zerrte. »Okay.« Laura zog sich auf die Holzplanken und legte sich triefend neben Levke. Sie gaben nun zu zweit alles, die Person auf den Steg zu ziehen, während Sylke und Emmi von unten den Körper aus dem Wasser stemmten.

Sylke kam es wie eine Ewigkeit vor, aber irgendwann hatten sie es geschafft. Die Füße in dicken, tropfenden Winterstiefeln baumelten kurz so nah vor ihnen, dass Sylke und Emilie die davon herabfallenden Tropfen in die Augen bekamen. Dann hatten Laura und Levke die Frau ganz auf die Planken gezogen.

Dass es eine Frau war, die sie aus dem Wasser gefischt hatten, konnte Sylke im flackernden Schein der Taschenlampe gut erkennen. Ihr spitzes Gesicht wurde von rötlichen langen

Haaren eingerahmt, die blasse Haut schimmerte durchsichtig im Mondlicht. Schnell warf Sylke einen Blick zu Emilie, ihre Augen blickten schreckensweit wie aus schwarzen Höhlen. Zwei dunkle Schatten hatten sich darunter geheftet. »Alles in Ordnung?«, fragte Sylke und schwamm direkt an ihre Tochter heran. Die schniefte, ihre Zähne klapperten leise. »Wir haben sie gerettet, oder?«, wisperte sie.

»Ganz bestimmt.« Obwohl Sylke nicht sicher war, legte sie alle Zuversicht in ihre Stimme. »Kannst du dich hochziehen?« Emilie nickte und saß ein paar Sekunden später auf dem Steg. Sylke folgte ihr. Sofort war Levke bei ihnen und wickelte sie mit den wollenen Decken aus dem Wohnzimmer ein. »Seid ihr okay?«, fragte sie besorgt. Das Licht ihrer Taschenlampe huschte von Emilie zu Laura. Die hatte ihr Ohr dicht an die Lippen der Frau gelegt und hielt gleichzeitig ihr Handgelenk. »Sie atmet und hat Puls«, rief sie schließlich erleichtert. »Habt ihr den Notruf gewählt?«

»Mach ich sofort!« Levke stürmte in das Hausboot zurück, wahrscheinlich um ihr Handy zu holen. Sylke schaute sich suchend nach ihrem um, konnte es aber nirgendwo entdecken. Hoffentlich war es nicht ins Wasser gefallen. Die Frau lag regungslos da. »Wir müssen sie in die stabile Seitenlage bringen«, sagte Laura. Verdammte Seitenlage, Sylkes letzter Erste-Hilfe-Kurs war zehn Jahre her. Oder zwanzig? Zum Glück schien Laura besser Bescheid zu wissen. Sie hatte schon den einen Arm der Frau nach hinten geschoben und war dabei, das Bein anzuwinkeln. Sylke robbte zu ihr hinüber und gemeinsam drehten sie die Frau zur Seite. Sylke zog die Decke von ihren Schultern und legte sie behutsam über den triefenden Körper. »Bitte«, flüsterte sie dabei, »sag doch was.«

Emilie war neben ihre Mutter gerutscht und griff nach ihrer Hand. »Was wollte sie hier?«, fragte sie. Aus der Decke, die bis zu den Schultern hochgezogen war, schaute nur ihre Nase heraus. »Mitten in der Nacht?«

Sylke runzelte die Stirn. Das war eine gute Frage. Gehörte ihr eins der Boote in Burgstaaken? Aber warum war sie genau vor ihrem Hausboot ins Wasser gefallen, das einsam und allein ganz am Ende des Hafens lag? Direkt vor einem Werftgelände, das nachts komplett ausgestorben war? Und wenn sie hier einen Liegeplatz hatte, hätte sie sich dann nicht auch im Dunklen besser auskennen müssen und den Sturz ins Wasser verhindern können?

Als hätte Emilie ihre Gedanken gelesen, fuhr sie leise fort: »Sie wusste nicht, dass zwischen dem gepflasterten Steinweg am Ufer und dem Holzsteg noch ein kleines Stück Wasser kommt. Ich glaube, das kann man in dieser Dunkelheit auch nicht erkennen. Sie dachte, dass der Steg direkt hinter dem Uferweg beginnt. Warum sollte sie sonst hineingefallen sein?«

In dem Augenblick hustete die Frau. Erleichtert starrten die drei sie an. Erneutes Husten, schließlich öffneten sich flackernd ihre Augen. Laura beugte sich über sie. »Sie sind in Sicherheit«, sagte sie beruhigend. »Wir haben Sie aus dem Wasser gezogen, der Rettungswagen wird gleich hier sein.«

Doch bei Lauras Worten war der Blick der Frau immer panischer geworden. Mit aufgerissenen Augen starrte sie an Laura vorbei in die Dunkelheit. Sie versuchte zu sprechen, aber es kamen nur gurgelnde Laute aus ihrem Mund.

»Es ist alles gut.« Lauras Stimme glich einem Singsang, einem Schlaflied für Kinder. »Sparen Sie Ihre Kräfte, atmen Sie einfach, ja? Ein und aus.« Sie machte es laut vor, beugte sich dabei weiter zu ihr hinunter. Doch die Frau sah sie nicht an, nahm sie gar nicht wahr. Ihre Augen irrten durch die Gegend. Sylke kroch näher zu ihr heran, legte ihre Hand auf den kalten Arm. Die Berührung ließ die Frau zusammenzucken, sie leckte sich über ihre weißen Lippen. »Er ... wird ... kommen«, flüsterte sie heiser. Sie drehte den Kopf, schaute in die Finsternis am Ufer. »Passt auf ... er ...«

Emilie sprang auf. Trotz der Decke zitterte sie noch stärker als im Wasser. »Was meint sie?«, fragte sie laut und sah sich dabei selbst hektisch um. »Wer wird kommen?«

»Es ist nichts! Sie steht unter Schock.« Sofort war Laura neben Emilie und legte ihr den Arm um die Schultern. »Ich denke, wir sollten reingehen und du legst dich wieder hin, hm?«

»Absolut richtig.« Energisch bekräftigte Sylke den Vorschlag und drehte sich zu Levke um, die gerade mit dem Handy in der Hand aus dem Hausboot stürmte. »Hast du die 112 erreicht?«

»Ja, sie werden bald hier sein. Sie haben gesagt, dass wir sie warmhalten sollen.«

»Sehr gut. Kommt, wir helfen ihr ins Wohnzimmer und legen sie aufs Sofa. Levke, kannst du eine Bettdecke holen?«

Sylke wollte der Frau unter die Arme fassen, doch deren Finger krallten sich in Sylkes Arm. »Er war ... hinter mir.« Ihre Worte waren kaum verständlich, so heiser und rau klang ihre Stimme.

»Wer?« Irritiert runzelte Sylke die Stirn. »Von wem reden Sie? Was ist passiert?«

Die Frau zog sie noch näher an sich heran. Sylkes Ohr lag nun fast an ihrem Mund. »Er ... er will ... er will mich ... töten. Und er ist ... bestimmt gleich hier.«

*

Vielleicht sollte ich alles aufschreiben. Ich habe gelesen, das kann helfen. Helfen, seine Gedanken zu sortieren. Ob das stimmt?

In mir ist alles verbrannt. Eine verkohlte Fläche. Die Bäume ragen stumm und schwarz in den bleiernen Himmel, ihre Äste flehentlich nach oben gestreckt. Der beißende Rauch nimmt mir die Sicht. Ich möchte mich so gern davon befreien. Irgendwo ein bisschen Gras entdecken, wenigstens ein winziges bisschen Grün.

Immer wenn ich mich durch den heißen Nebel vorwärts kämpfe, sehe ich sein Gesicht. Es ist ganz schwarz von Ruß. Doch seine weißen Zähne sind gebleckt, sie grinsen mich an.

Ich möchte seinen Kopf greifen, ihn drehen und sein Gesicht auf den Boden drücken. In all die verbrannte Erde, die er hinterlassen hat. Möchte seinen Mund und seine Nase so fest in die schwelende Glut pressen, dass er keine Luft mehr bekommt. Dass er röchelt, hustet, würgt, während sich die Hitze in seine Haut brennt.

Eisern hält meine Hand ihn unten. Ganz fest. So lange, bis seine Arme nicht mehr um sich schlagen, seine Fußspitzen nicht mehr über den Boden kratzen. So lange, bis er ganz still daliegt und sich nicht mehr rührt. Bis er endlich still ist, da unten auf dem Boden. Und hier oben, in meinem Kopf.

Kapitel 2

»Geht es so?« Sylke zog die Bettdecke fester um die Frau.

»Ja.« Sie schaute Sylke nicht an, sondern sah aus dem Fenster, hinter dem sich nichts als Dunkelheit abzeichnete. Sie hatte ihren Wollpullover ausgezogen und eine Jacke von Sylke angenommen, sich aber geweigert, ihre nasse Hose abzulegen. Jetzt lag sie auf dem Sofa, doch ihre Augen huschten unablässig durch den Raum. Sie sah schon viel besser aus als ein paar Minuten zuvor. Ihre Haut war immer noch blass, aber inzwischen zeigte sich ein leichter Rosaton auf ihren Wangen. Die roten langen Haare hatte sie mit den Fingern glatt gestrichen, sodass sie nicht mehr so wirr abstanden.

»Was haben Sie denn hier gemacht? Wo wollten Sie hin?« Levke war an das Sofa herangetreten und sah die Frau neugierig an. Die starrte noch immer nach draußen.

»Ich ... er hat ...« Die Worte kamen stockend aus ihrem Mund.

Sylke setzte sich zu ihr auf die Sofakante. »Von wem reden Sie?« Ein kleiner, kalter Strom wuchs in ihrem Körper. So als hätte sie eben die frostige Ostsee in sich eingesaugt und würde die Kühle nicht mehr aus ihrem Inneren herausbekommen. Der nasse, zerrissene Wollpulli lag zerknautscht vor ihren Füßen, eine Lache hatte sich neben ihm auf dem Fußboden gebildet.

Die Frau sah durch sie hindurch. »Er ... wollte nicht, dass ich gehe. Er hat mich ... eingesperrt. Aber ich konnte ... ich habe es geschafft ...«

»Er hat Sie eingesperrt?« Emilies Stimme war viel zu hoch, zu dünn. Sie schwankte.

Mit einem Satz war Sylke bei ihr. »Ich bin mir sicher, dass das alles ein Missverständnis ist«, fuhr sie schnell dazwischen. »Komm, Emmi, du musst jetzt wirklich schlafen.« Sie legte den Arm um die Schulter ihrer Tochter und warf Levke einen Blick zu. Die räusperte sich und sagte laut: »Alles ist gut, der Krankenwagen kommt bald und die ganze Sache wird sich aufklären, bestimmt.«

Sylke zog ihre Tochter mit sich zur nächsten Tür. Das Boot hatte zwei Schlafzimmer, die von dem Wohnzimmer mit Küchennische abgingen. In dem einen schliefen sie und Emilie, in dem anderen Levke. Laura hat den gemütlichen Alkoven bezogen, ein weiteres Zimmer, das sich oben auf der Dachterrasse in einem eigenen Anbau befand, einer Art Minihütte auf dem Boot.

Sie schob Emilie in ihr kleines Reich hinein und ließ die Tür hinter sich zufallen. Für einen Moment schloss sie die Augen und atmete tief durch. Das hatte gerade noch gefehlt! Sie hatte sich so auf die dringend benötigte Auszeit gefreut und nun saß eine wildfremde Frau in ihrem Wohnzimmer, die sie aus dem Wasser gefischt hatten. Und die so tat, als sei der Teufel hinter ihr her. Emmi durfte davon auf keinen Fall noch mehr mitbekommen, schon jetzt zeigte ihre Tochter die typischen Anzeichen einer Panik, die sie im Sommer direkt nach der Entführung so oft erfasst hatte. Sie zitterte unkontrolliert und kleine Schweißperlen hatten sich auf ihrer weißen Stirn gebildet. Außerdem trug sie immer noch das nasse Nachthemd unter der Wolldecke. Sylke atmete tief ein.

Behutsam nahm sie die Decke zur Seite. »Komm, wir ziehen dir erst mal etwas Warmes an.« Ihre Bemühungen, gelassen zu klingen, schlugen kläglich fehl. Die ganze Situation gefiel ihr gar nicht. Seit sie das schreckliche Platschen gehört hatte, war das ungute Gefühl nicht verstummt, und die Tatsache, dass sie vollkommen allein hier im Hafen waren, drängte sich unaufhaltsam in ihre Gedanken. Wenn doch der verdammte Rettungswagen endlich hier wäre! Warum brauchte der bloß so lange?

Emilie ließ sich von ihr das Nachthemd über den Kopf ziehen, einen warmen Kapuzenpulli überstreifen und ins Bett legen. Sie wirkte so klein und zerbrechlich, dass Sylke schlucken musste.

»Hey, ist alles in Ordnung?« Liebevoll strich Sylke ihrer Tochter das Haar aus der Stirn. »Wahrscheinlich hat diese Frau einfach nur zu viel getrunken, ist deshalb ins Wasser gefallen und redet wirres Zeug. Das passiert bei Erwachsenen leider manchmal.«

»Ich konnte nicht schlafen.« Emilies Augen waren auf das Fenster gerichtet. »Da habe ich etwas gehört. Schritte auf dem Weg.« Sie stockte. »Das fand ich komisch. Ich habe die Gardinen zur Seite geschoben und nach draußen gestarrt. Und habe sie gesehen, die Frau. Sie taumelte. Es ging ihr nicht gut, deshalb bin ich rausgelaufen und ehe ich etwas sagen konnte, ist sie schon über die Kante des Steinwegs getreten und ins Wasser gefallen.«

»Siehst du, sie ist bestimmt betrunken und kannte sich hier nicht aus. Das hätte jedem passieren können.«

»Ich möchte nach Hause.«

»Ach Schatz.« Sylke legte sich hinter Emilie und nahm sie fest in den Arm. »Heute Abend geht das nicht mehr und morgen sieht die Welt schon ganz anders aus. Du wirst sehen!«

Sie drückte ihre Tochter an sich, spürte erst da, dass sie selbst noch immer in den nassen Klamotten steckte. Vorsichtig richtete sie sich auf, ging zum Kleiderschrank hinüber und begann, sich auszuziehen. »Was möchtest du denn morgen am liebsten unternehmen, hm?«, fragte sie. Erleichtert griff sie nach ihrer warmen Jogginghose und dem Fleecepullover. Jetzt merkte sie plötzlich, wie eiskalt ihr war.

»Ich … ich weiß nicht.« Emilies Stimme klang noch immer dünn. In dem Augenblick hörte Sylke die Sirenen des Krankenwagens. »Na endlich«, rief sie und streifte sich schnell ihre warmen Socken über. Ihre Tochter atmete hörbar auf.

»Siehst du, Süße, nun kümmern sich die Rettungshelfer um die Frau.« Zuversichtlich lächelte Sylke zu dem blassen Gesicht in den weißen Kissen. »Bleib du im Bett. Sobald alles geregelt ist, komme ich zu dir.« Sie legte die Hand auf die Türklinke, drehte sich noch einmal um. »Aber vorher mache ich uns eine Wärmflasche, okay?«

Emilie nickte matt. »Bitte schließ die Haustür ab, ja? Und mach alle Fenster zu.«

»Natürlich.« Der Kloß in Sylkes Brust wurde größer. Ein junges Mädchen sollte im Urlaub nicht an verriegelte Türen und Fenster denken. Das Problem war, dass ihr gerade selbst auch nichts anderes durch den Kopf ging. Schnell schob sie sich ins Wohnzimmer. Die Sirenen waren nun ganz nah, das Blaulicht huschte über das Wasser, in das Zimmer hinein, irrte über den Fußboden und die hellen Möbel. Sie warf einen Blick auf das Sofa. Die Bettdecke war zur Seite geschoben, nur eine kleine Kuhle zeigte, dass dort eben noch jemand gelegen hatte. Bestimmt waren Levke und Laura schon mit der Frau hinausgegangen.

In dem Moment klopfte es laut. Levke kam aus dem Bad. »Ich musste auf die Toilette und habe mich etwas aufgewärmt«, sagte sie, »mir war so kalt, dass heißes Wasser im Gesicht und über die Handgelenke eine wahre Wohltat war.« Sie eilte zur Tür. »Wo ist Laura?«, rief sie über die Schulter.

»Keine Ahnung.« War sie mit der Frau draußen? Sylke runzelte die Stirn. Im nächsten Moment sah sie Laura die Treppe hinunterkommen und Levke die Tür öffnen. Zwei Sanitäter in orange-gelber Kluft standen davor, der eine hielt eine große Tasche in der Hand. Der Ältere von den beiden, ein Mann um die vierzig mit Vollbart, sprach zuerst. »Haben Sie uns gerufen?«, fragte er und seine Stimme dröhnte durch den Raum. »Frau ins Wasser gefallen?«

»Äh … ja.« Levke trat zur Seite und machte eine einladende Handbewegung. »Sie liegt hier auf dem …« Verwirrt zeigte sie auf das Sofa.

Die Sanitäter kamen zögernd herein, ihr Blick folgte Levkes Hand. »Wo isse denn?«, wollte der Jüngere wissen.

Irritiert blickte Sylke von Levke, deren Gesicht ein einziges Fragezeichen war, zu Laura hinüber. Die zuckte hilflos mit den Schultern. »Ich war nur schnell oben und habe mich umgezogen, meine Klamotten waren völlig durchnässt.« Mit wenigen Schritten durchquerte Laura das kleine Zimmer. »Sie kann doch nicht verschwunden sein.«

Sylke lief zu dem Sofa und hob die Bettdecke hoch, obwohl sie wusste, dass die Frau nicht darunter lag. »Hallo?«, rief sie in den Raum hinein, kam sich in ihrer Hilflosigkeit ein wenig albern vor, denn die Frau konnte sich hier nirgends versteckt haben. »Die Sanitäter sind hier.« Im selben Moment ging ihr auf, dass sie keine Ahnung hatten, wie die Frau überhaupt hieß.

»Joa, dat hab ich och noch nich erlebt«, sagte der Ältere und kratzte sich am Bart. »Wollter uns nu sajen, dat de Froo wech is?«

»Das ... das kann doch nicht sein!« Laura setzte sich nun ebenfalls in Bewegung, öffnete die Badtür, lugte hinein.

»Dort ist sie nicht, da war ich doch drin.« Levkes Stirn war zerfurcht. »Und oben warst du, richtig, Laura?« Sie drehte auf dem Absatz um und riss ihre eigene Schlafzimmertür auf. »Hier ist niemand«, stellte sie nach einem prüfenden Blick fest.

Sylke drehte sich im Kreis. »Das versteh ich nicht. In unserem Zimmer ist sie definitiv auch nicht.«

»Wer ist die Person denn überhaupt? Eine Freundin von Ihnen? Und wieso ist sie ins Wasser gefallen?« Der junge Sanitäter spähte in die Küchennische. Wahrscheinlich suchte er nach leeren Alkoholflaschen. Sylke konnte es ihm nicht verübeln.

»Wir kennen sie nicht«, schaltete sich Levke ein. »Sie ist vor unserem Hausboot ins Wasser gefallen und wir haben sie herausgezogen. Es ging ihr zuerst nicht gut, aber nach kurzer Zeit hat sie sich berappelt. Ich verstehe nur nicht ...« Sie fuhr sich durch das Gesicht und hob fragend beide Arme, als Laura zurück ins Wohnzimmer kam. »Sie ist nicht da«, verkündete Laura.

»Good.« Der Vollbart wandte sich zur Tür. »Dann gehen wir wieder. Is ja nicht so, dass wir nix zu tun hätten. Aber ne Rechnung wird es trotzdem geben, dat is sicher.«

»Ja, also ...« Der junge Sanitäter gab seine Suche nach Alkohol und Drogen auf. »Wenn sie doch wieder auftaucht ... sie sollte sich besser von einem Arzt durchchecken lassen.«

Sein Funkgerät knackte, eine blecherne Stimme ertönte. In die beiden Männer kam Bewegung.

»Vielleicht wartet sie irgendwo draußen.« In dem Moment, als Sylke die Worte aussprach, hörte sie, wie unwahrscheinlich sie klangen. Trotzdem gingen die drei Frauen mit den Sanitätern zur Tür, traten auf den Steg hinaus. Der Sirenenton war ausgestellt, aber das Blaulicht kreiste noch und warf ein flackerndes Licht auf die Umgebung.

»Hallo?«, rief Sylke erneut.

Laura griff ihren Arm. »Das Fahrzeug ist nicht zu übersehen. Wir auch nicht.«

Sylke schluckte. Die Worte der Frau fielen ihr wieder ein, Eindringlinge in ihre Gedanken, die sich zu verschwinden weigerten. *Er wird kommen. Er will mich töten.*

Wer zur Hölle war diese Frau? Und wer war hinter ihr her?

Sie drehte ihren Kopf in alle Richtungen, kniff die Augen zusammen. Versuchte, in dem spärlichen Licht mehr zu erkennen als tanzende Schatten. Sie stützte sich schwer an Laura ab. Was, wenn er schon hier war? Hier, ganz in der Nähe, und er die Frau ...

Die Sanitäter liefen eilig den Steg hinunter, entfernten sich immer mehr von ihnen. Und mit jedem Schritt, den sie gingen, wuchs das schreckliche Gefühl in Sylke. Das Gefühl, dass das hier nicht das Ende, sondern gerade erst der Anfang war. Der Anfang von etwas, das ihr ganz und gar nicht gefiel.

*

Susan. Ich durfte sie nie Mum nennen. Das fand sie albern und sie kam sich alt vor. »Nenn mich Susan, Schätzchen«, hatte sie mir eingetrichtert, seit ich sprechen konnte. Eigentlich hieß sie Susanne, aber als Dad in ihr Leben trat und sie mit nach London nahm, hatte sie aus Susanne Susan gemacht und dabei blieb es. Auch nachdem Dad uns verlassen hatte, eines Tages, wortlos. Er war plötzlich ganz einfach aus unserem Leben verschwunden.

Von da an hausten wir in einer kleinen miefigen Einzimmerwohnung. Susan arbeitete nicht und wir lebten von *social care*.

Geld. Klar, ich hätte auch gern die cooleren Nikes gehabt. Den hippen Rucksack. Aber vor allem hätte ich gern eine Mutter gehabt. So eine, die mit ihren Kindern Plätzchen backte. Fragte, wie der Tag gewesen war. Die Arme aufhielt, wenn man hinfiel. Susan war nur in einem wirklich gut: im Rauchen. Sie rauchte den ganzen Tag, und wenn ich nach Hause kam, saß sie vor der Glotze. Wenn ich Glück hatte, gab es am Abend ein Brot. Wenn nicht, musste ich mit knurrendem Magen bis zum nächsten Tag warten, auf das Mittagessen in der Schule.

Zuerst fand ich David nett, war glücklich, als Susan ihn vor etlichen Jahren kennenlernte. Er war still und leise und schimpfte nie. Aber da gab es noch Trevor. Seinen Sohn. Trevors Mutter war ein Jahr zuvor gestorben, und ich dachte, dass er arm dran sei. Noch schlimmer als ich. Er hatte einen Elternteil unwiederbringlich verloren. Mein Vater lebte immerhin noch, auch wenn ich keinen blassen Schimmer hatte, wo. Trotzdem. Ich konnte mir vorstellen, dass er eines Tages zurückkommen würde. Einfach in der Tür stehen und mich in den Arm nehmen würde. Das malte ich mir oft genug aus. Dann würde alles wieder gut.

Trevor war groß für seine elf Jahre und sehr breit. Er war hochgewachsener als sein schmal gebauter Vater und ungefähr doppelt so schwer wie meine Mutter. Von mir gar nicht zu reden. Ich war schon immer sehr dünn, auch mit meinen gerade einmal zwölf Jahren ein zartes, kleines Wesen mit langen Haaren und blasser Haut.

David war nie bei uns zu Hause gewesen. Eines Tages verkündete Susan, dass wir zu ihm ziehen würden. Ich hatte ihn da erst zwei Mal gesehen. Aber alles erschien mir besser als unser stinkendes kleines Apartment. Davids Wohnung hatte vier Zimmer und ich sollte ein eigenes bekommen! Das konnte ich kaum glauben. Ich war mir sicher, im Paradies gelandet zu sein.

Bereits am selben Abend wurde meine Illusion zerstört. Als Trevor in der Tür stand. Wir wollten gerade Abendbrot essen. Meine Mutter hatte sich mal ausnahmsweise Mühe gegeben und etwas gekocht. Ihr Essen sah zwar aus, als hätte sie das Wort Lebensmittelvergiftung erfunden, aber immerhin.

Trevor polterte herein und setzte sich, ohne ein Wort zu sagen, an den Tisch. Er zog geräuschvoll die Nase hoch und wischte sie anschließend mit dem Handrücken ab. Ich merkte mir, dass die Bakterien, die bei uns im wenig beachteten Kühlschrank gelauert hatten, in diesem Haus auf Trevors Händen herumkrochen.

»Trevor«, sagte David, »das hier sind Susan und Sarah. Ich habe dir ja von ihnen erzählt. Sie wohnen ab jetzt bei uns.« Er versuchte ein Lächeln. »Ich hoffe, dass ihr euch gut versteht. Ihr werdet nun Bruder und Schwester sein.«

Das war das Längste, was ich je von David gehört habe. Danach schwieg er.

»Hallo, Trevor.« Meine Mutter gab sich Mühe, ihre Stimme nicht so barsch klingen zu lassen. Es fiel ihr schwer.

»Hi.« Trevor würdigte uns keines Blickes, griff als Erster die Kelle, die in einem undefinierbaren braunen Brei steckte und schaufelte sich einen Berg davon auf den Teller. Dann nahm er sich das größte Stück Fleisch. »Er hat immer riesigen Hunger«, sagte David und schaute bewundernd auf seinen Sohn. Als ob Fressen in Mengen eine herausragende Leistung wäre.

Trevor nahm den ersten Löffel, bevor wir uns überhaupt aufgetan hatten. Doch er kaute nicht, er schluckte nicht, sondern schob seinen Oberkörper ein wenig zurück, als ob er Abstand zu dem Grauen gewinnen wollte, und spuckte den Bissen in hohem Bogen auf den Teller zurück. Kleine braune Kleckse verteilten sich dabei auch auf dem Tisch. »Was ist das denn für ein widerliches Zeug?«

Meine Mutter kniff die dünnen Lippen zu einem schmalen Strich zusammen, ihre Hand zuckte. Ob sie ihm eine ebenso schallende Ohrfeige verpassen würde wie mir, wenn ich frech war? Nein, sie riss sich am Riemen, auch wenn es ihr sichtlich schwerfiel. Bestimmt wollte sie die Vier-Zimmer-Wohnung ebenso wenig wieder aufgeben wie ich.

»Trevor.« David schüttelte tadelnd den Kopf.

»Was kann ich dafür, wenn die nicht kochen kann.« Angeekelt schob Trevor den Teller weit von sich und lief in die Küche. Er kam mit einer Maxi-Packung Chips in der einen und drei Riegeln Snickers in der anderen Hand zurück. »Süßigkeiten müssen wieder aufgefüllt werden«, sagte er, bevor er in seinem Zimmer verschwand und die Tür laut zuknallte.

»Er vermisst seine Mutter«, stellte David fest, griff nach der Schüssel mit dem Brei und tat sich nach kurzem Zögern einen kleinen Klecks davon auf den Teller. Dann schwieg er, solange das Essen dauerte. Wir alle schwiegen.

Nach dem Abendbrot legte ich mich zum ersten Mal in mein eigenes Bett in meinem eigenen Zimmer. Ich betrachtete die weißen Wände, stellte mir vor, wie ich sie mit meinen eigenen Bildern schmücken und welche Poster ich aufhängen könnte. Breitete meine Arme aus, genoss es, nicht mit Susan dicht an dicht auf dem Klappsofa zu liegen. Fuhr mit den Händen über das kühle Bettlaken.

Erst später erfuhr ich, dass es vorher das Zimmer von Trevors Mutter gewesen war. Vielleicht passierte deshalb das, was nun folgte. Vielleicht wäre es auch in jedem anderen Zimmer passiert. Ich weiß es nicht. Ich weiß nur, dass dieses Zimmer nicht mein Paradies werden sollte. Sondern meine Hölle.

Kapitel 3

Sylke drehte den Haustürschlüssel zwei Mal, drückte die Türklinke anschließend mehrfach probeweise herunter, ging dann durch das Zimmer und vergewisserte sich, dass auch die Fenster und die großen Türen zur unteren Terrasse fest geschlossen waren. Leider gab es nur helle luftige Gardinen, die zuzuziehen würde nichts bringen. Seufzend ließ sie sich auf das Sofa fallen. Levkes Bettdecke zog sie eng an sich heran und wickelte sie um sich. Sie fror noch immer. Laura und Levke setzten sich links und rechts neben sie, sie konnte die Wärme der beiden spüren.

Nervös tippte Sylke mit ihrem Zeigefinger gegen ihre Unterlippe. »Habt ihr gehört, was sie gesagt hat?«

»Du meinst, dass er sie eingesperrt hat? Wer immer *er* auch sein mag.« Vollkommene Ratlosigkeit spiegelte sich in Levkes Gesicht.

»Das auch.« Sylke rutschte unruhig hin und her. »Aber davor, auf dem Steg. Da hat sie mir zugeflüstert, dass er hinter ihr her ist. Und dass er … dass er sie töten will.«

»Wie bitte?« Laura schlug ihre Hand gegen den Mund.

»Und jetzt ist sie weg.« Sylkes Augen wanderten durch das Zimmer, als könne die Frau jeden Augenblick aus einem der Schränke springen.

Wild schüttelte Levke ihren Kopf, sodass die braunen Locken zu allen Seiten flogen. »Das macht doch keinen Sinn!«

»Nun mal der Reihe nach.« Sylke war froh um Lauras sachlichen Ton. Wie schaffte sie das bloß immer? Und das bei ihrer düsteren Vergangenheit. Sie musste doch eine ähnliche Furcht verspüren wie sie selbst. »Wenn er hier eingebrochen wäre, sie von hier mitgenommen hätte, hätten wir das gehört. Richtig?«

Langsam nickte Sylke. »Ich war länger mit Emmi im Schlafzimmer. Knapp zehn Minuten, würde ich schätzen. Aber laute Geräusche habe ich nicht mitbekommen.«

»Ich auch nicht. Unsere Zimmer und das Bad grenzen genau an diesen Raum, das Boot ist hellhörig.« Nachdenklich strich Levke sich eine Locke aus ihrem Gesicht.

»Außerdem war die Haustür geschlossen«, fügte Laura hinzu. »Ohne Schlüssel bekommt man die von außen nicht auf.«

Sylke atmete tief aus. »Es ist also nicht wahrscheinlich, dass er hier hereingekommen ist, die Frau überwältigt und mitgenommen hat.« Die Kälte in ihrem Inneren nahm ein wenig ab.

»Ganz genau.« Laura nickte. »Und wenn er nicht hier drinnen war, dann muss sie von sich aus gegangen sein.«

Sylke rieb sich über die Stirn. Mit einem Mal war sie furchtbar müde. »Aber sie hatte doch Angst«, sagte sie. »Und hier waren wir zu fünft. Warum sollte sie von sich aus wieder raus in die Dunkelheit? Wo er womöglich noch lauerte?« Bei diesen Worten kam die Kälte zurück. Ihre Augen huschten zu den Fenstern.

»Das kapier ich auch nicht.« Levkes Finger trommelten auf ihr Bein. Die drei Frauen schwiegen einen Moment.

»Vielleicht ist sie aber auch nicht freiwillig gegangen«, sagte Sylke schließlich. »Vielleicht hat irgendetwas sie dazu gebracht, rauszugehen.«

Zweifelnd sah Laura sie an. »Ich war nur ein paar Minuten oben. Was soll denn da großartig passiert sein?«

»Was weiß denn ich. Oh Mann, was geht hier vor sich?«

»Kam euch die Frau bekannt vor? Kann sie Fehmaranerin sein?« Levke gab es auf, ihre Locke hinter die Ohren zu klemmen, und drehte sie stattdessen um ihren Zeigefinger.

Laura und Sylke schüttelten gleichzeitig den Kopf. »Ich habe sie noch nie gesehen«, sagte Laura.

»Ich auch nicht. Aber gut, wir kennen nicht jeden auf der Insel. Vor allem nicht die, die nur einen Teil des Jahres hier leben. Saisonkräfte zum Beispiel.«

»Sie war noch jung«, fuhr Levke fort. »Was schätzt ihr, Anfang zwanzig? Normale Figur, normales Gesicht. Nicht hässlich, nicht besonders hübsch. Totaler Durchschnitt. Nur ihre roten Haare sind mir aufgefallen.«

Mit einem Ruck richtete Sylke sich auf. »Ich rufe jetzt die Polizei«, sagte sie entschlossen.

»Meinst du?« Levkes Augenbrauen hatten steile Falten gebildet. »Die nehmen uns doch bestimmt nicht ernst. Eine Frau, die ins Wasser fällt und danach einfach verschwindet ... keine Spuren von Gewalt, keine Spuren eines Einbruchs.« Ihr Mund verzog sich ärgerlich. »Und dann folgt die gleiche Leier wie bei dir: Sie ist erwachsen und kann tun und machen, was sie will.«

Sylke sackte ein wenig zusammen. Richtig, nach ihr und Emmi hatte die Polizei zuerst auch nicht gesucht, dachte, sie seien in den Urlaub gefahren.

»Aber«, warf Laura ein, »sie sagte, sie sei eingesperrt gewesen. Und ist euch ihr Pullover aufgefallen? Der war zerrissen.« Automatisch wanderte der Blick der Frauen zu der Stelle, an der vor Kurzem noch der Wollpulli gelegen hatte. Er war verschwunden, Sylkes Jacke hing über einer Stuhllehne. Zum Glück war die Lache noch da, dachte Sylke. Sie fing an, an ihrem Verstand zu zweifeln.

»Überhaupt hat ihre Kleidung bis auf die Stiefel einen ziemlich heruntergekommenen Eindruck gemacht.« Mit einem Ruck riss Laura ihre Augen vom Fußboden los. »Ich denke, ein Anruf bei der Polizei kann nicht schaden. Stellt euch vor, es gibt eine Vermisstenanzeige, die auf sie passt.«

»Da hast du Recht!« Sylke wollte nach ihrem Handy greifen. Mist, das musste immer noch draußen auf dem Steg herumliegen. Für kein Geld der Welt wollte sie jedoch in die Nacht hinaus. Sie würde es morgen suchen. »Levi, kann ich mal dein Telefon haben?« Der Gedanke, die Verantwortung an die Polizei abzugeben, erleichterte sie. Außerdem wussten die dann auch, dass sie allein auf dem Boot waren, und würden bestimmt mal eine Streife vorbeischicken. Das würde ihn eventuell abschrecken. Obwohl sie seinen Namen nicht kannte und keine Ahnung hatte, wer hinter dieser Frau her war, hasste Sylke ihn schon aus vollstem Herzen.

In ihrem Handy hatte sie die Dienstnummer von Martin Grüning gespeichert, dem Kriminalhauptkommissar, der im Sommer nach ihnen gesucht hatte. Er hatte sie damals zwar nicht gefunden, aber er war Sylke sympathisch gewesen. Seine ruhige, gelassene Art, als er die furchtbaren Ereignisse mit ihr durchging, sein Verständnis, wenn sie stockte, die Erinnerungen sie zu übermannen drohten. Seine braunen Augen hatten sie immer empathisch, aber nie mitleidig angesehen. Bei dem Gedanken, mit ihm zu sprechen, wurde Sylke gleich ein wenig wärmer. Sie zögerte kurz, überlegte, ihr Handy doch zu suchen. Nein, sie wollte nicht raus. Stattdessen nahm sie Levkes Smartphone und wählte die 110.

Nachdem sie geschildert hatte, was vorgefallen war, reagierte der Polizist ähnlich, wie Levke es vorausgesagt hatte, und sah keine akute Dringlichkeit, sofort mit den Frauen zu sprechen. »Sie taucht sicherlich wieder auf«, tröstete er, versprach aber, dass ein Kollege sich um die Vermisstenanzeigen kümmern und, wenn möglich, eine Streife am Hafen vorbeischicken würde.

»Morgen rufe ich Kommissar Grüning an und hake nach«, sagte Sylke, als sie aufgelegt hatte. Dass eine Streife in Burgstaaken Präsens zeigte und nach dem Rechten sehen würde, beruhigte sie ein wenig.

»Wir haben alles getan, was möglich ist.« Laura stand auf und ging in die Küche hinüber. »Jetzt mache ich uns einen heißen Tee und eine Wärmflasche. Und wenn es morgen früh hell wird, sieht die Welt schon viel freundlicher aus. Ihr werdet sehen.« Sie zögerte kurz und für einen Moment flackerten ihre Augen. »Wenn es euch recht ist«, warf sie leise hinterher, »schlafe ich heute hier auf dem Sofa.«

»Natürlich!« Levke sprang auf. »Nach allem, was passiert ist, würd ich auch nicht gern allein oben auf der Terrasse liegen.« Sie zeigte auf ihre Tür. »Da drinnen steht ein Doppelbett. Willst du nicht mit zu mir ins Zimmer kommen?«

»Gerne.« An der Schnelligkeit, mit der Laura zustimmte, sah Sylke, dass sie doch nicht ganz so cool war, wie sie gerne vorgab.

»Super. Dann sind wir alle dicht beieinander.« Dankbar nahm Sylke die dampfende Teetasse entgegen. Sie pustete in die Flüssigkeit und sah ihre beiden Freundinnen an. Sie waren gestandene Frauen, waren bereits auf unterschiedliche Art und Weise durch die Hölle gegangen. Hatten gekämpft und gewonnen. Wäre doch gelacht, wenn sie diese Nacht nicht auch überstehen würden.

*

»Mama?«

Ich erschrak fürchterlich, als ich die Stimme hörte. So nah neben mir. Neben meinem Bett. Obwohl ich tief geschlafen hatte, war ich sofort hellwach. Die Haare auf meinen Armen stellten sich auf.

»Mama?«

Erneut diese hohe, ängstliche Stimme. Wer verflucht war das? Meine Mutter und David ganz bestimmt nicht. Und Trevors Stimme hatte beim Abendbrot völlig anders geklungen, viel tiefer, gehässiger. Krampfhaft versuchte ich, mit den Augen die Dunkelheit zu durchdringen, zu erkennen, wer da neben mir stand. Nachts, in meinem Zimmer.

Etwas tastete auf meiner Bettdecke herum, dann berührten kalte, feuchte Hände mein Gesicht.

»Trevor, bist du das?«

»Ja, Mama.« Seine Stimme klang weinerlich. Er ließ seinen großen, schweren Körper genau neben mir aufs Bett fallen.

»Ich bin nicht deine Mutter.« Angewidert drehte ich mich von ihm weg. »Geh raus aus meinem Bett.« Ich versuchte, ihn mit meinen dünnen Armen zur Seite zu drücken. Da schloss sich seine Hand wie ein Schraubstock um mein Handgelenk.

»Das ist Mamas Bett.« Sein Atem war ganz dicht an meinem Ohr. »Allein Mamas Bett.« Er hielt mich mit der einen Hand fest, aber mit der anderen tastete er nach meinem Gesicht und streichelte darüber. »Ich habe dich vermisst, Mama.«

»Ich bin nicht deine ...«

Da legte sich seine Hand auf meinen Mund. Riesig und feucht, wie ein Tintenfisch, der mit seinen Tentakeln alles aufsaugt. Ich versuchte, zu atmen, aber es ging nicht. Panisch strampelte ich mit den Füßen. Doch Trevor war viel stärker als ich. Er rollte seinen massigen Körper noch näher an mich heran.

»Ich habe dich auch lieb, Mama.« Ich wand mich, aber sein Arm schloss sich um meinen Brustkorb, presste mich an sich. Gerade als ich drohte, zu ersticken, hob er seine Tintenfischhand ein wenig an. Gierig schnappte ich nach Luft. Da quetschte er abermals meine Lippen zusammen und hielt gleichzeitig mit Daumen und Zeigefinger meine Nase zu. Vor meinen Augen begannen gleißende Sterne zu flimmern. Das Zimmer drehte sich.

»Du bist meine Mama!«

Ich konnte nicht antworten, mich nicht bewegen, selbst strampeln war nicht mehr möglich. Er war zwar jünger, aber so viel größer und stärker als ich. Endlich ließ er mich los. Er rollte sich von mir weg, stieg aus dem Bett. Ich konnte ihn in der Dunkelheit nicht sehen, spürte jedoch seinen schalen Atem direkt über mir. Seine Hand drückte so fest auf meinen Brustkorb, dass ich in der Matratze versank. »Sag nie wieder, du bist nicht meine Mama. Nie wieder!«

Ich nickte zitternd, meine Kehle brannte, kein Wort kam heraus. Plötzlich ließ der Druck nach, dann Schritte, die zur

Tür gingen. Er bewegte sich so sicher in der Finsternis, als sei er schon oft mitten in der Nacht hier gewesen. Er schien den Raum auch blind zu kennen.

Die Türklinke wurde hinuntergedrückt, ein Spalt Licht fiel in das Zimmer. Trevor stand bleich und groß davor. »Gute Nacht, Mama«, sagte er. »Ich komme morgen wieder.«

Kapitel 4

Die Wellen schlugen sanft gegen die Bootswand. Verschlafen rieb Sylke sich die Augen. Ein wenig Staub tanzte vor dem kleinen Gardinenspalt, durch den Morgenlicht ins Zimmer fiel. Emmi neben ihr atmete ruhig und gleichmäßig. Gott sei Dank, sie schlief friedlich. Sylke rieb sich über die Stirn. War das alles nur ein Traum gewesen? Die Frau, ihre Panik? Ihr plötzliches Verschwinden? Nichts davon machte Sinn. Mit einem vorsichtigen Blick auf Emilie schob Sylke leise die Decke zur Seite, schlich sich zur Tür und schlüpfte ins Wohnzimmer. Zu ihrem Erstaunen saß Laura schon auf dem Sofa. Sie hielt eine dampfende Tasse hoch. »Kaffee?«

»Gern.« Sylke ließ sich neben ihr in die Kissen fallen und sah Laura zu, die in ihren dicken Fellpantoffeln in die Küchennische huschte und mit einem großen Pott zurückkam, den sie ihr reichte.

»Ich konnte nicht schlafen«, sagte Laura, während sie sich setzte.

»Es ist verrückt. Aber das ist wirklich passiert, oder?« Vorsichtig nippte Sylke und fluchte leise. Sie hatte sich die Zunge verbrannt.

»Ich fürchte schon.« Laura lachte verhalten. »Ich sollte nicht mehr mit euch abhängen. Bei euch geht es richtig gefährlich zu. Alles in einem Jahr. Erst die Entführung von dir und Emmi und dann taucht eine merkwürdige Frau hier auf. Wie macht ihr das bloß?«

Sylke hörte den bemüht humorvollen Ton in ihrer Stimme,

aber sie erkannte die leise Angst dahinter. Kein Wunder, Laura war als junge Frau auf der Suche nach ihrem Bruder durch die Hölle gegangen. Sylke konnte sich nur allzu gut vorstellen, dass diese Erlebnisse sie ihr ganzes Leben verfolgen würden. Sie wusste es ja selbst, denn auch sie ließen die Albträume nicht in Ruhe. Das braucht Zeit, sagten alle, die Zeit heilt alle Wunden. Verdammt, was für eine fade Floskel. Sie jedenfalls hatte diese Zeit noch nicht gefunden. Hatte letzte Nacht noch Stunden wach gelegen, auf jedes kleinste Geräusch gelauscht. Erst mit der Dämmerung war sie in einen leichten Schlaf gefallen. Jetzt fühlte sie sich wie gerädert.

Was für eine Truppe sie hier waren! Zwei Frauen und ein junges Mädchen, die mit ihren Dämonen zu kämpfen hatten. Nur Levke war noch halbwegs normal. Sylkes beste Freundin. Mit ihrem verschmitzten Lächeln und dem aufmunternden Nicken schaffte Levke es immer wieder, Licht in ihre inneren dunklen Ecken zu streuen. Levke war ihr eigener kleiner Mond, ein Geschenk, nicht nur in den sternenlosen Nächten.

Als hätte Levke es gespürt, ging ihre Zimmertür auf und sie trat mit verstrubbelten Haaren und kleinen Augen zu ihnen. Laura stand auf und goss auch Levke einen großen Pott Kaffee ein. »Du siehst aus, als könntest du den brauchen«, sagte sie mit einem Lächeln. Dankbar nahm Levke die dampfende Tasse, umklammerte sie mit beiden Händen und setzte sich zu ihnen.

Sylke ließ ihren Blick durch die große Glastür auf das Meer gleiten. Es glitzerte hell und unschuldig in der Morgensonne. Das Licht hatte den Kampf gegen ein paar dickere Wolken gewonnen und strahlte auf die Wellen. Eine Möwe kreiste um die Gischt und stieß einen hohen, durchdringenden Schrei aus. Weiter entfernt konnte Sylke die Fehmarnsundbrücke ausmachen, den »Kleiderbügel«, wie man sie hier auf Fehmarn liebevoll nannte. Ein perfekter Morgen. Eigentlich.

»Ihr habt also auch nicht gut geschlafen.« Levkes Blick lag auf ihnen, und automatisch strich Sylke sich über ihre kinnlangen blonden Haare, die sie noch nicht gekämmt hatte. Levke kaute gedankenverloren auf ihrer Daumenkuppe. »Ich hab gemerkt, wie du dich die ganze Nacht herumgewälzt hast, Laura. Also, bleiben wir hier oder brechen wir ab?«

Schon die Frage versetzte Sylke einen Stich, obwohl sie in der schlaflosen Nacht sicher gewesen war, dass sie nach Hause wollte. Nun aber schaute sie auf das helle Licht hinaus und schaffte es, ihre Angst in die dunkle Ecke zurückzudrängen, in der sie meistens hockte.

»Ich würde gern hierbleiben«, entfuhr es ihr, ohne dass sie über die Worte nachgedacht hatte. Sie zögerte. »Wenn wir jetzt fahren, geben wir auf. Emmi hat sich so auf diesen kleinen Urlaub gefreut. Es war ihr Fixpunkt nach all der anstrengenden Zeit. Nun abzureisen wäre eine Katastrophe. Es würde ihr zeigen, dass überall Gefahr lauert. Dass es nichts Gutes und Sicheres mehr gibt. Das kann ich ihr nicht antun.«

Levke nickte langsam. »Im Grunde ist ja auch gar nichts Schlimmes passiert«, sagte sie. »Wir haben die Frau gerettet, das steht fest. Und niemand war hier oder hat uns bedroht.« Sie zog ihre Stirn kraus. »Und mal ehrlich, wer weiß, was mit der los war. Vielleicht war sie auf Drogen oder nervlich krank.«

»Hm.« Laura wiegte den Kopf. Sie sah nicht überzeugt aus.

»Laura?« Fragend schaute Sylke sie an. In der kurzen Zeit, in der sie sich jetzt kannten, war die fast zwanzig Jahre jüngere Frau ebenfalls zu einer guten Freundin geworden. Und da sie Ähnliches erlebt hatten, verstanden sie sich oft ohne Worte.

Laura atmete tief ein, dann stellte sie ihre Kaffeetasse mit so einem Ruck auf den Couchtisch, dass sie überschwappte. »Also gut, wir bleiben. Und machen uns eine verdammt gute Zeit hier. Okay?«

»Okay.« Lächelnd hob Sylke ihren Becher und prostete den anderen zu. »Auf eine verdammt gute Zeit.«

»Auf uns!« Auch Levke hörte sich viel munterer an. Sie nahm einen großen Schluck, dann ging sie zur Küche hinüber. »Jetzt gibt es für Emmi und uns ein Frühstück, das sich gewaschen hat. Croissants zum Aufbacken, Nutella, Eier, Marmelade, Käse. Das ganze Programm.« Sie werkelte geschäftig herum, holte Teller und Besteck aus dem Schrank, stellte eine Pfanne auf den Herd, summte vor sich hin. Sylke sah ihr für einen Moment zu, genoss das Gefühl der Normalität. Vielleicht würde es ja doch noch ein richtig guter Tag.

Emilies Augen strahlten. Lächelnd betrachtete Sylke ihre Tochter, die mit vom Wind zerzausten Haaren und geröteten Wangen schräg vor ihr ging. Heute Morgen beim Frühstück hatte sie noch still dagesessen und kaum etwas gesagt. Doch seitdem hatte sich ihre Laune erheblich gebessert. Die Frauen hatten beschlossen, dass Emilie als Erste einen Programmpunkt vorschlagen durfte. Nach einigem Überlegen hatte sie sich für das Siloklettern entschieden. Sylke wusste, dass ihre Tochter schon immer damit geliebäugelt hatte, einmal die riesigen Silos im Hafen Burgstaaken hinaufzuklettern. Sie selbst hatte dazu nicht so große Lust, denn vor Höhe hatte sie Respekt, und das hatte sich verstärkt, seit sie die Klippe hinuntergestürzt war.

»Ach, ich freu mich!« Laura hakte sich bei Emilie unter. In ihrer schwarzen Leggings und der taillierten Windbreaker-Jacke sah sie nicht nur sehr sportlich aus, sie war es auch. »Ich wollte da schon immer mal hoch.«

»Du auch, oder Levi?« Sylke stupste ihre Freundin an. Die verzog das Gesicht. »Natürlich«, rief sie, »ich kann mir nichts Schöneres vorstellen, als die höchste Route in Europa zu klettern.« Sylke kicherte. Sie würde sich nicht allein blamieren, Levkes Höhenangst war noch ausgeprägter als ihre.

»Es ist die höchste Anlage mit Toprope-Sicherung«, verbesserte Emilie.

Levke sah sie fragend an.

»Das bedeutet«, sprach Emilie weiter, »dass das Seil oben eingehängt ist und ein Partner dich am Boden sichert. Das werden wir gleich lernen.« Natürlich, Emilie hatte sich genau informiert. Alles andere hätte Sylke auch gewundert.

Vom Boot zu den Silos war es nur ein kurzes Stück. Die Frauen legten den Kopf in den Nacken und starrten auf die drei Türme, die weit in den Himmel ragten. Einige graue Wolken hingen darüber, doch es sollte trocken bleiben und auch der Wind wehte nur mäßig. Ein Glück, Sylke hatte keine Lust, wie ein Uhrpendel umherzuschwingen.

»Der höchste Punkt ist vierzig Meter hoch.« Emilie reckte den Zeigefinger in den Himmel.

Sylke schluckte. Vierzig verfluchte Meter? Das sah von hier unten schon viel aus, wie würde es da erst von oben sein?

Ein junger Mann mit zerzausten blonden Haaren und Sonnenbrille kam lachend auf sie zu. Er hatte Emilies letzten Satz gehört. »Aber das werdet ihr nicht gleich klettern«, rief er fröhlich. »Ihr wollt doch klettern, oder?«

»Na klar.« Levke straffte ihre Schultern.

»Super.« Der Mann musterte sie schnell. »Wiegt jemand von euch mehr als fünfundsiebzig Kilo?«

»Na, das ist ja eine tolle Frage beim ersten Kennenlernen«, murmelte Levke.

Der Mann grinste. »Ja, nicht wahr? Die Frauen lieben es, wenn ich damit anfange.« Dann wurde er ernst. »Nein, ihr müsst euch gegenseitig sichern. Wenn jemand schwerer ist, braucht man eine Extraeinweisung dafür. Wir bieten spezielle Kurse dafür an.« Sein Blick wanderte von einer zur anderen. Emilie war zwar groß, aber dünn für ihre zwölf Jahre. Sylkes gertenschlanker Körper erreichte kaum die sechzig Kilo und auch Laura war trainiert. Nur Levke fiel mit ihren ein Meter dreiundsechzig und den weiblichen Kurven etwas aus dem Rahmen. Sie störte das allerdings nicht, denn sie hatte immer wieder erlebt, dass Männern das besser gefiel als ein im Salat stochernder Hungerhaken.

»So schwer bin ich nicht«, sagte sie und zwinkerte dem Mann zu. »Ich gebe allerdings keine Garantie, dass sich das nach einem Besuch im *Cafe Kontor* nicht ändert.«

Der Mann lachte dröhnend. »Alles klar! Dann gibt es den auf jeden Fall erst hinterher. Ich bin übrigens Tammo.«

Es dauerte eine ganze Weile, bis sie die Klettergurte angelegt und die Einweisung bekommen hatten. Sie hörten aufmerksam zu, denn Tammo machte gleich deutlich, dass der Sichernde das Leben des Kletternden in der Hand hielt und keine Fehler machen durfte. Das Wichtigste war, dass die Bremshand zu keiner Zeit das Bremsseil loslassen durfte.

»Alles verstanden?«, fragte er schließlich und fügte zu Sylkes Beruhigung hinzu, dass es neben Kletterer und Sicherer zur Vorsicht noch einen Sicherungspartner geben würde. Das wollte Tammo bei Sylke und Emilie selbst machen. Zudem winkte er einen weiteren jungen Mann zu sich, den er als Max vorstellte und der zu Levke und Laura hinüberging.

Emilie und Laura waren die Ersten, die klettern sollten. Mit zusammengekniffenen Augen folgte Sylke den Bewegungen ihrer Tochter und achtete gleichzeitig peinlich genau auf die Seile in ihrer Hand.

»Macht sie das wirklich zum ersten Mal?« Tammos Stimme klang anerkennend.

Sylke nickte.

»Sie ist gut.« Schweigend beobachtete er sie weiter. Emilie kam erstaunlich schnell vorwärts und schaute nicht einmal nach unten. »Seid ihr von der Insel oder macht ihr Urlaub?«

»Wir wohnen hier, in Katharinenhof.« Sylke ließ ihre Tochter nicht aus den Augen. »Aber für ein paar Tage haben wir hier im Hafen ein Hausboot gemietet.«

»Cool. Wenn sie hier zu Hause ist und sie Lust hat – wir haben Klettergruppen für Jugendliche. Sie wäre bei uns herzlich willkommen.«

»Das hört sich toll an.« Sylke entspannte sich etwas und wagte einen Blick zu Laura hinüber. Die war noch nicht ganz so weit gekommen, machte aber ebenfalls eine gute Figur.

»Höhenangst ist hier eigentlich kein Problem«, fuhr Tammo fort, als hätte er ihre Gedanken gelesen. »Im Gegenteil, du lernst sogar, sie zu überwinden. Denn du bist immer gesichert. Und falls du mal nicht mehr kannst, ist es möglich, dich ins Geschirr zu legen und auszuruhen.«

In dem Augenblick ruckte es an dem Seil. Instinktiv hielt Sylke fest, sah, dass Emilie in der Luft baumelte. »Alles gut?«, rief sie nach oben. Emilie zeigte den ausgestreckten Daumen.

»Siehste«, grinste Tammo, »genau das meine ich. Sie hängt da mit ihrem ganzen Gewicht und wir spüren hier fast nichts.«

Sylke lachte leise. »Noch eine Stunde länger und du machst auch mich zur begeisterten Kletterin«, sagte sie.

»Natürlich.« Tammo nickte lächelnd. »Nichts anderes habe ich vor.«

Sylkes Beine zitterten leicht, als sie endlich wieder Boden unter den Füßen verspürte. Das lag zum einen an der Aufregung, vor allem aber an der ungewohnten Anstrengung.

»Du hast das richtig gut gemacht!« Emilie lächelte sie an. Sie wirkte noch immer konzentriert, ließ das Seil, mit dem sie Sylke gesichert hatte, selbst jetzt nicht los, da ihre Mutter wieder neben ihr stand.

»Ich konnte mich ja auch fest auf dich verlassen.« Sylke drückte sie an sich.

Levke war ebenfalls wieder unten angekommen und keuchte. »Mensch, das war genial«, rief sie und strich sich ein paar Schweißtropfen von der Stirn. »Ich bin viel höher gekommen, als ich dachte. Wie schön Burgstaaken von oben aussieht!« Sie klopfte Emilie auf die Schulter. »Danke für dieses Erlebnis. Habt ihr jetzt auch so einen Hunger?«

»Na klar.« Sylke drehte sich im Kreis. »Hier am Hafen sollten wir auf jeden Fall Fisch essen, was meint ihr?« Sie konnte zwar im Wasser den einen Fisch vom anderen nicht unterscheiden, aber auf dem Teller schmeckte ihr so ziemlich jeder richtig gut.

»Direkt gegenüber ist der *Goldene Anker*, sehr lecker«, warf Tammo ein, während er sie vom Klettergeschirr befreite. »Und?« Er schaute fragend zu Sylke. »Kommt ihr noch mal wieder?«

»Natürlich.« Emilie antwortete sofort.

Tammo nickte lachend. »Dann bis bald!«

»Na, der hat es aber auf dich abgesehen.« Levke knuffte Sylke in die Seite. Sie gingen über die Straße zu dem Restaurant hinüber. »Hat dich gar nicht mehr aus den Augen gelassen, der junge Kerl.«

»Quatsch.« Sylke schüttelte den Kopf und musste lachen. »Ach Levi, du und die Männer.« Sie ließ ihren Blick zum Wasser schweifen. Seit dem Sommer kam ihr bei dem Wort »Mann« nur der eine in den Sinn – Martin Grüning. Sie hatte den Kommissar auf Anhieb sympathisch gefunden und eigentlich nicht nur das. Immer wenn sie ihn gesehen hatte, war trotz der ernsten Themen ein kleines Kribbeln durch ihren Körper gelaufen. Das hatte sie schon lange nicht mehr gefühlt. Nun hatten sie seit Wochen keinen Kontakt mehr gehabt, denn der eine ihrer Entführer saß in Untersuchungshaft und wartete auf seinen Prozess und der andere war flüchtig und von ihm gab es noch nichts Neues.

Sie blinzelte. Jetzt am Tag war alles schön und angenehm. Doch heute Abend würde sie sich vermutlich bei jedem Geräusch ängstlich umsehen. Sie zögerte kurz, blieb dann stehen. »Geht ihr schon mal rein«, sagte sie, »ich will nur schnell telefonieren.« Zum Glück hatte sie ihr Handy am Morgen auf dem Steg wiedergefunden.

Bereits bei dem Gedanken, ihn zu hören, schlug ihr Herz ein wenig schneller. Sie drückte auf die Anruftaste und lauschte ungeduldig dem Tuten.

»Kriminalhauptkommissar Grüning am Apparat.«

Sylke räusperte sich. »Äh, hallo. Hier ist Sylke. Sylke Harmsen.«

»Frau Harmsen.« Seine Stimme klang erfreut. »Wie geht es Ihnen?«

»Gut.« Die Lüge kam ihr leicht über die Lippen. »Ich … haben Sie einen Moment? Gestern Abend ist etwas passiert …«

Sofort war alles Weiche aus seinen Worten verschwunden. »Etwas passiert?«, fragte er alarmiert. »Ist er wieder aufgetaucht?«

Sylke wusste sofort, von wem er sprach. Seine Gestalt, die mit eiligen Schritten am Strand verschwand, die Dunkelheit, die ihn verschluckte. Sie würde das Bild nie vergessen. Er war noch immer zur Fahndung ausgeschrieben. »Nein«, erwiderte sie eilig und hörte sein erleichtertes Seufzen. »Wir, also meine beiden Freundinnen, Emilie und ich haben ein Hausboot in Burgstaaken gemietet. Und gestern Nacht …« Sie erzählte ihm knapp, was vorgefallen war.

Er lauschte interessiert. »Eine wirklich merkwürdige Geschichte«, sagte er, als sie geendet hatte.

»Ich hatte die Polizei informiert«, fügte Sylke hinzu. »Sie wollten sich ansehen, ob eine junge Frau vermisst wird. Und verstärkte Präsenz im Hafen zeigen. Haben Sie das schon mitbekommen?«

»Nein, es ist mein freies Wochenende.«

»Oh, das tut mir leid.« Sylke verzog das Gesicht. Dass sie daran nicht gedacht hatte, es war Wochenende, dazu noch ein langes, und nun störte sie ihn. Verdammt.

»Kein Problem, ich habe mein Diensthandy immer dabei. Für Notfälle wie diesen.«

»Na ja, ein wirklicher Notfall ist es ja nicht. Aber irgendwie komisch schon.«

»Ich werde mich persönlich darum kümmern, das verspreche ich Ihnen.« Martin Grüning schwieg einen Moment. »Es tut mir leid, dass Ihnen das passiert ist«, sagte er dann. »Ich höre es an Ihrer Stimme, Ihnen geht die Sache doch näher, als Sie zugeben wollen.«

Ja, das war er. Martin Grüning, dem man nichts verheimlichen konnte, selbst durch das Telefon nicht. Sylke war froh, dass er nicht sehen konnte, wie ihr Gesicht sich rötete.

»Ich rufe gleich im Präsidium an«, fuhr er fort. »Machen Sie sich bitte keine Sorgen, die Streife wird heute Nacht mehrfach im Hafen nach dem Rechten sehen.«

»Danke.« Sylke fühlte sich sofort etwas besser.

»Wie geht es Ihnen denn? Und was macht Emilie?« Grünings Stimme hatte den weichen Tonfall zurück.

»Gut.« Sylke schluckte, zögerte. »Emmi hat immer noch schlechte Nächte«, fügte sie schließlich hinzu. »Aber sie ist stark.«

»Das sind Sie beide.«

Sylke zuckte mit den Schultern. In den meisten Momenten kam sie sich gar nicht stark vor.

»Es war wirklich schön, mal wieder von Ihnen zu hören. Wenn auch unter diesen Umständen.« Täuschte sie sich oder wurde seine Stimme noch eine Nuance tiefer? Sylke war nicht so recht aus ihm schlau geworden. Er war ihr stets mit sachlicher Professionalität begegnet. Aber zwischendurch hatten seine Augen immer mal ein paar Sekunden länger auf ihr geruht als nötig, und sie hatte gedacht, dass auch sein Interesse ein wenig über das Berufliche hinausging. Natürlich hatte sie sich unauffällig nach ihm erkundigt und ohne Schwierigkeiten herausbekommen, dass er seit knapp zwei Jahren geschieden war. Seine Frau und sein dreizehnjähriger Sohn lebten wohl inzwischen nicht mehr auf Fehmarn.

»Ja, das fand ich auch.« Ihre Stimme lächelte. »Rufen Sie mich an, wenn Sie etwas über diese Frau herausfinden?«

»Auf jeden Fall.« Sie sah ihn vor sich, wie er an seiner Unterlippe zupfte. Das hatte er unbewusst immer gemacht, wenn er nachdachte. Er hatte schöne, volle Lippen. »Und Sie genießen jetzt Ihre Auszeit auf dem Boot, versprechen Sie mir das?«

»Versprochen. Und Sie Ihr langes, freies Wochenende.«

Das Zittern in ihren Beinen hatte aufgehört und beschwingt folgte Sylke den dreien in Richtung des Restaurants, nachdem sie aufgelegt hatte. An der Eingangstür drehte sie sich noch einmal um, ließ ihren Blick über den Hafenplatz und hinüber zum Wasser gleiten. Die grauen Wolken waren verschwunden und der Himmel zeigte sich in einem herbstlich kräftigen Blau. Hinter der Werft schaukelte ihr Hausboot auf den Wellen. Sie konnte es von hier nicht sehen, aber mit einem Mal kam ihr der versteckte Platz auf dem Wasser gar nicht mehr unheimlich vor. Sie nickte einer Möwe zu, die kreischend über sie hinwegflog. »Jau, bei uns gibt es jetzt auch Fisch«, murmelte sie und öffnete die Tür.

*

»Susan?«

Missmutig schaute meine Mutter hoch, zog an ihrer Zigarette. »Steh hier nicht so rum«, raunzte sie, »du musst in die Schule. Zieh dich endlich an, mein Gott.«

»Ich muss dir etwas sagen.« Schnell warf ich einen Blick zur Tür. David werkelte im Bad herum, ich hörte das Wasser rauschen, und Trevor war bisher noch nicht aus seinem Zimmer aufgetaucht. Meine Mutter und ich waren allein in der Küche. Aber das würde sicher nicht lange so bleiben.

Susan stand vor der Spüle, ihr knochiger Körper noch in dem weiten, ausgewaschenen Nachthemd, auf dem vorne eine schlafende Eule zu sehen war. Sie schnippte die Asche direkt ins Becken. Ihre guten Vorsätze hielten offenbar nicht lange an, auch in Davids Wohnung nicht.

»Ja, wat denn?« Genervt drehte Susan sich zum Herd, um den Speck darin zu wenden. Sie sollte ihn besser rausnehmen, er war schon ziemlich schwarz, wahrscheinlich würde Trevor auch ihn auf den Teller spucken. Bei dem Gedanken an Trevor zuckte ich zusammen. Ich schluckte, trat näher an meine Mutter heran.

»Es ist Trevor. Er …«

»Was ist mit ihm?« Susan unterbrach mich barsch. »Er ist ab jetzt dein Bruder, kapierste das?«

Ich schluckte erneut. »Schon. Aber er …«

»Aber er, aber er«, äffte meine Mutter mich nach. Sie stocherte im Rührei herum, das wabbelig neben dem schwarzen Streifen schwamm. »Ich will nix hören von Streitereien«, fuhr sie fort. Die Zigarette hing schlaff in ihrem Mundwinkel.

»Ich habe mich nicht mit ihm gestritten. Aber er ist …«

»Gut.« Meine Mutter knallte das verkohlte Etwas auf einen Teller. »Das soll auch so bleiben.« Sie beugte sich zu mir herunter. »Wir wohnen hier jetzt mit David und Trevor, verstehste? David wird für uns sorgen. Also reiß dich zusammen.«

Mein Brustkorb verengte sich, fühlte sich an, als würde Trevor ihn mit seinen kalten Händen erneut zusammendrücken. Tränen stiegen nach oben, sammelten sich in meinen Augenwinkeln. In dem Moment erschien Trevors massige Gestalt im Türrahmen. Schnell wischte ich mir über das Gesicht, machte einen Schritt nach hinten. Doch er würdigte mich keines Blickes, ließ sich auf einen Stuhl an dem kleinen Tisch fallen und griff nach dem Toastbrot, das dort stand.

»Willste Rührei?« Susan kam mit der Pfanne zum Tisch. Erst als Trevor sie stirnrunzelnd anschaute, merkte sie, dass sie noch deutsch sprach. Der Wechsel zwischen den Sprachen fiel ihr schwerer als mir. Ich hatte keine Probleme damit. Susan hatte mit mir immer nur deutsch geredet, ich fühlte mich in beiden Sprachen zu Hause. Keine Ahnung, warum sie darauf bestand, mit mir in ihrer Muttersprache zu reden. Ich glaube, sie mochte die englische Sprache nie. »Du musst echt Deutsch lernen«, murmelte Susan vor sich hin und hob die Pfanne noch näher unter Trevors Gesicht. »David kann es auch schon ganz gut.« Typisch Susan. Lebte in England, aber alle mussten ihre Sprache lernen. Klar.

Trevor warf einen kritischen Blick auf den Inhalt und schüttelte dann den Kopf. Er knallte sich einen Berg gelbe

Marmelade auf den Toast. Noch immer sah er mich nicht an. Ich hastete aus der Küche, ohne zu essen, schloss meine Zimmertür sorgfältig, zog mich in Windeseile an. Keine der dämlichen Türen hatte einen Schlüssel, das hatte ich gleich nach dem Aufstehen geprüft. Ob ich wenigstens den zu meinem Zimmer irgendwie bekommen könnte? Bei dem Gedanken wurde mir sofort ein klein wenig wohler.

Dann setzte ich mich auf meinen Schreibtischstuhl und wartete. Bis David rief. Trevor und ich stiegen hinten in seinen winzigen Fiat. Meine *Comprehensive School* und Trevors *Primary School* lagen direkt nebeneinander. Im folgenden Jahr würde er auf meine Schule wechseln müssen. Ich wagte nicht daran zu denken. Eigentlich hätte er jetzt schon dort sein müssen, aber er hatte das letzte Jahr wiederholt. Sofort als wir ankamen, sprang ich aus dem Auto, lief auf meinen Schulhof zu.

David wohnte zum Glück in der Nähe unserer alten Wohnung, ich hatte die Schule nicht wechseln müssen. Nicht, dass ich sie besonders liebte. Aber ich kannte mich aus, all die Abläufe, wusste, vor wem man sich in Acht nehmen musste.

Am Schultor drehte ich mich einmal kurz um. Trevors dicke Gestalt schob sich durch seine Mitschüler. Sie beachteten ihn nicht und er hielt seinen Blick starr auf den Boden gerichtet.

Kapitel 5

»Ich bin die Treppe runtergefallen.«

»Ja, nee, ist klar.« Kritisch schaute Isabel auf den großen Bluterguss, der sich um Julias Ohr herum blaulila gefärbt hatte. Vorhin am Wasser hatte Julia die Stelle noch gut unter ihrem tollen Piratentuch verstecken können. Jetzt hatte sie versucht, ihr Gesicht und besonders die betroffene Partie mit Make-up zuzukleistern. War wohl vergebliche Liebesmüh gewesen, das Lila schimmerte durch. Gut, dass Isabel nicht auch noch die lange Wunde am Hinterkopf sah, sie wurde zum Glück von den Haaren bedeckt.

Isabels blaue Augen schauten prüfend, ein durchdringender Blick, dem nicht viel entging. »Was machst du bloß für 'n Scheiß, Julia.« Seufzend hob sie ihr Weizenglas. »Der Typ ist es nicht wert, das ist dir doch wohl klar, oder?«

Julia zuckte mit den Schultern. Versuchte, die Bilder zu verdrängen, die sich in ihrem Kopf auftürmten. Wieso machte sie immer die gleichen Fehler? Hatte sie denn nichts dazugelernt? »Ich hau eh bald ab«, sagte sie. Ihre Stimme klang nicht so leicht, wie sie eigentlich wollte. Sie nahm einen großen Schluck Bier und schaute auf den Hafen hinaus. Die Dämmerung senkte sich über Burgtiefe, vereinzelt gingen schon die Lichter auf den Booten und Schiffen an. »Fehmarn nervt mich.« Auch das war eine Lüge. Eine der unzähligen, aus denen ihr Leben bestand.

Mit Schwung warf Isabel ihre langen blonden Haare nach hinten. »Quatsch.« Lächelnd blickte sie ebenfalls aus dem

Fenster. Das Meer war nur ein paar Meter von ihnen entfernt, fast konnte man es durch die Scheibe bis ins *Sailors's Inn* rauschen hören. »Du liebst es hier.« Sie schwiegen einen Moment. Mehr und mehr Lichter flammten auf, spiegelten sich auf den Wellen, während die Nacht ihren dunklen Samt ausbreitete. »Fehmarn ist nicht das Problem. Er ist es.« Isabel nahm einen weiteren Schluck und schaute Julia mit hochgezogenen Augenbrauen an.

»Fuck.« In dem einen Wort entlud sich Julias ganzer Frust. »Du hast ja Recht. Aber glaubst du, er lässt mich so einfach gehen? Der ist jetzt schon wie besessen und führt sich auf wie Ludwig der Vierzehnte. Als wär ich sein Eigentum.«

»Oh Mann. Kannst du mir mal sagen, warum du dir das bieten lässt?«

Gute Frage. Vielleicht, weil ihr ganzes Leben verkorkst war? Weil sie nie gelernt hatte, Nein zu sagen? Weil sie schon immer hatte tun müssen, was andere von ihr verlangten? Dabei war sie doch genau deswegen nach Fehmarn gekommen. Um all den Scheiß hinter sich zu lassen. Und nun war sie exakt in derselben Güllegrube gelandet, aus der sie eigentlich hatte herausklettern wollen. Sie fuhr sich fahrig über das Gesicht.

»Hör zu.« Isabel hatte ihre Hand gegriffen, hielt sie fest. »Komm heute Nacht mit zu mir.«

»Zu dir?« Überrascht schaute Julia auf. »Du darfst doch niemanden mitbringen, hast du gesagt.«

»Eigentlich schon, so steht es im Vertrag. Und bisher hab ich mich auch dran gehalten.« Isabel blies die Backen auf. »Aber die Alten merken das doch gar nicht. Liegen irgendwo auf den Kanaren am Strand, während ich ihr Haus und die Wellensittiche hüte.«

Julia kratzte sich am Kopf. »Meinst du wirklich?«

»Ja klar.« Je länger Isabel darüber redete, desto mehr schien ihr der Gedanke zu gefallen. »Weißt du, wie totlangweilig mir da abends immer ist? Und ich kann ja nicht andauernd irgendwo Leute treffen.« Sie schlug mit der Hand auf den Tisch. »Dann können wir auch bei mir weitertrinken. Die haben edlen Wein im Keller. So viel, dass bestimmt nicht auffällt, wenn 'ne Flasche fehlt.«

Isabels Gesicht leuchtete und sie steckte Julia an. In ihrem kleinen, miefigen Zimmer gefiel es ihr sowieso nicht besonders. »Ich habe nichts zum Übernachten dabei«, warf sie trotzdem ein.

»Kein Problem, du bekommst ein T-Shirt von mir. Okay?«

Julia zögerte nur kurz. »Okay«, stimmte sie dann zu. Mit einem Mal schien es ihr wie eine glückliche Fügung, dass sie Isabel heute zufällig in Lemkenhafen wiedergetroffen hatte. Sie kam auch nicht von Fehmarn, sondern passte auf das Haus eines älteren Ehepaares und deren Haustiere auf. Die hatten es für die Wochen, die sie wegen der Hochzeit ihres Sohnes auf Gran Canaria sein würden, nicht unbewohnt zurücklassen wollen. Viel Zeit hatte sie mit der lebenslustigen Frau, die in allem das komplette Gegenteil von ihr zu sein schien, noch nicht verbracht. Aber sie hatte sie auf Anhieb gemocht.

»Na denn, Château, Bordeaux, wir kommen.« Lachend hakte sich Isabel bei Julia unter, als sie vor die Tür traten. Die Luft war warm und roch nach Salz. Julia schloss die Augen, genoss die gluckernden Geräusche der Wellen. Es gelang ihr für ein paar kurze, kostbare Sekunden zu vergessen. Doch dann kamen die Bilder zurück. Das viele Blut. Er.

»Eigentlich müsste man ihn umbringen, dieses Arschloch«, murmelte sie und riss die Augen auf. »So wäre ich ihn für immer los.«

Kapitel 6

»Was für ein Tag!« Lachend ließ Levke ihre Handtasche auf das Sofa fallen, anschließend umarmte sie Emmi. »Das Klettern hat mir am besten gefallen. Obwohl deine Idee mit der Kartbahn auch verrückt war, Laura.«

»Oh ja, ich stinke immer noch nach Abgasen.« Demonstrativ roch Sylke an ihrer Jacke. Bis zu Lauras Vorschlag nach dem Mittagessen hatte sie noch nicht einmal gewusst, dass sich im Hafen eine Kart Racing-Bahn befand. Laura war mit ihrem Sohn Paul bereits dort gewesen und hatte sich gewünscht, dass die Frauen sich heute ein Rennen lieferten. Wieder etwas, das Sylke noch nie gemacht hatte und worauf sie allein nicht gekommen wäre.

Zufrieden schlüpfte Sylke in ihre Kuschelsocken und ging in die Küche. »Ich mache uns allen einen heißen Tee«, sagte sie. Sie vermied es, nach draußen zu sehen. Langsam wurde es dunkel, bald würde die Nacht das letzte Licht aufsaugen. Sylke schluckte, straffte ihre Schultern. Alles war gut. Nach einem fantastischen Tag würden sie jetzt einen gemütlichen Abend zusammen verbringen. Sie ging zu den Fenstern und den großen Terrassenflügeltüren hinüber und zog die Gardinen zu. Das brachte zwar keinen wirklichen Sichtschutz, fühlte sich aber trotzdem besser an, als direkt vor dem nackten Glas zu stehen. Die Haustür hatte sie sofort beim Hereinkommen abgeschlossen.

»Habt ihr Lust auf *Rummicub*?« Emilie hockte neben dem Fernseher vor dem weißen Regal, in dem sich außer ein paar

Büchern auch einige Spiele stapelten. Sie strich darüber. »Es gibt noch die *Siedler von Catan*, *Scotland Yard* oder *Mensch ärgere Dich nicht*.«

»Die *Siedler*? Hab ich ewig nicht gespielt.« Levke half Sylke, die heißen Tassen auf den Esstisch zu stellen. »Das hat immer richtig Spaß gemacht.«

»Gut, dann nehmen wir das.« Emilie zog den Karton heraus und brachte ihn zum Tisch. »Du musst es uns nur erklären.«

»Alles klar.« Unter Zuhilfenahme der Spielanleitung bauten sie das Feld auf und Levke beschrieb den Ablauf. Kurz darauf waren alle vier in das Spiel vertieft. Sylke spielte konzentriert, die *Siedler* waren relativ kompliziert, und Sylke war dankbar für die Ablenkung. So hatten ihre Gedanken kaum eine Chance, um andere Dinge zu kreisen.

Deshalb erschrak sie umso mehr, als sie direkt hinter der hellen Gardine neben der Eingangstür einen Schatten bemerkte. Er bewegte sich. Nervös steckte Sylke ihre blonden Haare hinter die Ohren. Sie hatten gleich am Morgen darauf bestanden, dass die Lampen am Steg repariert wurden, und tatsächlich war jemand gekommen, obwohl es Samstag war, und hatte die defekten Birnen ausgetauscht. Sylke rieb sich über die Stirn. Das war bestimmt nur ein Baum, dessen Äste sich im Wind wiegten. Sie versuchte, sich wieder auf das Spiel zu fokussieren. Es gelang ihr nicht. Ihr Boot lag direkt am Steg. Hier in der Nähe gab es keine Bäume. Vor ihrem Eingang gab es überhaupt nichts, das solch einen Schatten werfen könnte. Schnell huschten Sylkes Augen über die anderen drei. Sie hatten nichts bemerkt, ihre Köpfe waren tief über das Spielbrett gebeugt. Emilies Zungenspitze ragte zwischen ihren Lippen hervor.

»Ich hol mir kurz ein Glas Wasser«, sagte sie, stand auf und ging leise zur Küchennische hinüber. Der Schatten war verschwunden. Sylke atmete tief ein. Es musste Einbildung gewesen sein. Seit dem Sommer hatte sie ständig Angst, dass er zurückkam. Dass er sich rächte, Emmi holte. Sie wusste, dass das kaum plausibel war, bestimmt lag er längst irgendwo in einem anderen Land am Strand und verschwendete keinen Gedanken mehr an sie. Aber vielleicht war er auch noch hier. Hier auf Fehmarn, ganz in ihrer Nähe. Wer konnte das schon wissen, solange er nicht gefasst war?

Jetzt hör aber auf! Sylke schimpfte im Stillen mit sich selbst. Sie musste lernen, mit dieser Angst zu leben, sich nicht von ihr einnehmen zu lassen. Das Angebot, sich psychologisch betreuen zu lassen, hatte sie im Sommer abgelehnt. Sie und Emmi waren schon immer allein klargekommen und sie würden auch dies hier zusammen meistern. Oder? Gerade jetzt kamen ihr Zweifel daran. Vielleicht sollte sie doch einmal mit jemandem sprechen. Und vor allem Emilie. Die war eh so still und fraß alles in sich hinein. Genau wie sie. Wusste Sylke überhaupt, wie es wirklich im Inneren ihrer Tochter aussah? Schwierig, wenn sie sich kaum erlaubte, in ihre eigenen Tiefen zu schauen. Vor ihnen zurückwich wie vor einem schwarzen, dunklen See.

Sie trank das kalte Wasser in großen Schlucken. Starrte auf die Gardine. Schüttelte sich, wollte gerade wieder zu dem Esstisch hinübergehen, als sie ihr Glas fallen ließ. Es schlug klirrend auf dem Boden auf, zerbarst in tausend kleine, scharfe Stücke. Sylkes Augen waren jedoch wie gebannt auf den hellen Stoff gerichtet. Direkt davor war aus dem Nichts der Schatten aufgetaucht, viel größer diesmal. Unmittelbar vor dem Fenster.

Aus den Augenwinkeln nahm sie wahr, wie Laura aufsprang, zu ihr herüberlief. Auch Levke und Emilie standen, Levke hatte sich schützend vor das Mädchen gestellt.

»Mama, was ist los?«

Sylke versuchte zu sprechen, doch ihr Körper gehorchte ihr nicht. Sie stand festgewurzelt, vollkommen unfähig, sich zu bewegen.

»Hey, Sylke.« Laura war neben ihr, griff nach ihrer erstarrten Hand, die sie noch immer vor sich hielt, mit rund gebogenen Fingern, als würde sie das Glas noch halten.

»Hier ist jemand.« Endlich hatte sie ihre Stimme wieder, sie flüsterte rau.

»Wo?« Laura drückte ihre Hand und sah sich suchend um.

In dem Moment schlug jemand polternd gegen die Tür.

*

Es gab keinen Schlüssel. David hatte mich befremdet angesehen und gesagt, dass nur das Badezimmer abschließbar sei. Er fragte mich nicht, warum ich einen Schlüssel wollte. Er fragte nie irgendetwas.

Und Trevor kam wieder. Ich hielt die Luft an, als meine Zimmertür sich leise öffnete, mitten in der nächsten Nacht. Geschlafen hatte ich noch keine Minute, nur auf seine Schritte gelauscht.

»Mama?« Wieder diese hohe Stimme. Mein Bauch fühlte sich an, als hätte ich etwas Faules gegessen. Er legte sich neben mich. Ich hielt meine Augen fest geschlossen, tat so, als würde ich schlafen. Geh, betete ich vor mich hin, geh und lass mich in Ruhe.

Aber er ging nicht. Nicht in dieser Nacht und nicht in jeder weiteren. Monat für Monat, immer wieder. Wie oft ich mir wünschte, er würde mich endlich in Frieden lassen! Glaubte, dass er doch irgendwann genug davon haben müsste, in dem kleinen Bett so eingequetscht neben mir zu liegen.

Ich wusste nicht, dass er eine Ringelnatter war. Eine Schlange, die sich tot stellte, um ihre Opfer in Sicherheit zu wiegen. Um sie zu packen, wenn sie es nicht mehr erwarteten. Und um dann alles in ihnen zu ersticken, langsam und qualvoll.

Kapitel 7

Auch Laura war zusammengezuckt, ihre Hand hatte sich bei dem Poltern krampfhaft um Sylkes geschlossen. Dann jedoch löste sie sich von ihrer Freundin und ging zur Tür hinüber. »Wer ist da?«, fragte sie mit lauter und klarer Stimme.

Sylke stand noch immer steif an dem Küchentresen. Ihre Augen waren auf die Haustür gerichtet.

»Ich bin es.« Eine weibliche Stimme. In Sylkes Körper kehrte das Gefühl zurück, sie ließ langsam ihren Arm sinken.

»Wer?« Lauras Stirn runzelte sich.

»Die Frau, die ihr aus dem Wasser gezogen habt.«

Erstaunt drehte sich Laura zu den anderen um, ihr Gesicht ein einziges Fragezeichen.

»Ich wollte mich nur bei euch bedanken.« Durch die geschlossene Tür hörte sich die Stimme der Frau hohl an. Laura schaute zu ihren Freundinnen und schloss, als niemand protestierte, die Tür auf und öffnete sie vorsichtig.

Sylke lehnte sich weit zur Seite, um nach draußen sehen zu können. Ja, da stand sie. Das Licht des Steges ließ ihre roten Haare wie eine Fackel um ihren Kopf leuchten.

»Darf ich reinkommen?«

»Äh, ja.« Laura trat zur Seite und deutete auf das Sofa. »Setz dich doch.«

Zögernd ließ die Frau sich auf dem hellen Kunstleder nieder, ganz vorne an der Kante. Als wolle sie sofort wieder aufspringen. Sylke, Levke und Emilie kamen zur Sitzecke und setzten sich ebenfalls.

»Wo bist du gewesen? Wieso bist du einfach verschwunden?« Aus Emilie brachen die Fragen heraus, die wohl alle brennend interessierten.

Die Frau strich sich über ihre Haare, wickelte eine Strähne um ihren Finger. »Es tut mir leid«, sagte sie leise. »Ich hätte nicht einfach so gehen sollen.«

»Das stimmt.« In Levkes Stimme war der Vorwurf nicht zu überhören. »Wir haben uns Sorgen gemacht. Und als die Sanitäter kamen …«

Ein Schatten huschte über das Gesicht der Frau. »Ich weiß. Ich war einfach völlig durcheinander. Und als ich plötzlich allein hier in diesem hell erleuchteten Zimmer lag … Ich habe Angst bekommen, Angst, dass er mich findet. Deshalb bin ich rausgelaufen.«

»Nach draußen? In die Dunkelheit?«

Die Frau zuckte mit den Schultern. »Draußen war es Nacht. Hier saß ich auf dem Präsentierteller, das ist mir da erst klar geworden. Eure Schatten kann man hinter den Gardinen genau erkennen.«

Sylke zuckte zusammen, sofort wanderte ihr Blick zu der großen Terrassentür. Sie räusperte sich. »Von wem sprichst du denn überhaupt? Wer ist dieser *er*?«

»Mein Freund.« Von der Art, wie sie es aussprach, hätte *Feind* besser gepasst. »Exfreund«, verbesserte sie und fuhr sich über das Gesicht. »Er … er hat seine Gefühle nicht ganz unter Kontrolle.«

Emilie war bei den Worten der Frau blass geworden. Mit einem Ruck stand Sylke auf. »Emmi, du gehst jetzt besser ins Bett.«

Doch Emilie schüttelte wild ihren Kopf. »Glaubst du, ich

kann jetzt einschlafen?«, fragte sie. »Während ihr hier sitzt und redet?« Sie schürzte ihre Lippen. »Die Wände sind sowieso dünn wie Pappe. Ich kann jedes Wort hören, das gesprochen wird.«

Da hatte sie Recht. Wenn Levke sich im Nebenzimmer umdrehte, dachte Sylke jedes Mal, sie liege genau neben ihr. »Okay«, stimmte sie deshalb zu, warf jedoch gleichzeitig der Frau einen Blick zu. Sie hoffte, die würde den verstehen und keine furchtbaren Details oder anderen Dinge erzählen, die Emilie Angst einjagen würden. Sylke rückte an ihre Tochter heran und griff nach ihrer Hand.

»Ich war ein paar Monate mit ihm zusammen«, sprach die Frau weiter. »Romantisch war er nie, aber am Anfang …« Sie suchte nach Worten. »Am Anfang war er nett. Er sieht gut aus, redet mit so einem coolen Grinsen. Fast jede Frau macht ihm schöne Augen.« Sie atmete tief ein. »Ich fand es toll, dass er sich für mich interessiert hat.«

»Und dann?« Lauras Stimme klang mitfühlend.

Ihr Blick war in die Ferne gerichtet. »Mit der Zeit wurde er immer aggressiver. Nichts konnte man ihm recht machen. Bei der kleinsten Kleinigkeit …« Sie schwieg erneut, rieb über ihren Arm. »Aber es war nicht seine Schuld«, fuhr die Frau hastig fort. »Ich meine, er hat sich danach immer entschuldigt. Und er …«

»Ja, klar.« Levke verzog ihr Gesicht. »Er wollte das bestimmt alles gar nicht.«

Entweder erkannte die Frau den sarkastischen Unterton nicht oder sie wollte ihn nicht hören. »Er hat mir versprochen, dass es das letzte Mal war. Jedes Mal.«

Levke nickte seufzend. »Jedes Mal. Aha.«

Je mehr sie erzählte, desto mehr sackte die Frau in sich zusammen, bis sie auf dem Sofa hing wie eine Greisin, aus der das Leben gewichen war wie aus einem alten Ballon.

Behutsam rückte Laura näher an sie heran. »Es ist gut, dass du von ihm weg bist«, sagte sie.

»Vor ein paar Tagen ...« Die Frau zog den Ärmel ihres Pullovers lang, sodass er über ihren Fingern lag. »Vor ein paar Tagen ... da ... da hat er es ... übertrieben. Ich konnte ... danach ... nicht mehr laufen ... für einige Zeit.«

»Oh mein Gott.« Laura schlug sich die Hand vor den Mund. Levke seufzte noch lauter und schüttelte den Kopf.

»Da wollte ich weg.« Die Frau sprach sehr leise. »Und er ließ mich nicht. Er hat die Tür zugeschlossen. Und gesagt, dass er mich ... dass er mich ...«

Sylke erinnerte sich genau an die Worte der Frau. *Er will mich töten.* Nach allem, was sie gerade erzählte, würde er dazu wohl in der Lage sein. Sie warf einen schnellen Blick auf Emilie und unterbrach hastig. »Aber du hast es geschafft, wegzulaufen, ja?«

Die Frau nickte. »Er hat mich ins Auto gesteckt und wollte irgendwo mit mir hinfahren.« Jetzt wirkten ihre Augen nicht nur alt, aus ihnen floss Verzweiflung in den Raum. »Er war rasend vor Wut. Im Auto hat er weiter getobt und wie wild auf das Lenkrad eingeschlagen. Ich hatte Angst.«

»Verständlicherweise«, murmelte Levke.

»Er ist losgefahren, hat vor sich hin geflucht. Und sein Gesicht ... ich dachte, dass er mich ... dass er mich jetzt loswerden will. Ich hatte ihm kurz vorher widersprochen. Und er hat mich geschlagen. Und damit gedroht, dass er mich ...« Die Frau atmete tief durch. »Irgendwann wurde die Straße huckelig und er fuhr langsamer. Da habe ich einfach die Tür geöffnet und bin herausgesprungen.« Schmerzhaft verzog sie ihr Gesicht. »Das war hier ganz in der Nähe. Auf eurem Boot hab ich ein Licht gesehen. Also bin ich darauf zu.«

»Und dann bist du ins Meer gefallen.«

»Ja. Ich war eh schon völlig durch den Wind. Und das kalte Wasser ... ich konnte nicht mehr klar denken.« Sie biss sich auf die Lippe. »Danke, dass ihr mich rausgezogen habt. Ohne euch ...«

»Das war doch selbstverständlich.« Laura drückte ihren Arm.

»Ich wusste nicht, wohin. Ich habe mich draußen versteckt, beim Werftgelände. Wollte sehen, ob er kommt, ob er gemerkt hat, wohin ich gelaufen bin. Aber er ist nicht aufgetaucht.« Sie sah sich zum ersten Mal im Raum um. »Er weiß nicht, dass ich hier bin«, fuhr sie fort. »Woher auch, ich kannte euch bis gestern ja gar nicht. Ich glaube, hier bin ich vor ihm sicher.«

*

»Mama? Du willst es doch auch noch?«

Seine Stimme ließ mich zusammenzucken. Ich hatte gelernt, wenigstens zu dösen, wenn er da war. Seinen dicken, schweren Körper direkt hinter mir zu ignorieren, mir vorzustellen, er sei die Wand. Nichts anderes.

Aber eines Nachts war sein Atem wieder direkt an meinem Nacken. Noch näher als sonst. Die Schlange stellte sich nicht mehr tot. Sie war bereit, ihr Opfer zu erlegen.

Ich antwortete nicht. Tat so, als würde ich schlafen. Er griff trotzdem nach meiner Hand. Führte sie nach hinten, zwischen seine Beine. Fing an, sich zu bewegen, schneller und schneller.

Ich wusste nicht, was er da tat. Nur, dass es sich falsch anfühlte. Das, und alles, was dann folgte. Ich wollte es nicht. Wollte, dass er mich zufriedenließ. Aber er kam wieder. Und wieder. Deshalb war ich es, die begann, sich langsam aufzulösen.

Kapitel 8

»Hör zu.« Laura hatte den Arm der Frau nicht losgelassen. »Es ist sehr gut, dass du von ihm weg bist. Aber du musst zur Polizei.«

»Das geht nicht ...«, stammelte sie. »Er wird mich fertigmachen. Er wird mich finden. Er wird ...«

»Er hat dich geschlagen.« Laura sprach leise, warf einen verstohlenen Blick zu Emilie hinüber. »Und eingesperrt. Dafür wird er ins Gefängnis gehen.«

Die Frau schüttelte wild ihren Kopf. »Woher weißt du das?«, rief sie. »Er sieht gut aus, er ist schlau, wird einfach alles abstreiten. Wieso sollten sie mir glauben und nicht ihm? Und dann wird er auf mich warten. Irgendwo lauern. Und er wird ...«

Sylke sprang auf. »Emmi«, sagte sie energisch und zog ihre Tochter nach oben, »ich möchte, dass du jetzt ins Bett gehst.«

»Aber ...«

»Keine Widerrede.« Sie zog ihre Tochter mit sich und nickte den anderen Frauen kurz zu, bevor sie mit Emilie in ihrem Zimmer verschwand.

Dort drückte sie Emilie auf das Bett und setzte sich neben sie. »Verflucht«, sagte sie und rieb sich die Augen. »Ich wollte, dass dies richtig schöne Tage werden.«

»Ist schon okay, Mama.«

»Nein, ist es nicht.« Sylke seufzte tief und nahm Emilie in den Arm. »Du weißt, dass es schlechte Menschen auf dieser

Welt gibt.« Fest drückte sie ihre Tochter an sich. »Glaub mir, dieser Typ kommt nicht davon. Sie wird zur Polizei gehen und sie werden ihn einsperren, das verspreche ich dir.«

»Ihn ... Meinen ...« Emilies Stimme brach, sie räusperte sich. »Ihn haben sie aber auch nicht bekommen.«

Oh Gott. Sylke schloss für einen Moment ihre Augen. All der Schrecken des Sommers traf sie wie ein Keulenschlag. Sein Gesicht verfolgte sie bis in die Träume. Er lief noch frei herum und Emilie wusste das nur allzu gut. Vielleicht war er in weiter Ferne, vielleicht aber auch immer noch auf Fehmarn.

»Den schnappen sie auch noch«, sagte sie zuversichtlicher, als sie sich fühlte. »Kommissar Grüning ist dran. Ich habe heute mit ihm telefoniert.«

»Ehrlich?« Emilie richtete sich auf. »Haben sie eine Spur?«

»So was Ähnliches«, log Sylke. »Und ich werde ihn morgen erneut kontaktieren. Dann kann er auch diesen Typen festnehmen.«

»Das ist aber nicht so einfach.« Emilie klang mal wieder mindestens zehn Jahre älter. »Es steht Aussage gegen Aussage. Sie müssen ihn anklagen und wenn es keine Beweise gibt ...«

Sylke runzelte die Stirn. »Ich weiß nicht, woher du das hast. Du schaust doch gar keine Krimis.« Energisch klopfte sie auf die Bettdecke. »Sie kriegen ihn, versprochen. Nun kuschle dich ein und schlaf, ja? Ich komme auch gleich.«

Liebevoll sah sie ihrer Tochter zu, die unter die Bettdecke schlüpfte. Dann huschte sie erneut ins Wohnzimmer hinüber. Sie deutete zu dem Esstisch, der weiter zu Emmis Schlafzimmertür entfernt lag. Die vier Frauen setzten sich eng um den Tisch herum.

»Ich kenne einen Kommissar, der hier auf Fehmarn wohnt«, flüsterte Sylke. »Er ist unheimlich nett. Morgen rufen wir ihn an und erzählen ihm alles. Er wird wissen, was zu tun ist.«

Der Blick der Frau flatterte. »Ich weiß nicht ...«, sagte sie zweifelnd.

»Wir sehen morgen weiter.« Levke klang bestimmt. »Hast du ... ich meine ... hast du Freunde oder Familie, bei denen du bleiben kannst?«

Die Frau schüttelte den Kopf. »Ich wohne nicht auf Fehmarn«, erwiderte sie. »Meine Oma hat hier mal gelebt, deshalb bin ich hergekommen. Aber ich habe sie nicht gefunden. Dafür hab ich mich verliebt.« Sie griff nach einem Untersetzer, der auf dem Tisch lag, klopfte mit dem Zeigefinger auf den weichen Kork. »Ich habe die letzten Monate bei ihm gewohnt.« Das Klopfen wurde stärker.

»Und woher kommst du ursprünglich? Wo ist deine Familie?«

Die Frau zuckte mit den Schultern. »Meine Mutter ist Deutsche, aber ich bin in London geboren.« Sie stockte kurz. »Da hat es mir nicht so gut gefallen.« Sie schwieg.

»Okay.« Levke überlegt kurz, sah dann Sylke und Laura an. »Ich bin dafür, dass sie heute Nacht hierbleibt, oder was meint ihr?«

»Ja.« Laura nickte. »Morgen werden wir schon eine Lösung finden.«

»Danke.« Ein Lächeln huschte über ihr Gesicht.

»Ich bin übrigens Laura, das ist Sylke und das Levke. Emilie liegt im Bett.«

»Und ich bin Sarah. Sarah Meyer.«

»Hi, Sarah.« Laura sprach den Namen wie Sarah selbst englisch aus. »Wir haben noch oben den Alkoven frei. Oder das Sofa.«

»Alkoven hört sich super an. Das ist total nett von euch, echt, danke.«

»Ist doch kein Ding.« Laura begann, Kissen und Decken zusammenzusuchen, und Sylke ging in die Küche hinüber, um einen Schlaftee zu kochen. Den würde sie definitiv brauchen und Sarah konnte eine Tasse bestimmt auch nicht schaden. Sie warf einen Blick auf die Frau, die zusammengesunken auf ihrem Stuhl saß. Hoffentlich bereute sie ihre Entscheidung nicht, oben so ganz allein zu liegen. Sobald es still wurde, hörte man alle Geräusche wie aus einem Megafon. »Falls du dich im Alkoven nicht gut fühlst, komm einfach runter«, sagte sie deshalb.

Sie wartete auf eine Antwort, doch Sarah schien sie gar nicht gehört zu haben. Sie starrte versunken auf die Gardinen der Terrassentür, hinter der sich das Meer schwarz und dunkel ausbreitete.

*

Jahre vergehen langsam, wenn man sich nichts mehr wünscht, als älter zu werden. Ich dachte, dann würde es besser. Dass ich Trevor die Stirn bieten würde. Aber mit mir wuchs auch er, wurde größer und breiter und seine Augen immer enger. Ich hingegen wurde immer blasser, ein zitternder Schatten, der vor sich selbst floh, während er neben mir lag. Manchmal wusste ich auch tagsüber nicht mehr, ob ich in mir war oder weit weg. Spürte mich nicht mehr.

Im Nachhinein ist es verrückt, dass ich es nicht merkte. Vielleicht auch nicht merken wollte. Dass mein Bauch immer dicker wurde, jede Woche ein kleines bisschen. Aber ich war doch gerade erst vierzehn. Was wusste ich schon? Wer hätte es mir erklären sollen? Meine Mutter, die nie mit mir sprach? All die Freundinnen, die ich nicht hatte? Ich dachte, es läge an mir. Aß noch weniger. Zog meine Pullover über meine Knie, um sie auszuleiern. Damit man nicht sah, dass ich fett wurde. Kapselte mich noch mehr ab.

Und eines Abends, als ich aufs Klo ging, weil ich fürchterliche Bauchschmerzen hatte, dachte ich, dass ich sehr, sehr krank war. Weil all das Wasser aus mir hinausfloß und ich es nicht halten konnte. Susan lag auf dem Sofa und guckte ihre Serien. Sie hatte ihre Kopfhörer auf und sah und merkte nichts. Wie immer. David war auf Spätschicht und Trevor trieb sich sonst wo herum. Er war zwar erst dreizehn, sah aber aus wie sechzehn oder siebzehn und kam und ging, wie er wollte.

Ich lag auf dem Boden im Badezimmer und dachte, dass ich sterben würde. Mein ganzer Körper zerriss. Ich verstand es nicht. Dass plötzlich etwas aus mir herauskam, neben mir lag. Ich ließ es liegen, beachtete es nicht. Aber es war mit mir verbunden, es musste weg. Weg von mir. Also trennte ich es ab, nahm es und legte es in den Wäschekorb mit den Handtüchern. Als mein Körper nicht mehr zitterte, stand ich mühsam auf und trug es nach draußen. Die Straße war leer, es war windig und kalt. Ich hatte nur mein weißes Nachthemd an, das ganz blutig war. Ich fror. Stellte den Korb ein paar Häuser weiter auf den Bürgersteig, drehte mich um und ging. Legte mich in mein Bett und schloss die Augen.

Als Trevor in der Nacht kam, war ich da. In mir. Zum ersten Mal seit jener Nacht vor zwei Jahren, als er plötzlich in meinem Zimmer erschienen war, drehte ich mich um und starrte ihn an. »Geh weg«, zischte ich.

Er beachtete mich nicht. Zog die Bettdecke weg, die ich krampfhaft umklammerte. Bei der Bewegung leuchtete seine Smartwatch auf. Fiel in einem schmalen Streifen Licht auf mich. Auf all das Rot um mich herum, auf meinen Beinen, meinem Nachthemd. Überall. Er zuckte zurück. Wich nach hinten, rückwärts aus dem Zimmer heraus. Kam nicht wieder.

Und ich dachte, dass die Schmerzen im Badezimmer ein guter Preis dafür gewesen waren, dass er mich endlich in Ruhe ließ.

Kapitel 9

»Wow.« Julia betrachtete das wunderschöne Haus vor ihr. Sie hatten sich ein Taxi gegönnt, da Isabel mit dem Fahrrad zum Yachthafen Burgtiefe gekommen war, Julia aber zu Fuß. »Dann hol ich das Rad später ab«, hatte Isabel gesagt und sie waren in das Taxi gesprungen, das sie bis nach Lemkenhafen gefahren hatte. Isabel hatte gezahlt und dem Fahrer sogar ein Trinkgeld gegeben.

Nun standen sie vor dem Haus, das etwas abseits des Dorfes lag, zwischen Feldern und hinter hohen Hecken verborgen.

»Das denkt man nicht, oder?« Mit weit ausgebreiteten Armen drehte Isabel sich im Kreis. »Ich war auch gleich ganz verliebt.«

Julia konnte sich nicht sattsehen. Sie hatte noch nie über ein Traumhaus nachgedacht, weil sie sich nie eins würde leisten können. Aber sollte sie doch einmal von einem träumen, dann kam dieses ihm verdammt nah. Sofort fiel das Reetdach ins Auge, das sich fast bis auf den Boden erstreckte. Über der Eingangstür aus weiß gestrichenem Holz leuchtete im Mondlicht ein heller Giebel. Auch die Fenster waren hell gestrichen und blickten wie ein freundliches Gesicht.

»Warte erst, bis du den Garten siehst.« Lachend zog Isabel sie zur Haustür, durch den Flur und durch ein großes Wohnzimmer zu der Terrassentür, die sie ganz zu einer Seite aufschob. Julia hielt für einen Moment die Luft an. Der Mittelpunkt des Gartens war ein Pool, in dem das Wasser türkis zu strahlen begann, als Isabel auf einen Lichtschalter neben dem

Panoramafenster drückte. Die schwarzen, matt schimmernden Fliesen der Terrasse setzten sich in einem Weg fort, der direkt zu den Stufen des Schwimmbeckens führte. Isabel hüpfte darauf zu, setzte sich auf die Umrandung, streifte ihre Schuhe ab und ließ die Füße ins Wasser baumeln.

»Komm, es ist ganz warm«, rief sie Julia zu. »Sie heizen ihn, sogar im Sommer. Er darf nie kälter als siebenundzwanzig Grad sein, hat mir Herr Hinrichs erklärt, sonst geht seine Frau nicht rein.«

Zögernd kam Julia näher, setzte sich vorsichtig. »Nun zieh schon die Schuhe aus, es ist wunderbar!« Isabels Füße zogen Kreise durch das glitzernde, helle Blaugrün.

Julia streifte langsam ihre Sandalen ab, tauchte erst nur den großen Zeh, dann den ganzen rechten und schließlich auch den linken Fuß ein. Versunken betrachtete sie die kleinen Lampen, die in regelmäßigen Abständen vor der ausladenden Hecke rund um das Grundstück orange schimmerten.

»Es ist wunderschön«, sagte sie leise.

Isabel nickte. »Am Anfang fand ich es auch echt nice. Aber irgendwann wird es langweilig, wenn man immer allein ist.«

»Allein sein. Das ist doch das Paradies.« Julia atmete tief ein. Niemand, der etwas von ihr wollte. Vor dessen Stimme man sich fürchtete. Auf dessen Atem man lauschte in der Nacht.

»Na ja.« Isabel zuckte mit den Schultern. »Jetzt bist du ja da. Aber die Hinrichs dürfen das natürlich nicht mitbekommen, da müssen wir vorsichtig sein.«

»Wie lange wirst du noch hier sein?«

»Eigentlich wollten sie nur vier Wochen wegbleiben und drei bin ich schon da. Aber gestern haben sie mich angerufen, es gefällt ihnen auf Gran Canaria. Sie haben mich gefragt, ob ich verlängern könnte. Noch bis Ende September, Anfang Oktober oder so.«

»Aber ... das ist ja ... der Hammer.« Neidisch blickte Julia auf die junge Frau neben sich, auf ihre geröteten Wangen, die Augen, die immer zu lachen schienen.

»Ja, warum auch nicht? Sie zahlen gut und ich habe nichts zu tun, außer den Wellensittichen ihr Futter hinstellen und die Blätter aus dem Pool fischen. Den Rest erledigt der Saugroboter.« Sie zog ihre Füße aus dem Wasser, auf ihren nackten Waden perlten die Tropfen.

»Und deine Familie? Vermisst die dich nicht?« Bei der Frage spürte Julia selbst einen schmerzlichen Stich.

Zum ersten Mal zog ein Schatten über Isabels Gesicht. »Meine Eltern leben nicht mehr«, sagte sie.

»Oh, das tut mir leid.«

»Ist schon okay.« Isabel strich sich über die Stirn und der Schatten löste sich auf. »Das Leben geht weiter, nicht wahr?« Sie sprang auf. »Komm, wir gehen rein. Der Weinkeller wartet auf eine Erkundungstour.«

Schnell lief sie ins Innere des Hauses. Und während Julia auf ihren Rücken schaute, der im Dunklen verschwand, fragte sie sich zum ersten Mal, ob Isabel nicht auch ein bisschen schauspielerte. Genauso wie sie selbst.

Kapitel 10

»Und, wie hast du geschlafen?« Sylke goss Sarah einen starken Kaffee ein und schob den großen Becher zu ihr hinüber.

»Gut, danke.« Sarah streckte sich. Sie sah tatsächlich viel besser aus. Ihre Wangen waren leicht gerötet, die Augen nicht mehr so klein.

Laura lächelte und griff ebenfalls nach der Kaffeekanne. Die vier Frauen und Emilie saßen um den reich gedeckten Frühstückstisch. Der Duft von Toastbrot zog durch den Raum, Levke hatte die blaue Kerze auf dem Tisch angezündet. Sylke betrachtete die fremde Frau erstaunt. Sie hatte gedacht, dass sie da oben auf dem Dach kein Auge zukriegen und in der Nacht auf das Sofa wechseln würde.

»Mama, was unternehmen wir heute?« Auch Emilie hatte ihre Energie zurück. Sie blickte nach draußen. Der Himmel war bewölkt und hing schwer und grau über dem Wasser. Die Sonne hatte keine Chance, den Kampf zu gewinnen.

»Ich weiß es nicht.« Sylke sah zu Levke, die ihr Frischkäsetoast mit roten Tomaten belegte. »Levke darf noch einen Vorschlag machen.«

»Und du.« Emilie stupste ihre Mutter in die Seite.

»Klar, und ich.« Sylke bemühte sich, leicht und fröhlich zu klingen. Solange Sarah dort saß und Martin Grüning nicht informiert war, fühlte sie sich allerdings überhaupt nicht in der Lage, an einen entspannten Ausflug zu denken. Vor dem Terrassenfenster tobte die Ostsee. Sie war aufgewühlt und die Wellen schlugen gegen das Boot. Es war so ein permanentes

Hintergrundrauschen, selbst hier drinnen, dass Sylke das Geräusch fast nicht hörte. Schritte. Sie legte ihren Kopf schief, lauschte. Ja, eindeutig, schwere Stiefel, die an der Vorderseite ihrer Bootswand entlangliefen. Mit zusammengepressten Lippen ließ Sylke ihren Blick zu den Fenstern schweifen. Nichts. Niemand zu sehen. Angestrengt horchte sie. Die Schritte waren verschwunden. Sylke seufzte leise und fuhr sich über das Gesicht. Sie musste aufhören, überall Gespenster zu sehen. Und zu hören. Das Meer hatte ihr einen Streich gespielt, sonst nichts.

»Gestern beim Klettern habe ich was Tolles entdeckt.« Sylke konzentrierte sich wieder auf Levke, die in ihr Brot biss und kauend weitersprach: »Direkt bei den Silos gibt es eine Kreativ-Werkstatt. Da kann man eigene Gläser sandstrahlen.«

»Das hört sich super an!« Sylke fing Levkes Blick ein. »Ob die auch am Sonntag geöffnet haben? Levke, warum gehst du nach dem Frühstück nicht einmal mit Emilie hinüber und siehst es dir an?«

Levke verstand den Wink sofort. »Gute Idee. Vielleicht muss man sich auch anmelden. Emmi und ich werden das in Erfahrung bringen, okay?« Mit zwei Bissen hatte sie ihr Brot verschlungen und stand auf. Emilie, die morgens nie viel aß, war ebenfalls aufgesprungen. Sylke bewunderte ihre Tochter dafür, dass sie all die Dunkelheit der Nacht morgens immer wieder abschüttelte wie lästige Regentropfen aus dem Haar.

Sobald die Tür hinter den beiden zugefallen war, wandte sich Sylke Sarah zu. »Ich würde gleich gern Herrn Grüning anrufen, den Kommissar. Keine Ahnung, ob ich ihn an einem Sonntag erreiche. Aber die Polizei muss Bescheid wissen. Das siehst du doch auch so, oder?«

Sofort versteifte sich Sarahs Haltung. »Ich habe Angst«, erwiderte sie. »Er ist zu allem fähig, das hat er mir gezeigt. Und ganz ehrlich«, ihr Augenlid zuckte, »wenn Frauen die Männer anzeigen, die sie quälen, was passiert dann? Wer schützt uns, wenn sie wieder aus dem Gefängnis kommen? Gesetzt den Fall, sie kommen überhaupt erst hinein. Das Verbot, sich uns zu nähern?« Sie lachte bitter auf. »Wer ist denn für uns da, wenn sie in einer dunklen Ecke lauern? Mit einem Messer, mit Säure, mit all ihrer Wut und ihrem Hass? Wer schert sich dann um uns, he?«

Bei ihren Worten war Laura bleich geworden. »Du hast Recht«, sagte sie. »Aber ist die Lösung deshalb, gar nichts zu machen? Ihn einfach davonkommen zu lassen?«

Sylke stand auf und setzte sich neben Sarah. Sie griff nach ihrer Hand. »Ich stimme Laura zu«, sagte sie. »Du bist jetzt hier, aber die nächste Frau wird kommen. Und vielleicht schafft die es nicht, aus dem Auto zu springen. Du musst ihn anzeigen, Sarah.«

Sarah sah mit einem Mal sehr müde aus. »Ich wünschte, ich hätte ihn nie getroffen«, murmelte sie.

»Wo hast du ihn überhaupt kennengelernt? Kommt er von hier?«

»Ja, er wohnt auf Fehmarn. Auf dieser wunderschönen Insel. Leute wie er müssten hier verboten werden, oder?« Sie lachte heiser. »Ich war mit ein paar neuen Freunden unterwegs. Wir wollten einen lustigen Abend zusammen verbringen und sind dann in diese Cocktailbar.«

Sylke richtete sich auf, runzelte ihre Stirn. Die Erinnerung an eine Cocktailbar brachte bei ihr unerwünschte Bilder zurück.

»Und da war er«, sprach Sarah weiter. »Groß und gut aussehend. Lässig, mit seiner Baseballkappe, die er verkehrt herum trug. Er war kein Kind von Traurigkeit und auch älter als ich, das habe ich gleich gemerkt. Aber unter all den Frauen hat er immer mich angesehen.«

Nervös kaute Sylke auf ihrer Unterlippe.

»Als ich aufs Klo gegangen bin, ist er mir gefolgt.«

Mit einer Wucht, die Sylke fast den Atem nahm, wurde sie von den Erinnerungen überrollt. Erinnerungen, die sie so lange in Schach gehalten hatte. Der dunkle Gang vor den Toiletten. Er, der sie an die Wand drückte, ihr die Luft zum Atmen nahm. Dem sie nur dank der Hilfe einer fremden Frau entkommen war. Sylke keuchte und nahm aus den Augenwinkeln wahr, wie Laura unruhig auf ihrem Stuhl hin- und herrutschte. Natürlich, die kannte ihn auch. Hatte ihn mit Levke beobachtet, als Sylke und Emmi im Sommer in dem dunklen Keller eingesperrt gewesen waren. Laura und Levke hatten eine Zeit lang geglaubt, er sei es gewesen, der sie entführt hatte.

Stirnrunzelnd sah Sarah die beiden Frauen an. »Ist alles okay?«, fragte sie.

»Wie ... wie ... heißt er?« Nur mit Mühe konnte Sylke die Frage formulieren, es war, als steckten die Wörter in ihrer Kehle fest.

»Jo.« Sarah zuckte mit den Schultern. »Muss wohl die Abkürzung von Johannes sein, den Namen habe ich jedenfalls mal auf einem an ihn adressierten Brief gesehen. Aber er scheint ihn nicht zu mögen. Er stellt sich mit Jo vor und alle reden ihn so an.«

Laura schlug sich die Hand vor den Mund. Sylke hingegen war unfähig, sich zu rühren. Da war sie wieder, die Vergangenheit. All das, was sie hatte vergessen wollen. Jo. Der Mann mit der Baseballkappe. Der Mann, den sie aus vollstem Herzen hasste.

*

Die Zeit, die Trevor im Jugendvollzug verbrachte, war meine beste Zeit. Sie war nicht schön, sie war nicht gut, aber sie war erträglich. Aus dem widerlichen Trevor war ein noch widerlicherer Jugendlicher geworden, groß, breit und böse. Er hatte einen Mitschüler so verprügelt, dass der ins Koma gefallen war. Soweit ich weiß, ist er bis heute nicht aufgewacht.

Susan kümmerte sich nach wie vor mehr um ihre Zigaretten als um mich. David sah ich kaum. Aber ich konnte nachts endlich wieder schlafen. An alles andere dachte ich nicht. Vor allem nicht an die eine Nacht mit all ihrem Blut. Ich vergaß sie.

Machte meinen Abschluss. Mittlere Reife würde man hier in Deutschland wohl sagen. Ich schaffte sie gerade so, aber ich hatte mir im Unterricht auch nie viel Mühe gegeben. Als wir die Abschlusszeugnisse bekamen, nahm ich allein an der Feier teil. Ich weiß nicht, was Susan in der Zeit machte. Wahrscheinlich sah sie zum hundertsten Mal »The Walking Dead«. Es war mir egal.

Danach fing ich im »Eagles« an, einer kleinen Kneipe bei uns um die Ecke. Susan war das recht. Endlich noch jemand, der Geld nach Hause brachte. Ich musste sofort etwas für Miete und Essen abdrücken, allerdings war das immer noch besser, als eine eigene Wohnung zu bezahlen. London ist verdammt teuer. Selbst Peckham. Man konnte es sich nicht leisten, wenn man jeden Penny brauchte. Und das tat ich. Ich wollte endgültig raus. Weg aus dieser beklemmenden Wohnung, am besten ganz weg von dieser verdammten Insel. Aber vor allem wollte ich weg sein, bevor Trevor entlassen wurde.

Ich versteckte mein Geld in einer kleinen Blechdose, in der einmal Kekse gewesen waren. Georg, mein Chef, zahlte mich bar aus. Den größten Teil der Stunden arbeitete ich schwarz. Er wollte das so.

Die Dose wiederum vergrub ich tief in meinem Kleiderschrank unter den Pullovern. Der Schrank war ein altes Teil von Ikea. Die rechte Tür hing schief in den Angeln, und beim Öffnen musste ich jedes Mal aufpassen, dass sie nicht ganz abfiel. In meiner eigenen Wohnung würde ich mir als Erstes einen vernünftigen Schrank besorgen. Groß und hell und mit einem Spiegel daran. Und dann würden all die ausgeleierten Pullover in den Müll wandern. Inzwischen hingen sie verschlissen an mir herunter, ich war groß geworden und sehr dünn.

Trevor sollte im Januar 2022 entlassen werden. Ich rechnete. Zwei Jahre vorher würde ich genug Geld zusammenhaben, um neu anzufangen. Um all den Mist hier hinter mir zu lassen. Ich würde gehen, ohne mich einmal umzudrehen.

Der Stapel in meiner Dose wuchs und wuchs. Manchmal nahm ich ihn heraus und ließ all die Pfundnoten durch meine Finger gleiten. Es fühlte sich gut an.

Dann, an einem kalten Tag Ende Februar 2020, zerbarsten meine Träume wie Glas. Ich kam gerade von einer anstrengenden Schicht nach Hause. Ein Gast war mit dem Essen nicht zufrieden gewesen und hatte mich runtergemacht. Ich hatte sprachlos vor ihm gestanden und vergeblich nach Worten gesucht. Wenn mich jemand anschreit, sacke ich zusammen wie eine Blume, der jegliche Sonne fehlt. Ich hasse mich dafür.

Das Einzige, was sich gut anfühlte, war das Bündel Geld in meiner Tasche, das Georg mir für den Monat ausgezahlt hatte. Ich schlich in mein Zimmer, es dämmerte schon. Machte den Kleiderschrank auf und hielt die rechte Tür dabei fest, damit sie mir nicht entgegenfiel. Tastete nach der Dose. Fand sie. Machte sie auf.

Sie war leer.

Ein paar Minuten stand ich fassungslos da. Dann wühlte ich im Schrank. Die Dose musste sich versehentlich geöffnet haben, das Geld irgendwo liegen. Ich suchte wie eine Verrückte, schmiss schließlich all meine Sachen auf den Boden. Tastete jede Ecke ab. Nichts.

Ich setzte mich aufs Bett und starrte die Dose an. Als ich sie aus dem Schrank geholt hatte, war sie geschlossen gewesen. Es dauerte einen Moment, bis ich den Gedanken zulassen konnte. Jemand hatte das Geld genommen. Nein, nicht jemand. Nur zwei Menschen kamen dafür infrage: David oder Susan. David, mein Stiefvater oder Susan, meine eigene Mutter.

Kapitel 11

Der Wein schmeckte fantastisch. Inzwischen hatten sie die zweite Flasche geöffnet. Julia balancierte das edle Glas auf ihrem Bauch. Die beiden Freundinnen lagen nebeneinander auf der Relaxinsel, die mit Blick auf den Pool auf der Terrasse stand. Das Sonnendach war heruntergeklappt, der Sternenhimmel wölbte sich wie eine samtene Decke rund und groß über ihnen. Weil kaum eine Wolke den Himmel bedeckte, waren die glitzernden Punkte gut zu erkennen.

»Siehst du da?« Julia streckte den Zeigefinger nach oben. »Das ist der Große Wagen.« Sie kicherte. »Es ist das einzige Sternbild, das ich kenne.«

Isabel griff nach Julias Finger. »Wenn du die letzten beiden Sterne anpeilst, also die am Ende des Wagens, und ungefähr das Fünffache weiter schräg nach rechts hochfährst«, sie machte die Bewegung mit, »erreichst du den Polarstern.« Ihre Fingerkuppen stoppten genau vor dem hellen Punkt.

»Cool.« Mit zusammengekniffenen Augen starrte Julia in den Nachthimmel. »Ist der Polarstern nicht auch der Nordstern?«

»Yep. Wenn du ihn findest, weißt du immer, wo du nicht hinwillst. In die Kälte.«

Julia kicherte lauter. Sie hatte sich schon lange nicht mehr so gut gefühlt. Die laue Luft, die leise Stimme neben ihr, Isabels warme Hand auf ihrer. Es war doch scheißegal, ob Isabel ihre Geheimnisse hatte. Jeder Mensch hatte schließlich seine Leichen im Keller. Aber Isabel war nett. Netter als alle anderen

Menschen, die sie kannte. Und hier bei ihr im Garten, verborgen von hohen Hecken, an einem Ort, wo sie keiner vermutete, fühlte sie sich endlich frei. Sie drehte ihren Kopf in Isabels Richtung. Sie lagen so nah beieinander, dass ihre Nasenspitzen sich fast berührten.

»Bleib einfach hier«, sagte Isabel. »Es ist so öde ganz allein. Mit dir macht es viel mehr Spaß.«

Julia lächelte. »Okay.«

»Okay? Echt?«

»Ja.« Julia drehte sich zurück und ließ ihren Blick erneut in den Himmel schweifen. Sie würde Isabel Gesellschaft leisten, den ganzen Tag im Pool baden, in der Sonne liegen und nachts die Sterne betrachten. Scheiß auf ihre Klamotten. Sollten die doch bei ihm vergammeln. Sie konnte sich ein paar neue kaufen und häufiger waschen. Er würde sie nie finden. Weder er noch sonst irgendjemand.

Unauffällig kreuzte Julia ihre Finger. Und leistete leise einen Schwur. Nie mehr sollte ihr irgendein Mann wehtun. Nie, nie mehr. Im Gegenteil. Sie würde den Spieß umdrehen. Jetzt würde sie es sein, die ihnen wehtat.

»Ihr habt es verdient«, murmelte sie. »Macht euch darauf gefasst. Ich werde euch kriegen.«

Kapitel 12

Sarahs Stirn war von Furchen durchzogen. »Kennt ihr ihn etwa?«, fragte sie.

»Ja.« Zu mehr Worten war Sylke nicht fähig. Eben noch war es um die Probleme einer fremden Frau gegangen, jetzt stand ihre eigene Vergangenheit wie ein dunkles Gespenst im Zimmer. Sie kannte Jo seit ihrer Schulzeit. Schon damals hatte er seine Mitschüler drangsaliert. Und sie selbst in eine stinkende Toilette gedrängt. Sie hatte versucht, zu vergessen. Doch Jahre später war er wieder aufgetaucht. In dieser Cocktailbar. In der er jetzt offenbar auch Sarah kennengelernt hatte.

Sylke griff nach ihrer Kaffeetasse, schüttete die inzwischen lauwarme Brühe herunter. Als sie weiterhin nichts sagte, sah Laura sie fragend an. Sylke nickte matt.

»Er ...«, Laura suchte nach Worten. »Also, Sylke kennt ihn von früher. Er war schon damals ein richtiges Arschloch.« Sie schwieg einen Moment. »Im Sommer wurden Sylke und Emmi entführt. Levke und ich dachten, dass Jo etwas mit der Sache zu tun haben könnte.« Für einen kurzen Moment schloss sie ihre Augen. »Wir haben ihn beobachtet. Und er hat mich angemacht. Ich bin mit ihm nach Hause und da ist er ... da ist er ganz schön ... aufdringlich geworden.«

»Verdammter Wichser.« Sarah spie die Worte auf den Tisch wie ein verschimmeltes Stück Brot. Sie griff nach ihrem Messer, wog es gedankenverloren in ihrer Hand. »Im Sommer war ich schon mit ihm zusammen«, fügte sie hinzu.

»Oh.« Verlegen biss Laura sich auf die Lippe. »Ich habe dich im Haus gar nicht gesehen.«

Sarah schüttelte den Kopf. »Im Juli gab es ... einen Vorfall. Daraufhin bin ich ... abgehauen. Aber vor ein paar Wochen habe ich ihn wiedergetroffen. Er hat mich mit diesen Hundeaugen angesehen. Und gesagt, dass er sich gebessert habe. Ich ... habe ihm geglaubt.«

»Der ändert sich nie.« Endlich hatte Sylke ihre Stimme wiedergefunden. »Du darfst nie mehr zu ihm zurück.«

»Nein.« Sarah schüttelte den Kopf. »Ich wollte es nicht kapieren. Hatte irgendwie auf ... auf ein Zuhause gehofft. Auf jemanden, der mich liebt und für mich da ist. Aber er ist die ganze Zeit mehrgleisig gefahren, war mir nie treu.« Sie lachte bitter auf.

»Hör zu.« Sylke griff nach ihrer Hand. »Ich habe der Polizei erzählt, was mir widerfahren ist, als ich noch Schülerin war. Jo hat versucht, mich ... anzufassen. Aber da war er selbst noch ein Kind, kaum älter als ich. Dafür kann man ihn nicht mehr drankriegen, wurde mir gesagt. Dann hat er mich vor ein paar Jahren in der Bar belästigt. Eine Frau hat mir geholfen. Es sei ja nichts weiter passiert, wurde mir gesagt, es hat nicht für eine Anzeige gereicht. Aber bei dir sieht die Sache ganz anders aus.«

»Ach ja?« Wütend strich Sarah sich ihre Haare aus der Stirn. »Es steht doch immer noch seine Aussage gegen meine. Ich habe keine Beweise. Ich bin freiwillig zu ihm zurückgegangen. Er war mein Freund.«

»Sag mal.« Tiefe Falten zeichneten sich auf Lauras Stirn ab. »Als ich bei ihm war ... da bin ich in so einen Raum gekommen. Oben im ersten Stock. Er war komplett leer, aber auf dem Boden befand sich Blut.« Sie holte Luft. »Ich glaube jedenfalls, dass es Blut war.«

Sarahs Hände krallten sich um die Tischplatte.

»War es Blut? Deins?« Lauras Stimme klang heiser. Sarah antwortete nicht, aber das war auch gar nicht nötig.

»Also haben wir doch einen Beweis.«

Nun schüttelte Sarah den Kopf. »Das ist längst weg«, sagte sie leise. »Er ist gut darin, Spuren zu verwischen.«

»Es reicht, wirklich!« Sylke sprang auf. »Ich rufe jetzt Grüning an. Beweise hin oder her, die Polizei muss das wissen. Da zeichnet sich doch ganz klar ein Muster ab bei diesem Kerl.«

Sie griff nach ihrem Handy, aber Sarah hielt ihren Arm fest. »Es ist Sonntag«, sagte sie. »Du hast selbst gesagt, dass er dienstfrei hat. Morgen ist Feiertag. Da wird nur irgendein unmotivierter Typ in der Polizeistelle sitzen.« Sie schaute Sylke eindringlich an. »Dienstag spreche ich mit dem Kommissar. Versprochen. Aber bis dahin sollten wir versuchen, an Beweise zu kommen.«

»Wie meinst du das?« Sylkes Augen zogen sich zu engen Schlitzen zusammen.

»Na ja«, Sarah hob die Schultern, »wir müssen der Polizei irgendetwas liefern, damit sie ihn endlich drankriegen. Wir sollten ihn beobachten, schauen, was er so treibt. Offensichtlich war und bin ich ja nicht die einzige Frau, die er so behandelt hat.«

Sylke hielt abwehrend ihre Handflächen nach oben. »Auf keinen Fall«, sagte sie schnell. »Ich habe genug. Du weißt nicht, was mir im Sommer passiert ist … mir und meiner Tochter. Ich möchte einfach nur meine Ruhe haben.«

In dem Augenblick öffnete sich die Tür zum Boot und Levke trat ein. Mit ihr kam ein Schwall kalter Luft in den Raum. Sie wickelte sich das Halstuch ab, zog die Schuhe aus und kam zu dem Esstisch hinüber. »Gerade als wir angekommen sind, hat ein Workshop mit einer kleinen Gruppe begonnen«, berichtete sie. »Für Kinder und Jugendliche, die jetzt das Sandstrahlen lernen. Emmi durfte spontan mitmachen.« Sie ließ sich auf den Stuhl neben Sylke fallen. »Ich hoffe, das ist euch recht«, fügte sie hinzu.

»Natürlich.« Sylke atmete tief ein. »Es ist gut, wenn sie das hier alles nicht mitbekommt.«

»Was ist denn los?« Fragend wanderte Levkes Blick über die düsteren Gesichter.

Sylke schluckte, dann berichtete sie Levke, was Sarah erzählt hatte.

»Okay, wir müssen ihn ja nicht unbedingt beobachten«, schränkte Sarah ein, als Sylke geendet hatte. »Er hat bestimmt vielen Frauen so etwas angetan. Vielleicht finden wir heraus, wem noch.« Sie hielt noch immer das Messer in der Hand, legte es behutsam auf den Tisch, rückte es gerade. »Je mehr Frauen, desto besser, oder nicht? So untermauern wir auch ohne Beweise, was für ein Scheißkerl er ist.«

»Ich weiß nicht.« Zweifelnd hämmerte Sylkes Zeigefinger auf ihr Knie. »Wir sollten das besser der Polizei überlassen.«

»Machen wir ja auch, am Dienstag weiß sie alles. Dann können sie gleich loslegen.« In Sarahs Stimme lag eine neue Dringlichkeit. »Aber bis dahin nutzen wir den Sonn- und Feiertag, um selbst herauszubekommen, was er alles so treibt.«

Levke ging zur Küche und hantierte an der Kaffeemaschine. »Vielleicht«, sagte sie von da aus, »hat Sarah Recht. Du leidest unter dem, was er dir angetan hat, Sylke. Schon seit Jahrzehnten. Und du konntest nichts gegen ihn ausrichten. Hier bietet sich endlich die Chance, etwas gegen ihn zu unternehmen.«

»Ja.« Laura nickte. »Ich hab auch am eigenen Leib erfahren, was für ein Mistkerl er ist. Wenn du damals nicht geklingelt hättest, Levke ...« Bei der Erinnerung lief auch ihr ein Schauer über den Rücken.

»Ein Grund mehr, dass wir uns nicht selbst einmischen.« Sylke fuhr sich über das Gesicht.

»Oder gerade doch.« Sarah haute mit der Faust auf den Tisch. »Er darf einfach nicht noch mal davonkommen. Das müssen wir mit allen Mitteln verhindern.«

*

Susan und David stritten alles ab. Das heißt, David saß stumm am Küchentisch. Susan redete. Besser gesagt, sie keifte. Wie ich sie beschuldigen könne. Dass ich das Geld verschlampt hätte und selbst schuld sei. David sagte nichts, aber ich sah, wie sein Gesichtsausdruck sich veränderte. Seine Augen wurden immer größer, er starrte Susan an, als sähe er sie zum ersten Mal. In dem Moment wusste ich, dass sie es gewesen war. Meine eigene Mutter.

Die Kälte, die mich ausfüllte, ließ mich nicht mehr los. Nicht in den nächsten Tagen, nicht in den nächsten Wochen. Susan tat so, als sei nichts geschehen. Am Morgen, nachdem ich sie zur Rede gestellt hatte, stand sie sogar auf und machte mir Rührei. Ich würgte es wortlos herunter.

Ich war auch an dem Tag die Erste, die im »Eagles« ankam, schloss die Tür auf. Den Laden kannte ich in- und auswendig. Im Hinterzimmer stand eine kleine Anrichte. Nur zur Deko, geschmückt mit ein paar Bierkrügen, alten Pokalen vom Peckham Town Football Club und einem großen, gerahmten Foto, das meinen Chef mit Prinz William zeigte. Der hatte ihm irgendwann mal bei einer Parade die Hand geschüttelt und Georg hatte sie danach mehrere Wochen nicht mehr gewaschen. Er erzählte die Geschichte gern und fügte jedes Mal hinzu, dass William nach dem Treffen so beeindruckt gewesen sei, dass er seinen ersten Sohn nach ihm, Georg, dem Barkeeper, benannt habe.

Ich nahm das Foto herunter, drehte es um. Der Rahmen ließ sich leicht öffnen, das Bild lag auf einem Passepartout, dahinter eine dicke Pappe. Außer mir hatte keiner die Anrichte in all den Jahren angerührt. Das Foto staubte ich regelmäßig ab. Von nun an würde ich es häufiger hochnehmen. Jeden Monat, wenn ich mein Geld bekam. War die bestverschlossene Tür nicht schon immer eine weit offene?

Also fing ich von vorne an. Äußerlich gesehen war das einfach, weil ich niemandem erzählt hatte, dass ich verschwinden wollte. Innerlich wuchs mein Eisblock. Denn nun würde ich es nicht schaffen, genug Geld bis zu Trevors Entlassung beisammenzuhaben. Und der Gedanke, weiter mit ihm zusammenleben zu müssen, brachte mich fast um. Aber noch schlimmer war es, jeden Tag meiner Mutter ins Gesicht zu sehen. Wenn ich spät nachts von der Arbeit zurückkam, schlug ich vor Wut in mein Kopfkissen. Manchmal stellte ich mir vor, es sei ihr Gesicht. Und manchmal war es Trevors.

Kapitel 13

Die Tage mit Isabel waren die besten, die Julia je erlebt hatte. In dem Haus brauchten sie nicht viel. Meistens kochten sie Nudeln, die sie in Butter anbrieten. Das war billig und lecker. Sie lagen fast immer am Pool. Der Sommer war außergewöhnlich heiß. Selbst für die Sonneninsel waren die hohen Temperaturen ungewöhnlich, das Gras im Garten wurde langsam braun.

Julia störte das nicht. Niemand wusste, wo sie war. Und vor allem bestimmte niemand über sie und über ihr Leben. Geld ausgeben war ebenfalls fast unmöglich. Das Wichtigste war jedoch, dass sie Isabel mochte. Hin und wieder, wenn sie die junge Frau heimlich betrachtete, wünschte sie sich, so zu sein wie sie. So unbefangen, so fröhlich und so schlau. Denn Isabel war klug und darum beneidete Julia sie am meisten.

Die Hinrichs hatten im Wohnzimmer ein riesiges Regal mit Büchern stehen. Isabel strich oft gedankenverloren über die Buchrücken, nahm hier und da eins heraus, blätterte darin herum und entschied sich dann, dies oder das zu lesen. Sie las unglaublich schnell. Als sie einmal auf der Relaxinsel nebeneinanderlagen, Isabel in ein Buch vertieft, bat Julia sie darum, es laut vorzulesen. Sofort war Julia gefangen von der Geschichte, die von der Tochter eines reichen Gutsbesitzers in den Südstaaten handelte. Sie bekam zum Geburtstag eine Sklavin geschenkt und brachte ihr gegen alle Konventionen das Lesen bei.

Das war der schönste Nachmittag von allen. Julia schloss die Augen, während Isabels Stimme wie warmer Sommerwind über sie hinwegstrich und tief in ihr etwas zum Klingen brachte, von dem sie nie gewusst hatte, dass es in ihr gewesen war.

Von da an las Isabel häufiger vor. Oftmals stundenlang, bis sie das Buch beendet hatten. Julia sog diese Stunden in sich auf. Das Buch stellte sie nicht in das Regal zurück, sondern legte es auf ihren Nachttisch. Dort strich sie immer wieder sachte über den Titel. »Die Erfindung der Flügel«.

An den Nachmittagen brieten sie in der Sonne. Julia wurde tiefbraun, so braun, dass sie sich selbst im Spiegel nicht erkannte. Den Sonnenbrand hatte sie längst hinter sich. Inzwischen hatte ihre Haut sich an die ausgiebigen Bäder gewöhnt und sie sah wie eine Südländerin aus. Manchmal fuhr sie sich über ihre Arme und stellte sich vor, eine Italienerin zu sei. Die waren temperamentvoll, mutig und aufbrausend. Nahmen kein Blatt vor den Mund. Niemand schrieb ihnen vor, was sie zu tun oder zu lassen hatten.

Bei diesen Gedanken stellte Julia ihr neues Handy laut, das sie mit Isabels Bluetoothbox verbunden hatte, und italienische Popmusik berieselte den Pool. Immer wieder kehrte sie jedoch zu ihrer eigentlichen Lieblingsmusik zurück: den Beatles. Isabel machte sich jedes Mal lustig, wenn sie auf diese Playlist umswitchte. »Das ist so cringe«, rief sie dann, »die kommen doch aus dem vorletzten Jahrhundert.« Julia grinste. Isabel hatte ja Recht. Sie wusste selbst nicht, warum sie so auf die Musik dieser vier Typen stand. Vielleicht, weil die Erinnerung daran ihre einzige Geborgenheit war, an die sie sich entsinnen konnte. Wenn sie Isabel aber fette Erdbeeren in ihren Weißwein legte, rote Tupfer in hellem Nass, und dabei laut »Strawberry fields forever« mitsang, dann musste Isabel lachen und stimmte mit ein.

An einem Nachmittag hatte Isabel vorgeschlagen, mit dem Fahrrad an den Strand zu fahren. Es waren inzwischen viele Tage verstrichen, Julia hatte aufgehört zu zählen. Sie lebte einfach, jeden Tag aufs Neue. Und genau das fühlte sich unglaublich gut an.

»Ich will niemanden sehen. Fahr du ruhig allein. Kannst dich auch gern mit den anderen treffen. Das ist kein Problem für mich, ehrlich. Du musst hier nicht immer nur mit mir abhängen.«

Tatsächlich hatte Isabel die Clique, die sie in der Burger Cocktailbar kennengelernt und mit denen sie sich ein paarmal getroffen hatten, nicht mehr gesehen, seit Julia zu Isabel gezogen war.

»Ach nee, komm du mit. Paula, Hanno und die anderen sind immer nur am Saufen. Ich trink ja auch gern, aber so exzessiv … not for me.« Isabel zog Julia in den Flur. »Wir fahren auch nicht an irgendeinen Strand. Sondern an meinen Lieblingsplatz.«

»Aha. Und wo soll der sein?«

»Du wirst schon sehen.« Isabels Begeisterung war ansteckend und so ließ Julia sich schließlich überreden. Bevor sie losfuhren, verbarg Julia ihre Haare allerdings unter einer Kappe, die sie im Haus gefunden hatte, und zog sich ein viel zu großes und langes Sweatshirt von Frau Hinrichs über. Sie radelten von Lemkenhafen Richtung Norden bis zum Leuchtturm Strukkamphuk. »Wir sind noch nicht da«, sagte Isabel, »aber diesen Platz hier liebe ich auch.« Sie zeigte auf den runden Turm. »Das ist der kleinste Leuchtturm der Insel. Früher stand hier sogar nur ein Mast, an dem eine Laterne hochgezogen wurde.«

»Toll.« Julia war erneut beeindruckt, wie viel Isabel wusste, obwohl sie gar nicht von Fehmarn kam. Aber sie las etwas und behielt es einfach in ihrem Kopf.

Julias Blick blieb an dem Turm haften. Wie musste es damals gewesen sein, wenn bei Dunkelheit ein Mann an den schlanken Pfahl trat und Licht in die Nacht sendete? Licht, das den Menschen den Weg wies und sie vor Gefahr warnte? Julia sah den Mann mit wehenden grauen Haaren, einem wettergegerbten Gesicht und freundlichen Augen förmlich vor sich.

»Und jetzt«, Isabel unterbrach ihre Gedanken und schwang sich abermals auf das Rad, »sind es nur noch ein paar Hundert Meter.«

Vor ihnen tauchte die Fehmarnsundbrücke auf. Sie fuhren den Weg unten entlang, der direkt zum Strand vor der Brücke führte. Julia hatte bisher nur oben auf der Brücke gestanden, den kleinen Hafen und den langen, schönen Strand hatte sie noch nicht erkundet. Aber der Platz gefiel ihr sofort. Der Deich, dahinter die hügeligen Dünen, die sich fast bis an das Wasser erstreckten. Der große, weite Strand, an dem man so weit laufen konnte. Die Stille, wenn man sich neben die hohen Gräser legte und einfach in den Himmel schaute.

Von da an brauchte Isabel sie nicht mehr zu überzeugen. Immer wieder einmal schnappten sie sich Hinrichs Räder und fuhren zum Sund. Die Abwechslung zu Pool und Garten gefiel beiden und braun wurden sie in den Dünen auch.

Ab und zu riefen die Hinrichs an und fragten, ob alles in Ordnung sei. Isabels Stimme klang dann sofort sachlich und ernst. Sogar, wenn sie zu dem Käfig mit den Wellensittichen hinübergehen und das Handy direkt an die Gitterstäbe halten musste. »Meine Schatzileins, wie geht es euch?«, flötete Frau Hinrichs jedes Mal und stieß einen entzückten Laut aus, wenn sich einer der Vögel bequemte, zu zwitschern. Julia stand daneben und machte lautlos den trällernden Wellensittich nach, spitze ihre Lippen, schlug mit den Armen und drehte sich im Kreis. Oft schaffte es Isabel nur mit Mühe, nicht laut loszuprusten.

»Wartet denn in Hamburg niemand auf dich?«, hatte Julia Isabel einmal gefragt. Darauf hatte die nur mit den Schultern gezuckt. Julia wusste, dass sie sich dort mit einer Studentin, die sie kaum sah, eine winzige Wohnung teilte und von Gelegenheitsjobs lebte. »Hier verdiene ich fürs Nichtstun mehr Geld und lebe eindeutig besser«, sagte sie immer wieder.

Und Julia begann langsam zu vergessen. Nur nachts, wenn sie die Relaxinsel und den weiten Sternenhimmel verließen, sich gemeinsam in das riesige Ehebett legten, in dem sie eigentlich gar nicht schlafen sollten, und Julia nach ein paar Minuten Isabels gleichmäßigen Atem hörte, kamen die Bilder zurück. Dann stand sie leise auf, trank ein weiteres Glas Wein und noch eins, so lange, bis die Erinnerungen verschwammen und nur noch taumeln konnten, nicht mehr jagen. Meistens funktionierte das. In einigen Nächten jedoch war die Dunkelheit so dicht und undurchdringlich, dass Julia die Dämonen nicht vertreiben konnte. Dann holte sie ihren Block heraus und schrieb.

Ihr war klar, dass das Paradies nicht ewig anhalten würde. Im Oktober wollten die Hinrichs zurückkommen. Spätestens dann hatte all das hier ein Ende. Spätestens dann würde sie handeln müssen.

Ihr war nicht klar, dass der Sommer nicht so lang sein würde, wie sie dachte. Dass sie nur noch ein paar Tage hatte, bis er ein abruptes Ende fand.

Kapitel 14

»Jo zu beschatten macht keinen Sinn.« Sylke hatte ihr Kinn in die Hand gestützt. »Er kennt uns alle. Laura hat schon im Sommer mit ihm angebandelt, Levke an seiner Tür geklingelt und über mich brauche ich gar nicht zu reden, genauso wenig wie über dich, Sarah.«

»Richtig, er würde uns sofort erkennen«, stimmte Levke zu. »Und dann ist die Kacke am Dampfen, das möchte ich nicht erleben.« Sie verzog das Gesicht. Zu gut hatte sie noch in Erinnerung, wie Laura und sie Jo nur um Haaresbreite entkommen waren.

»Sein Revier ist die Cocktailbar.« Laura hatte sich bestimmt die sechste Tasse Kaffee eingegossen. »Ich denke, wir sollten es so machen, wie Sarah vorgeschlagen hat: uns dort einfach ein bisschen umhören, wenn er nicht da ist. Sobald er auftaucht, müssen wir abhauen. Aber bestimmt finden wir dort weitere Frauen, die er ebenfalls belästigt hat.«

»Ja, das wäre gut.« Sarah nickte zustimmend. »Wir müssen uns zusammentun und alle gegen ihn aussagen … Eine bewirkt nichts, aber viele schon.« Sie strich mit den Fingern über den Tisch. »Er darf mich allerdings auf keinen Fall sehen«, fügte sie hinzu.

Laura begann, die Frühstücksteller zusammenzustellen. »Dann lasst uns doch heute am frühen Abend in die Bar in Burg gehen. Es ist zwar Sonntag, aber morgen ist Feiertag, da ist bestimmt einiges los. Sarah, du hast Recht, dich kennt er von uns am besten. Du solltest lieber hierbleiben.«

»Das stimmt.« Sarah knetete ihre Hände. »Ist es denn okay, wenn ich noch eine Nacht hier schlafe? Morgen such ich mir was Neues, versprochen.«

»Na klar.« Levke antwortete sofort. Sie lächelte Sarah an.

»Ich bleibe auch, jemand muss ja auf Emmi aufpassen«, warf Sylke ein. »Es wäre übrigens gut, wenn sie von all dem hier so wenig wie möglich mitbekäme.«

»Natürlich. Levi, wollen also wir beide heute Abend los? Wie im Sommer? Wir sind ja schon ein eingespieltes Team.« Laura schaute Levke fragend an.

»Okay. Aber falls er kommen sollte, machen wir sofort die Biege.« Levke schüttelte ihre Locken. »Und wir sollten uns ein bisschen verkleiden. Damit er uns nicht gleich auf den ersten Blick erkennt, wenn er zur Tür reinschneien sollte.« Sie kaute nachdenklich auf ihrer Lippe. »Außerdem könnte an ihn weitergetragen werden, dass zwei Frauen, die so und so aussahen, sich nach ihm erkundigt haben. Deshalb ist eine Tarnung die beste Option.«

»Hört zu, ihr begebt euch nicht in Gefahr, klar?« Sylke griff nach Levkes Arm und hielt ihn fest. »Keine Verfolgungsjagden, keine Ködergeschichten wie mit Laura im Sommer. Nichts. Ihr hört euch nur um, solange er nicht da ist, und kommt zurück.«

»Auf jeden Fall.« Sanft löste sich Levke von Sylkes Hand. »Bitte mach dir keine Sorgen.«

Schweigend räumten die Frauen den Tisch ab. Dann nahm Levke ihr Halstuch von der Stuhllehne. »Emmi ist noch bis zum Mittagessen beschäftigt«, sagte sie. »Ich hätte wirklich Lust auf einen langen Spaziergang, der uns den Kopf durchpustet.«

»Das hört sich gut an«, stimmte Laura sofort zu. »Wenn wir uns hinter der Werft links halten, können wir den schönen Weg auf dem Deich bis nach Wulfen laufen, zum *Wakepark*. Der hat jetzt bestimmt Saisonschluss, aber falls die Sonne rauskommt, kann man sich dort oben auf die riesigen Feldbetten legen und den Blick auf den Burger Binnensee genießen.«

»Nehmt es mir nicht übel.« Sylke massierte ihre Schläfen. »Ich bin total kaputt und würde mich gern noch ein wenig hinlegen. Außerdem will ich in der Nähe sein, falls Emmi eher kommen sollte.«

»Klar.« Levke wandte sich an Sarah. »Und du, bist du dabei?«

»Sehr gern.«

Die drei Frauen schlüpften in ihre Stiefel und Mäntel. Levke trat nah an Sylke heran. »Ist es wirklich okay, wenn wir gehen?«, fragte sie leise. »Du siehst erschöpft aus.«

»Genau deswegen möchte ich einmal allein sein«, antwortete Sylke lächelnd, »um ein wenig Ruhe zu haben.« Sie schob Levke zur Tür. »Viel Spaß«, sagte sie laut und winkte ihnen nach, als sie auf den Steg hinausstapften.

Im Boot drehte Sylke den Schlüssel um. Sie ging zur Terrassentür und schaute auf die schäumenden Wellen. Das Boot wackelte ein wenig. Sylke lehnte ihre Stirn an die kühle Scheibe. Die Auszeit hatte sie sich ganz anders vorgestellt. Sie hatte sich erholen und alles vergessen wollen. Vergessen. Müde schloss sie die Augen. Vergessen war unmöglich.

Sie schreckte auf, weil die Türklingel schrillte. Erschrocken drehte sie sich um. Das Geräusch hatte sie hier bisher noch nicht gehört. War das etwa Emmi, die schon eher fertig war?

Sie eilte zur Tür, blieb aber davor stehen und legte ihre Hände auf das Holz. »Wer ist da?«, fragte sie laut.

»Polizei.« Die Stimme eines jungen Mannes.

»Polizei?«

»Ja. Wir sollen hier einmal nach dem Rechten sehen.«

Sylke atmete auf. Das war sicherlich die Streife, die Martin Grüning angekündigt hatte. Bestimmt hatte er sie angewiesen, nicht nur am Hafen vorbeizufahren, sondern auch einmal bei ihnen nachzufragen, ob alles in Ordnung sei. Erleichterte öffnete sie die Tür und blickte auf zwei junge Männer. Der eine war sehr groß und schlank, der andere das genaue Gegenteil. Seine Gestalt war gedrungen, er wirkte unförmig und dick. Sie trugen keine Uniformen, aber der Große hielt seinen grünen Polizeiausweis direkt vor Sylkes Nase.

»Polizei Burg«, sagte er.

»Schickt Sie Herr Grüning?«, fragte Sylke. »Kommissar Grüning, meine ich.«

»Ganz genau.« Der Schlanke steckte den Ausweis wieder ein. »Dürfen wir hereinkommen?«

»Es ist eigentlich alles in Ordnung«, setzte Sylke an, doch der Dicke hatte sich schon in das Wohnzimmer geschoben. Er hatte bisher noch kein Wort gesagt, sah sich aber interessiert um. Seine kleinen Schweinsaugen huschten durch das Zimmer.

»Alles in Ordnung also, sagen Sie?« Der Schlanke war ebenfalls eingetreten. Er sprach so gestelzt und langsam, als müsse er nach seinen Worten suchen.

»Ja.« Stirnrunzelnd beobachtete Sylke die beiden Männer. »Haben Sie einen Ausweis da?«

»Äh, ja.« Mit einem Griff hatte Sylke ihr Handy in der

Hand, in dessen Hülle sich immer ihr Personalausweis befand. Sie zog ihn heraus und reichte ihn dem schlanken Mann. Der studierte ihn sorgfältig und gab ihn dann zurück. »Reine Routine«, meinte er. Etwas unsicher schaute er danach zu dem dicken Kerl hinüber. Der war an das Sofa getreten und hatte die Kissen angehoben.

»Entschuldigung, aber was machen Sie da?« Sylke trat einen Schritt vor. Sie verschränkte die Arme vor der Brust. Der Typ verhielt sich merkwürdig. Mit einem Mal kam ihr die Situation komisch vor. »Ich möchte, dass Sie jetzt gehen.«

»Klar.« Der Schlanke bewegte sich schon zur Tür zurück, aber der Dicke blieb vor dem Sofa stehen, seine Augen scannten den Raum.

»Äh«, fuhr der schlanke Mann fort, »ist die Frau noch hier, die Sie, äh, aufgenommen haben?«

Sylke fuhr sich über die Stirn. Ihre Kopfschmerzen wurden stärker. Der Dicke ließ sie nicht aus den Augen. »Kommissar Grüning möchte das wissen«, fügte der schlanke Polizist hinzu.

»Nein, ist sie nicht.« Der Blick des Dicken gefiel ihr gar nicht. Irgendwie wirkte er verschlagen. Sylke ging zur Haustür, die noch immer offen stand, nahm die Klinke in die rechte Hand. »Aber meine Freundinnen kommen jeden Augenblick zurück. Auf Wiedersehen.«

»Gut. Äh, dann.« Endlich setzte sich auch der Dicke in Bewegung, hinaus auf den Steg, dem Schlanken hinterher. Der blickte noch einmal zurück und verzog seine Lippen zu einer Grimasse, die nur sehr entfernt an ein Lächeln erinnerte. »Wir kommen vielleicht noch einmal wieder. Sie sollen sich ja sicher fühlen, nicht wahr?«

»Danke.« Sylke schloss die Tür, drehte den Schlüssel und lehnte sich dann schweratmend mit dem Rücken dagegen. Was waren das denn für komische Vögel gewesen? Sie überlegte einen Moment, holte ihr Handy aus ihrer Hosentasche, tippte mit dem Zeigefinger auf die Hülle. Schließlich öffnete sie es. Sonntag hin oder her. Es tutete und Sylke spürte ihren Pulsschlag bis an den Hals.

»Kriminalhauptkommissar Grüning.«

»Hallo.« Ihr Mund fühlte sich trocken an. »Ich bin es, Sylke. Harmsen.« Sie räusperte sich. »Bitte entschuldigen Sie, ich wollte Sie eigentlich nicht stören.«

»Oh, Sie stören nicht.« Sylke musste das Telefon dicht an ihr Ohr pressen. Irgendetwas rauschte. »Ich hoffe, Sie verstehen mich«, fuhr Grüning fort. »Ich bin gerade am Südstrand, brauchte etwas Salz um die Nase. Es ist bloß ... verdammt windig hier.«

»Ja, das hört man.«

»Warten Sie.« Das Rauschen wurde leiser. »Jetzt steh ich an der *360 Grad Bar*, hier habe ich Windschatten.« Sylke sah ihn vor sich, wie er sich an das Holz lehnte, seine schwarzen Haare verwuschelt vom Wind, seine Wangen gerötet.

»Wie geht es Ihnen?«, fragte er.

»Gut.« Sylke atmete tief ein. »Sie passen ja auch auf uns auf, wie ich sehe.«

»Ah, haben Sie die Streife entdeckt? Ich habe sie angewiesen, mehrmals täglich und auch nachts in Burgstaaken zu patrouillieren. Es ist doch seitdem nichts mehr geschehen, oder?«

Sylke zögerte. Sie hatte Sarah versprochen, bis Dienstag zu warten. Aber anlügen wollte sie Martin Grüning auch nicht.

»Sie waren eben bei mir«, sagte sie stattdessen.

»Wer?«

»Die Polizisten.« Sylke atmete tief ein. »Deshalb rufe ich an. Ich möchte ja nichts sagen ... aber sie brauchen nicht mehr persönlich vorbeikommen, vorbeifahren reicht, denke ich.«

»Was meinen Sie?« Grünings Stimme war lauter geworden. »Die Streife war bei Ihnen, im Boot?«

»Ja. Zwei, bitte entschuldigen Sie, etwas merkwürdige Typen. Sie sahen ein bisschen aus wie ...« Im letzten Moment biss Sylke sich auf die Lippen, fast hätte sie »Dick und Doof« gesagt.

»Sie sind bei Ihnen gewesen?«, wiederholte Grüning und seine Stimme gefiel Sylke nicht mehr. Sie hatte einen scharfen Unterton bekommen. Sie ließ sich an der Tür nach unten sinken, setzte sich auf den Fußboden. Die Kälte breitete sich in rasender Geschwindigkeit in ihrem Inneren aus. »Wie sahen sie aus?«, hakte Grüning nach. »Haben sie sich ausgewiesen?«

»Der eine hatte einen grünen Polizeiausweis«, antwortete Sylke schwach. Ihr war schwindelig. »Er war groß und dünn und sprach, als müsse er jedes Wort erst finden. Der kleine Dicke hat gar nichts gesagt.«

»Wo sind Sie jetzt?« Das Rauschen wurde stärker. Offenbar hatte Grüning sich wieder in Bewegung gesetzt.

»Ich ... ich bin allein auf dem Boot. Die anderen sind spazieren.«

»Sie lassen niemanden mehr rein.« Grüning schrie gegen den Wind an. »Verschließen Sie die Tür. Ich bin auf dem Weg zu Ihnen.«

»Okay.« Sylke ließ das Handy sinken. Ihr Gefühl hatte sie doch nicht getrogen, obwohl sie versucht hatte, es zu ignorieren. Diese zwei Männer waren keine Polizisten gewesen. Zwei Männer, die sie in das Boot gelassen hatte. Die wussten, dass sich eine fremde Frau bei ihnen befand. Aber keiner der beiden war Jo gewesen. Wer waren sie? Und was zur Hölle hatten sie bei ihr auf dem Boot gewollt?

*

An dem Tag, als Trevor entlassen wurde, nahm ich den Rahmen, öffnete ihn und zählte meine Ersparnisse. Es war nicht genug. Ich musste eine Rücklage haben, bevor ich London verließ; schließlich sollte das ein Abschied für immer sein.

Trevor kam zurück und mit ihm die Angst. Ich stellte abends meinen schweren Schreibtischstuhl vor die Tür. Horchte in jeder Nacht auf seine Schritte. Hatte gehofft, dass er sich verändert hatte, aber er war genauso ätzend und widerlich wie eh und je. Susan lobte ihn allerdings, denn er hatte noch besser Deutsch gelernt. Dazu hatte David ihn schon in der Secondary School verdonnert und nun hatte er im Vollzug einen weiteren Sprachkurs belegt. Bestimmt nicht freiwillig. Wahrscheinlich hatte es ihm geholfen, eher rauszukommen. Der gute Junge. Jetzt konnte Susan ihre schweigsame bessere Hälfte und auch Trevor auf Deutsch anschreien. Trevor tat oft so, als würde er sie nicht verstehen. Aber ich wusste, dass ich ab jetzt aufpassen musste. Sogar meine Sprache, meinen letzten Rückzugsort, nahm er mir weg.

Im »Eagles« drehte ich meine Lieblingsplaylist lauter, wenn ich putzte. Und träumte mich weit fort. Sobald ich fertig war, setzte ich mich auf eine der rauen Holzbänke und kramte die Bilder heraus. Susan hatte gar nicht gemerkt, dass ich sie eingesteckt hatte. Ich hatte sie im Keller gefunden, in einem kleinen Abstellraum unten in dem Mietshaus, der zu unserer Wohnung gehörte. David hatte dort sein Fahrrad stehen und ein paar Kisten, die wer weiß was enthielten. Als ich im Herbst meine Winterklamotten hochholen wollte, die ich den Sommer über dort gelagert hatte, war ich über eine Umzugskiste gestolpert und der Inhalt hatte sich über den Fußboden ergossen.

Staunend hatte ich das Fotoalbum hochgehoben und darin geblättert. Susan redete fast nie über ihre Vergangenheit. Meine Großeltern kannte ich nicht. Mein Opa war tot und meine Oma? Ich hatte keine Ahnung. Susan blockte jeden Versuch von mir rigoros ab, mit ihr über die Familie zu sprechen. Aber in diesem Album waren Bilder. Farbfotos von einem jungen Mädchen, von einem Mann und einer Frau vor einem Haus mitten in blühenden Rapsfeldern. Im Hintergrund war das Meer zu sehen.

Ich nahm es mit nach oben in die Wohnung und hielt es ihr unter die Nase. Sie schob es von sich wie einen vergammelten Käse.

»Wer ist das?«, fragte ich. »Und wo? Es sieht wunderschön dort aus.«

Sie runzelte die Stirn. »Pack es weg. Ich will nicht darüber reden.«

»Warum nicht?«

»Darum«. Sie sprang auf und lief in die Küche. Aber ich ließ nicht locker, diesmal nicht, folgte ihr. »Sind das deine Eltern?«

Es dauerte eine Weile, bis das Wort über ihre Lippen fand. »Ja.«

»Und wo haben sie gewohnt?«

»Auf Fehmarn.«

Mehr war nicht aus ihr herauszubekommen.

Ich nahm das Album mit. Trennte die Fehmarn-Fotos heraus und steckte sie ein. Sah sie mir immer wieder an. Das helle, freundliche Gelb der Felder, das tiefe Blau des Meeres. Fehmarn. Ich hatte von diesem Ort noch nie gehört. Aber es musste wunderschön dort sein.

Kapitel 15

»Shit.« Kalle stolperte und konnte sich im letzten Moment an Paula festkrallen. Die kicherte. »Pass doch auf, du Idiot.«

Hannos verschwitztes Gesicht tauchte vor ihnen auf. »Hey, coolt euch mal ab«, rief er ihnen zu, »helft mir lieber, diesen verdammten Rucksack zu tragen.«

»Wir kommen ja schon.« Kalle löste sich widerwillig von Paula und taumelte auf Hanno zu. Er sank in den weichen Dünensand ein. Paula kicherte noch immer vor sich hin und ließ sich vor Hanno fallen. »Oh Mann, ihr beide hattet gestern aber echt zu viel intus«, sagte Hanno und seufzte übertrieben. Er schaute auf Paula hinab. Ihre Mütze hing schief über ihren langen braunen Haaren, das Halstuch wehte im Wind. »Das musst du gerade sagen«, antwortete sie und schmiss eine Handvoll Sand nach ihm. »Du warst mindestens genauso dicht wie wir.«

»Mir merkt man aber den Restalkohol nicht mehr an.« Hochaufgerichtet streckte Hanno seinen Oberkörper nach vorne.

»Da hilft nur eins.« Auch Kalle hatte es inzwischen zu Hanno geschafft und griff nach dem schwarzen Rucksack.

»Weitertrinken«, grölten alle drei aus voller Kehle.

»Wir sind schließlich nicht zum Spaß hier«, fügte Kalle hinzu. Hanno hatte ein wenig Mühe, ihn zu verstehen, da er in jedes Wort mindestens ein »sch« einbaute, was sich dann so ähnlich wie *Wirschindschlieschlichnischtzumschpaschhier* anhörte. Kalle setzte den Rucksack nicht auf seine Schultern, sondern zog ihn am Gurt einfach durch die Dünen hinter sich her. Eine dunkle Schleifspur folgte ihm durch den Sand.

Über den Deich und durch die Dünen erreichten sie den Strand. Paula blieb stehen und drehte sich im Kreis. »Sheeesh, ist es nicht einfach der Hammer hier?«, rief sie mit weit ausgebreiteten Armen.

Kalle ließ den Rucksack los und stellte sich mit Hanno neben die jauchzende Freundin. Vor ihnen lag die Ostsee, die Wellen rauschten an den Strand. Rechts von ihnen konnten sie groß und majestätisch die Fehmarnsundbrücke erkennen, die sich vor dem grauen Himmel abzeichnete. Paula winkte zu den wenigen Autos hinauf, die an dem Sonntagvormittag über die Brücke krochen. Sie hakte sich rechts und links bei den beiden Jungs unter. »Ach, ich werde die Züge vermissen«, sagte sie. »Mindestens fünf Jahre werden sie nicht mehr über den Bügel rollen.«

»Fühl ich total. Busse statt Züge, nur weil die Honks den Belttunnel bauen.« Auch Hanno hob seine Hand, als wollte er die Brücke selbst grüßen.

Paula lief ein Stück weiter zum Wasser hinunter. Hanno ließ den Blick nicht von ihr. Wie schön sie war, mit ihren wehenden braunen Haaren, die sich von dem weißen Sand abhoben. Und man konnte Pferde mit ihr stehlen. Sie trank wie ein Mann, sah aus wie ein Model und war eine richtige Ehrenfrau. Jedenfalls in seinen Augen. Er rannte hinter ihr her, ergriff sie von hinten und wirbelte sie herum. Paula versuchte lachend, sich zu befreien, und beide fielen um. Schon war Kalle über ihnen, warf sich auf sie wie ein junger Welpe. Grinsend blieben die drei im Sand liegen, den Blick auf ihren »Kleiderbügel« gerichtet. Abends kamen oft Touristen, um die Brücke im Sonnenuntergang aufs Foto zu bannen. Ein Anblick, den auch Hanno liebte.

Jetzt, an einem verschlafenen Sonntagvormittag, war außer ein paar Hundebesitzern kaum jemand unterwegs. Über dem Wind und dem Rauschen der Wellen konnte man leise das hohle Pfeifen der Schiffsmasten hören, denn rechts vor ihnen lag der kleine Hafen, der sich vor der Brücke erstreckte. Viele Boote waren im Herbst schon ins Trockene gebracht worden, aber einige schaukelten immer noch auf dem unruhigen Wasser. Über ihnen zogen die Möwen ihre Kreise, helle Flaumtupfen am grauen Himmel.

Paula hatte sich auf ihre Ellenbogen gestützt. »Ich hab Bock auf eine Sandburg«, rief sie, »eine richtig große. Macht ihr mit?«

»Nicht dein Ernst.« Kalle verzog den Mund. »Ich finde, wir sorgen mal dafür, dass der Rucksack leichter wird.«

Paula sprang auf und lief zu den Dünen zurück, in denen Kalle ihn achtlos zurückgelassen hatte. »Das Bier können wir beim Buddeln trinken«, rief sie den beiden über die Schulter zu. Hanno bewunderte ihre Energie trotz der durchgemachten Nacht und folgte ihr sofort. Paula hatte den Reißverschluss bereits geöffnet und nach zwei Flaschen Fehmaraner Knust-Bier gegriffen. Sie legte die beiden Flaschenhälse gegeneinander, den einen etwas tiefer als den anderen, und schlug nun mit dem Knie von unten gegen die tiefere Flasche, sodass der Kronkorken der oberen im hohen Bogen herunterflog. Echt nice, die Nummer war jedes Mal der Burner. Trotz heimlicher Übung bekam er es immer noch nicht so reibungslos und cool hin wie sie.

Nachdem sie weitere Flaschen geöffnet und mit den anderen angestoßen hatte, erklärte Paula mit roten Wangen: »Und jetzt bauen wir eine Riesenburg. Hier in den Dünen, da ist sie vor dem Wind und den Wellen geschützt.«

Kalle hockte sich hin und ließ den Sand durch die Finger rieseln. »Keine Chance, der ist total weich.«

»Digga, dann muss man halt tiefer buddeln. Bis der Sand ein wenig nass ist.«

Paula hatte sich neben ihn gekniet und fing an zu graben. Sofort half Hanno ihr. Mit vier Händen hatten sie schnell die nasseren Sandschichten freigelegt.

»Nun mach doch mit!« Sorgfältig schichtete Paula den Sand auf einen Haufen. »Das wird die größte und tollste Sandburg, die je in Fehmarns Dünen gestanden hat. Safe. Ich sehe das krasse Foto schon vor mir: Wir in den Dünen, dazwischen die Sandburg und im Hintergrund die Brücke.«

»Ach, du immer mit deinen Fotos.« Kalle schüttelte den Kopf. »Wenn es nicht auf Instagram gepostet wird, ist es nichts wert.«

»Quatsch.« Paula boxte ihn in die Seite. »Ich werde diesen Augenblick mit euch immer in meinem Herzen tragen.« Theatralisch fasste sie an ihre linke Brustseite.

Hanno hatte mit seinen großen Händen weitergeschaufelt, der Sandberg neben ihnen wurde stetig größer. Plötzlich stoppte er. Erstarrte mitten in der Bewegung.

Erstaunt sah Paula ihn an. Hannos Gesicht hatte innerhalb von Sekunden all seine Farbe verloren. »Ich weiß«, rief Paula, »schwer zu glauben, dass ausgerechnet ihr Dösbaddel einen Platz in meinem Herzen habt, aber …«

Doch Hanno lachte nicht. Grinste sie nicht an wie sonst. Sondern starrte kreidebleich in das tiefe Loch. Stirnrunzelnd hielt Paula inne. Auch Kalle hatte bemerkt, dass etwas nicht stimmte. Er beugte zeitgleich mit Paula seinen Kopf näher an Hanno heran. »Da.« Hannos Zeigefinger wies zitternd nach unten.

»Was ... was ... ist das?« Paulas Stimme klang gar nicht mehr amüsiert.

»Es ist ... ich meine, ist das ... eine Hand?« Kalle wischte sich über die Augen und hinterließ eine Spur von dunklen Sandkörnern in seinem Gesicht. In dem Loch waren deutlich fünf Finger zu erkennen, die aus dem Sand in die Höhe ragten.

»Sicher nur ein Handschuh oder so, ist ja so schwarz ...« Paula schluckte. Wie hypnotisiert folgte Hanno ihrer Bewegung, ihren Fingern, die in das Loch hineingriffen, sich vorsichtig an dieses hochstehende Etwas herantasteten. Bitte lass es wirklich nur ein Handschuh sein, flehte er stumm. Entschlossen griff Paula danach. Zog. »Ich bekomme es nicht heraus«, murmelte sie und zerrte weiter.

Dann schrie sie. Sie schrie so laut und hoch, dass Hanno das Blut in den Adern gefror. Er schloss die Augen. Zu spät. Das Bild hatte sich in seine Netzhaut gebrannt. Paula, die vor ihm in den weißen Dünen saß. Die das dunkle Teil aus dem Sandloch herausgezogen hatte und erschrocken vor sich hielt. Einen Arm. Einen Arm mit einer schwarzen Hand daran.

Kapitel 16

»Ich bin es, Martin.«

Sylke erkannte seine Stimme sofort und öffnete die Tür. Sie hatte die ganze Zeit davor gehockt, unfähig, die Kälte aus ihrem Inneren zu vertreiben. Aber Grüning hatte sich wirklich beeilt, gerade einmal zehn Minuten hatte er vom Südstrand zu ihr gebraucht. Als sie ihn ansah, seine zerzausten schwarzen Haare, seine blitzenden Augen, die sie besorgt anschauten, schmolz der Eisblock in ihr ein wenig. Sie bat ihn herein, warf einen raschen Blick nach draußen und schloss die Tür dann wieder sorgfältig.

»Möchtest du … äh Sie, etwas trinken?« Mist, wie kam sie dazu, ihn einfach zu duzen? Schnell drehte sie sich zur Spüle, damit er nicht sah, wie das Rot in ihre Wangen schoss. Aber hatte er nicht gerade auch nur »Martin« gesagt? »Ich bin es, Martin.« Nicht »Martin Grüning« oder »Kommissar Grüning«. Oder? Sie versuchte, sich zu erinnern, doch sie war zu keinem klaren Gedanken fähig. Das lag natürlich mehr an den komischen Polizisten als an ihm.

»Falls es nicht zu viele Umstände macht, eine heiße Tasse Kaffee wäre toll.« Er blies in seine Hände. »Direkt am Wasser ist es doch windiger, als man zuerst vermutet.«

Sylke war froh, dass ihre Finger etwas zu tun hatten. »Setzen Sie sich doch«, sagte sie, während sie gehäufte Löffel in die Maschine schaufelte. Kaffee musste stark sein, heute erst recht. Grüning jedoch kam zu ihr herüber und stellte sich ihr gegenüber an die Anrichte.

»Also«, redete er nicht um den heißen Brei herum, »was Sie mir da gerade erzählt haben, macht mir Sorgen. Ich habe von unterwegs im Präsidium angerufen und man hat mir bestätigt, dass Weiler und Herms gerade Streife fahren. Die waren nicht hier bei Ihnen. Und auch niemand sonst von uns.«

Sylke atmete tief ein. »Ich fasse es nicht«, murmelte sie. »Wer war es dann?«

Grüning sah sie aufmerksam an. »Keine Ahnung. Aber es ist sehr merkwürdig. Sie sagten, einer hatte einen Polizeiausweis?«

»Ja, genau. So ein grünes Ding, wie die rosa Führerscheine früher. Er hielt es mir aufgeklappt unter die Nase.«

Mit verdrehten Augen schnaubte Grüning. »Diese vermaledeiten Ausweise lassen sich leicht fälschen. In ganz Deutschland werden die Polizeiausweise modernisiert, als Checkkarte, die man sogar digital auslesen kann. Schleswig-Holstein gehört leider zu den Schlusslichtern. Hier sind wir noch mit den Papp-Ausweisen unterwegs, die gut und gern dreißig Jahre alt sein können. Damit hat jeder Fälscher leichtes Spiel. Vor allem bei Laien.«

»Oh Mann. Hätte ich doch bloß genauer hingesehen.«

»Ach, ärgern Sie sich nicht, das hätte auch nichts gebracht. Sie haben zuvor doch keinen Ausweis gesehen, mit dem Sie ihn hätten vergleichen können, oder?«

»Nein.« Sylke schüttelte den Kopf.

»Dann hätten Sie es nicht gemerkt. Genau das ist ja das Problem.« Zögernd rieb er seine Nase, dann fügte er hinzu: »Der vermeintliche Polizist war aber nicht …«

»Nein«, unterbrach Sylke ihn schnell. Sie wusste sofort, worauf er anspielte. Auf den Sommer, die Entführung, ihre

Flucht. Auf diesen Mistkerl, der sich noch immer dort draußen herumtrieb. »Er war es auf keinen Fall«, fügte sie mit Nachdruck hinzu. »Egal, was er mit sich gemacht hätte. Verkleidung, Gesichts-OP ... ich hätte ihn erkannt.«

Grüning nickte. »Das glaube ich. Vielleicht hat er jemanden geschickt.«

»Oder«, Sylke seufzte, »es hat gar nichts mit ihm, sondern mit dieser Frau zu tun.«

Sie goss Kaffee in zwei Becher, schob Grüning einen zu und ging zum Sofa hinüber. Sie wollte Grüning alles erzählen, egal, was sie Sarah versprochen hatte. Die Dinge hatten sich geändert, er musste es wissen. Der Kommissar setzte sich nicht in den Sessel, der gegenüber dem Sofa stand, sondern neben sie. Obwohl mindestens dreißig Zentimeter zwischen ihnen lagen, meinte Sylke die Wärme zu spüren, die von ihm ausging. Um nicht abgelenkt zu sein, drehte sie ihr Gesicht zum Fenster. Den grauen Himmel vor Augen begann sie zu erzählen. Sie berichtete Grüning alle Einzelheiten und ließ nichts aus.

Der Kommissar unterbrach sie nicht, trank schweigend seinen Kaffee und hörte ihr aufmerksam zu. Als Sylke geendet hatte, fuhr er sich durch die Haare. »Was für eine vertrackte Geschichte«, sagte er. Dann stellte er seinen Becher auf den Couchtisch. Kam es Sylke nur so vor, oder rückte er etwas näher an sie heran? »Als Erstes«, fuhr Grüning fort, »werden wir uns Jo, also Johannes Binder, noch einmal genauer ansehen. Das sind schwere Vorwürfe und zusammen mit dem, was Sie und Frau Wiegand im Sommer zu Protokoll gegeben haben, reicht es vielleicht für eine Anklage.«

»So ein Mistkerl.« Schnaubend blies Sylke in ihren Kaffee.

»Und ich muss natürlich mit dieser Sarah sprechen. Wie heißt sie noch gleich mit Nachnamen?«

Sylke kräuselte ihre Stirn. »Meyer, glaube ich.«

»Also mit Sarah Meyer. Und zwar nicht erst am Dienstag, sondern gleich heute.«

»Sie haben doch frei.« Verlegen schaute Sylke ihn an. »Deshalb wollte ich Sie auch eigentlich nicht stören.«

Grüning machte eine wegwerfende Handbewegung. »Frei bedeutet für mich, dass trotzdem immer etwas passieren kann. Bei Notfällen werde ich eh sofort informiert, gegebenenfalls auch die Kollegen aus Oldenburg. Machen Sie sich darüber keine Gedanken. Vor allem, wo ich jetzt schon einmal hier bin.«

»Sie sind spazieren, meine Freundinnen.« Vage deutete Sylke nach draußen. »Soll ich sie anrufen, damit sie schnell zurückkommen?«

»Ja, das wäre toll.« Grüning drehte seinen leeren Becher in den Händen. »Wenn es Ihnen nichts ausmacht, hole ich mir währenddessen Nachschub.«

Er ging zur Anrichte hinüber und Sylke beobachtete ihn unauffällig, solange sie telefonierte. Levke, die sofort antwortete, versprach, auf der Stelle umzukehren.

»Das kann ein bisschen dauern«, sagte Sylke, als sie aufgelegt hatte. »Sie sind vom Wakeboardpark noch zum Campingplatz Wulfen hinübergelaufen, um dort im *Seeblick* einen heißen Kakao zu trinken. Aber sie machen sich sofort auf den Rückweg.«

Grüning, der sowohl seine als auch Sylkes Tasse erneut bis an den Rand gefüllt hatte, kam zu dem Sofa zurück. Er schaute auf die Uhr. »Dann wird es über eine Stunde dauern, bis sie hier sind, selbst wenn sie zügig gehen.«

»Es tut mir leid, Sie müssen nicht warten. Ich kann mich auch bei Ihnen melden, wenn …«

»Ach was.« Die Gesichtszüge des Kommissars entspannten sich merklich. »Ich bleibe gerne hier und leiste Ihnen Gesellschaft.«

Er griff, ohne den Blick von ihr zu nehmen, nach seinem Kaffeepott, langte allerdings daneben und warf den großen Becher um. Sofort floss ein schwarzer Schwall über den Tisch und auf den Boden.

»Ach herrje!« Grüning sprang auf, lief in die Küche und kam mit einem Lappen zurück. »Was bin ich doch für ein Tölpel!«

»Ist gar kein Problem.« Sylke hatte schon nach den Taschentüchern gegriffen, die auf dem Tisch lagen, und gemeinsam versuchten sie, der schwarzen Lache Herr zu werden. Dabei bückten sie sich gleichzeitig. Ihre Köpfe stießen zusammen. »Oh Gott, da komme ich, um Ihnen zu helfen, und knocke Sie gleich aus.« Grüning legte vorsichtig seine Fingerspitzen an Sylkes Stirn. »Tut es weh?«

»Nein, alles gut.« Sylke lächelte ihn an. Mist, sie hätte besser sagen sollen, dass es furchtbar schmerzte, schoss es ihr durch den Kopf. Er sollte seine Hand nicht wegnehmen. Selbst die leichte Berührung fühlte sie in ihrem ganzen Körper. Ohne nachzudenken, hob sie ihren Arm und fuhr durch seine Haare. »Und selbst, alles okay dort oben?«

»Na ja«, Grüning grinste, »da bin ich mir nicht ganz so sicher.« Bevor er seine Hand herunternahm, strich er Sylke zart über die Wange. Dann wandte er sich schnell ab, aber Sylke sah genau, dass sein Gesicht gerötet war. »Hier ist ja immer noch was«, rief er und zeigte auf ein Magazin, das auf dem

Tisch lag und auf dessen Cover Kaffeereste schwammen. Er hob es an, hielt es über seine Tasse und ließ die schwarze Brühe hineintropfen. Sylke begann zu lachen. Auf dem Titelbild war eine müde Frau zu sehen, die sich mit der einen Hand schmerzverzerrt die Stirn hielt, mit der anderen umklammerte sie einen großen Becher. *Sind wir koffeinabhängig?*, titelte die Unterschrift darunter.

Grüning war ihrem Blick gefolgt. »Oh ja, das sind wir definitiv«, sagte er und sein Grinsen wurde breiter. Er nahm einen Schluck und verzog das Gesicht. »Wir trinken ihn, sogar wenn er kalt ist und nach nassem Papier schmeckt.«

Sylke lachte immer noch und hielt ihm ihre Tasse hin. »Hier, der ist noch warm und unversehrt.«

»Danke.« Grüning nahm einen tiefen Schluck. »Ich liebe Kaffee«, sagte er dann. »Sie müssten mal meine Küche sehen. Ein Board ist nur diesem wunderbaren Gebräu gewidmet. Ich mahle die Bohnen selbst und habe spezielle Filter. Das ist ein Traum, ich sag es Ihnen.«

»Hm, göttlich!« Sylke spürte noch immer seine Finger auf ihrer Wange. »Kaffee ist mein Leibgetränk, da muss ich Ihren unbedingt probieren.«

»Ehrlich?« Grüning atmete tief ein. »Dann kommen Sie doch mal vorbei. Ich mache meine spezielle Martinmischung für Sie.«

»Martinmischung.« Ein Schwall von Wärme floss durch ihren Körper. Sie spürte den Eisblock nicht mehr. »Gerne. Ich habe das Gefühl, die muss man einfach lieben.«

Der Kommissar sah Sylke an und zupfte an seiner Lippe.

Nein, starr jetzt nicht auf seinen Mund. Sylke gab sich alle Mühe, in seine Augen zu schauen. Aber auch das war nicht einfach, denn sie hatte das Gefühl, er würde direkt in sie hineinsehen. Ihr Herz begann zu rasen, als er erneut seine Hand hob und vorsichtig ihr Haar berührte.

Im selben Augenblick zuckte sie zusammen. Ein lautes, durchdringendes Klingeln erfüllte den Raum. Grüning zog seine Hand zurück, fuhr in seine Jackentasche und holte sein Handy heraus.

Für einen kurzen Moment schloss Sylke die Augen und verfluchte lautlos alle Smartphones dieser Welt.

Martin war aufgestanden und zur Terrassentür hinübergegangen. Er lauschte angespannt. »Okay, ich bin unterwegs«, sagte er schließlich und legte auf. Mit schnellen Schritten kam er zum Sofa herüber. Alle Fröhlichkeit war aus seinem Gesicht gewichen. »Es tut mir sehr leid, aber ich muss los.«

»Was ist denn passiert?«

Der Kommissar war schon zur Tür geeilt. »Ein Leichenfund.« Er drehte sich zu ihr um. »Bitte behalten Sie die Info vorerst für sich.«

»Ja. Ja, klar.« Sylke war ebenfalls aufgestanden. Der Eisblock kam zurück. »Eine Leiche? Hier auf Fehmarn?«

»Ich weiß auch noch nicht mehr, sie wurde gerade erst entdeckt.« Nun machte er doch einen Schritt auf Sylke zu. »Es tut mir leid«, wiederholte er, »ich muss später mit Frau Meyer reden. Ich melde mich noch mal, ja?«

Sylke nickte benommen.

»Und bitte, lassen Sie niemanden mehr herein, den Sie nicht kennen«, fügte er hinzu. Er öffnete die Tür, blieb jedoch mit der Klinke in der Hand stehen. »Ach ja. Die Einladung zum Kaffee gilt natürlich trotzdem.« Einen Moment wurden seine Gesichtszüge wieder weich und er lächelte. Dann drehte er sich um und eilte mit großen Schritten den Steg hinunter.

*

Egal, wie sehr ich bohrte, Susan weigerte sich, über Fehmarn zu reden. Sie zog an ihrer Zigarette und machte den Fernseher lauter. Also googelte ich. Stundenlang. Las alles über die unterschiedlichen Strände, träumte mich in rapsgelbe Felder, in die urigen Gassen von Burg, auf den Flügger Leuchtturm mit seinem einmaligen Ausblick. Und schaute mir das Foto von Opa und Oma an. Opa war tot, aber was war mit Oma? Warum wollte Susan nicht über sie reden? Lebte sie noch irgendwo auf der Insel, wusste nichts von ihrer Enkelin und würde sich freuen, mich kennenzulernen?

Ich musste es unbedingt herausfinden!

Die Zeit wurde mir unerträglich. Nachts, wenn ich Trevors Schritten lauschte, war es besonders schlimm. Aber auch tagsüber wurde ich unruhiger und unruhiger. Eines Morgens, als ich nach dem Putzen im »Eagles« auf der Holzbank saß, beschloss ich, dass es genug war. Ich ging zu dem Foto, das nach wie vor unschuldig auf der Anrichte stand, öffnete den Rahmen und nahm mein Geld heraus. Zählte es. Ich hatte den Betrag, der aus meiner Dose verschwunden war, noch nicht erreicht. Aber egal. Irgendwo würde es schon Arbeit für mich geben. Irgendwo auf Fehmarn. Für die Reise und einen Anfang würde es reichen, musste es reichen.

Frühmorgens, als der letzte Gast gegangen war, nahm ich meinen Bestellblock und schrieb Georg meine Kündigung. Den Zettel klemmte ich unter die Kasse. Zu Hause, in der Wohnung, war es still. Nur aus Trevors Zimmer drang sein leises Schnarchen. Ich kramte meine alte schwarze Sporttasche hervor und packte meine Sachen hinein. Meine zwei Lieblings-T-Shirts, die ausgewaschene Jeans, den dunklen Pulli. Der Einzige, der nicht ausgeleiert war. Unterwäsche. Meine Zahn- und Haarbürste, die günstige Gesichtscreme aus dem Drugstore um die Ecke. Und zu guter Letzt meinen Notizblock. Aus dem riss ich vorher eine Seite heraus, schrieb mit Kuli darauf: *Ich bin weg. Sarah.* Legte ihn auf den Küchentisch, zog leise meine Jacke und Schuhe an und nahm die Tasche in die Hand. Für einen Moment wunderte ich mich, wie leicht sie war. Eine Tasche, in die mein ganzes Leben passte.

Dann öffnete ich die Tür und stahl mich in den aufgehenden Tag.

Kapitel 17

»Wir sehen aus, als kämen wir aus dem Süden.« Isabel streckte ihren dunkelbraunen Arm in die Luft. »Ich glaube, so braun war ich noch nie.«

»Ich auch nicht.« Julia hielt ihren Arm neben den ihrer Freundin. »Ich würde sagen, das ist Gleichstand«, stellte sie fest.

Isabel rollte sich auf der Poolliege zur Seite, stützte ihren Kopf in ihre linke Hand und sah Julia an. »Was wirst du eigentlich machen, wenn die Hinrichs wiederkommen?«, fragte sie.

Julia zuckte mit den Achseln. »Auf Fehmarn hält mich dann nichts mehr«, sagte sie. »Die Insel ist wunderschön, aber außer diesem Arschloch kenne ich hier nicht wirklich jemanden und ich habe echt keine Lust, ihm über den Weg zu laufen.«

»Also?«

»Keine Ahnung.« Gewissenhaft zupfte Julia Flusen aus ihrem Handtuch. »Ich werde mir irgendwo eine Arbeit suchen, denke ich.«

Isabel nickte. »Ich jobbe in Hamburg als Kellnerin, in so einer kleinen Kneipe. *Im Büro.*«

Julia kicherte. »Wie, die heißt wirklich so?«

»Jau. Der Besitzer findet das witzig: Schatz, wo warst du? Na, *im Büro.*«

Julia schlug sich mit der flachen Hand gegen die Stirn.

»Der Gastro gehen im Moment die Leute aus, überall fehlt Personal«, fuhr Isabel fort. »Deshalb werde ich sofort im Oktober wieder eingestellt. Ich kann bestimmt ein gutes Wort für dich einlegen.«

»Ehrlich?« Mit einem Ruck setzte Julia sich auf. »Das wäre … fantastisch.« Sie strahlte über das ganze Gesicht.

Auch Isabel lächelte. »Irgendwie sind wir ein gutes Team.«

»Ja, das finde ich auch.« Julia wusste nicht genau, was es war, aber mit Isabel verstand sie sich ohne große Worte. Fast so, als wären sie Schwestern, als hätten sie ähnliche Wunden, die sich in ihre Seele gegraben hatten.

»Spitze. Darauf einen gekühlten Eistee, würde ich sagen.« Mit einem Satz sprang Isabel von der Liege und lief durch die offene Terrassentür ins Haus.

Julia ließ sich nach hinten sinken und schloss die Augen. Noch nie in ihrem Leben hatte sie sich so gut gefühlt. Hier auf Fehmarn, in diesem Garten hinter hohen Hecken, kam sie sich zum ersten Mal sicher vor. Und Isabel war die erste Person, die einfach durch und durch nett war. Bei der sie sein konnte, wer sie war, ohne sich zu verstellen und dauernd zu hinterfragen.

Der Gedanke, dass ihr Zusammensein im Oktober nicht aufhören, dass sie vielleicht mit Isabel in Hamburg arbeiten würde, war zu schön, um wahr zu sein. Vielleicht könnte sie dann endlich all die dunklen Bilder begraben. Vor allem die, in denen sie Rache nahm. Denn das Gefühl, ihre Schmerzen denen zurückzugeben, die sie ihr zugefügt hatten, war manchmal übermächtig stark. Nur mit Isabel verzog es sich. Verschwand nicht ganz, aber wurde kleiner.

Eventuell würde Isabel sogar mit ihr zusammenziehen. Sie lebten schließlich schon tagein, tagaus gemeinsam, ohne dass sie sich auf den Keks gingen, und das, obwohl sie nicht arbeiteten und twenty four/seven zusammen waren. Das war mehr, als die meisten Ehepaare schafften.

Bilder zogen an Julias Kopf vorbei. Sie und Isabel, lachend, Arm und Arm irgendwo an der Alster. Isabel hatte nicht viel von Hamburg erzählt, aber wenn, dann hatte sie von diesem See mitten in der Stadt geschwärmt. Julia hatte die Nase gestrichen voll von Männern und Isabel schien es ganz ähnlich zu gehen. Sie war eine ziemliche Einzelgängerin, so wie sie selbst. Aber das könnte sich ja jetzt ändern.

Julias Atem wurde tief und regelmäßig, ihr Kopf sackte zur Seite.

Sie schreckte auf, weil etwas auf ihrer Nase kitzelte. Mit einer trägen Handbewegung scheuchte sie die Fliege fort. Die Sonne knallte auf ihren Nacken, für einen Moment war ihr schwindelig.

»Isabel?«

Die Liege neben ihr war leer. Langsam setzte Julia sich auf. Ihr Kopf fühlte sich matschig an. Hatte Isabel nicht Eistee holen wollen? Als ihr Blick auf ihre Uhr fiel, erschrak sie. Fast eine Stunde war seit ihrem Gespräch vergangen. Hatte sie etwa so lange geschlafen?

Sie stand langsam auf und schlurfte ins Haus. »Isabel?«, rief sie erneut. Drinnen war es totenstill, die Kücheninsel jedoch war hell beleuchtet. Stirnrunzelnd ging Julia darauf zu. Der Kühlschrank war weit geöffnet, sein Licht fiel auf die Anrichte in der Mitte der Küche. Wieso war der Kühlschrank offen? Julias Gehirn kam nur schwer in Gang. Sie musste dringend etwas trinken. Mit gerunzelter Stirn schloss sie die Tür und sah in dem Augenblick die rote Lache, die auf dem Fußboden schimmerte. Mitten darin glitzerten unzählige größere und kleinere Glasscherben. Um Himmels willen, was war hier passiert?

»Isa?« Ihre Stimme hallte durch das Haus. Sie lauschte. Hörte nichts als ihr eigenes Blut, das in den Ohren pochte.

Julia lief zu der Toilette hinüber, öffnete die Tür. Niemand zu sehen. Zu dem Bad daneben, mit der Dusche und Badewanne. Auch dort keine Spur von ihrer Freundin. Sie zog ihr Handy aus der Tasche, wählte Isabels Nummer. Während es tutete, sprang sie die Treppe, die direkt aus dem Wohnzimmer abging, in den ersten Stock hinauf. Sie hörte es klingeln, unter ihr. Julia hielt inne, machte auf den Stufen kehrt. Sah das leuchtende Display auf der Anrichte in der Küche mit jedem Ton vibrieren. Ließ es klingeln. Isabel kam immer sofort, wenn ihr Handy anging. Denn meistens waren es die Hinrichs, die anriefen, und die mochten es gar nicht, zu warten.

Es klingelte und klingelte. Wie hypnotisiert stand Julia mitten auf der Treppe und starrte Isabels Telefon an. Wartete, dass eine Tür aufging. Dass Isabel lachend herauskam.

Sie ließ es tuten, bis die Mailbox ertönte. »Hallo, hier ist Isabel«, erklang es fröhlich aus dem Telefon. Julias Arm sank schlaff herab. »Isabel, wo bist du?«, flüsterte sie.

Aber Isabel antwortete nicht.

Kapitel 18

»Erst kommen also zwei fremde Männer, die sich als Polizisten ausgeben und unser Boot ansehen, und dann wird Kommissar Grüning zu einem Leichenfund gerufen?« Levkes Augen waren immer noch weit aufgerissen.

Sobald die Frauen von ihrem Spaziergang zurückgekehrt waren, hatte Sylke ihnen aufgeregt von all den Vorkommnissen berichtet. Sie saßen um den Esstisch, Sylkes frisch aufgebrühter Kaffee in der Mitte. »Definitiv koffeinsüchtig«, dachte sie und musste trotz all des Schreckens kurz lächeln, als sie ihre Tasse an die Lippen hob. Es war die Tasse, aus der Grüning getrunken hatte, und die hatte sie nicht abgewaschen. Wie ein Teenager, aber das war ihr egal. Irgendwie fühlte sich das gut an. Es kostete sie einige Mühe, sich wieder auf die anderen drei Frauen zu konzentrieren.

»Und es war definitiv nicht Jo?«, fragte Sarah.

»Nein.« Sylke schüttelte heftig ihren Kopf. »Ich habe die beiden noch nie hier gesehen.«

»Oh Mann.« Levke schüttete ihren Kaffee herunter. »Das Ganze gefällt mir immer weniger. Wer sind die Typen und was wollten die von uns?«

Laura seufzte. »Und jetzt wird auch noch mitten in den Dünen eine Leiche gefunden. So was ist auf Fehmarn noch nie passiert, oder? Keine Ahnung, ob das alles in einem Zusammenhang steht ... Aber ganz ehrlich, das macht mir jetzt langsam ein wenig Angst.«

»Mir auch.« Mit einem Knall setzte Levke ihre Tasse ab. »Ich bin dafür, wir fahren nach Hause.«

»Fühlst du dich denn da sicherer?« Zweifelnd sah Sarah sie an. »Du wohnst doch allein, hast du erzählt. Sylke lebt auch allein mit ihrer Tochter in einem großen Haus. Da werdet ihr nachts doch genauso wach liegen und auf jedes Geräusch lauschen. Hier sind wir immerhin alle zusammen und gleich zur Stelle, wenn jemand Hilfe braucht.«

»Hm.« Nachdenklich wiegte Levke ihren Kopf.

»Ich bin dafür, dass wir bleiben.« Noch während Sylke die Worte aussprach, merkte sie, dass sie nicht der Wahrheit entsprachen. Doch es gab einen guten Grund: Emilie. Die hatte von all den heutigen Vorkommnissen nichts mitbekommen und das sollte auch so bleiben. Morgen früh würden sie regulär abreisen und Emmi nicht noch weiter verängstigen. »Nur«, fügte sie hinzu, »wir sollten heute Abend alle hier sein. Ich meine, wer kann schon fünf Frauen gleichzeitig überwältigen?«

»Das stimmt.« Levkes Blick wanderte zur Tür. »Natürlich lassen wir auch keinen rein und schließen alles ab. Dann kann doch nichts passieren.«

»Also abgemacht, Abreise erst morgen.« Laura wandte sich an Sarah. »Du kannst gerne so lange noch hierbleiben. Kommissar Grüning möchte eh mit dir sprechen, richtig, Sylke?«

Sylke nickte. »Ich weiß bloß nicht, wann. Keine Ahnung, was die jetzt bei einem Leichenfund so alles erledigen müssen.«

»Danke, das ist total nett, ich bleibe gerne.« Sarah blickte nach draußen. Die Insel machte ihrem Ruf alle Ehre, denn die

Sonne hatte sich inzwischen durch die Wolken gekämpft und ein wenig helles Licht schien auf die schäumenden Wellen. »Ich fänd es trotzdem gut, wenn wir mehr Opfer von Jo ausfindig machen könnten«, fuhr sie fort. »Ich mein, ihr wisst doch, wie das ist. Wenn Polizisten nachfragen, öffnen sich die Leute nicht so, haben vielleicht sogar Angst. Ich glaube nicht, dass Männer in Uniform unbedingt Frauen dazu bringen, ihnen etwas so Intimes und Persönliches offen zu erzählen. Die sind schließlich so wie wir eingeschüchtert von allem, was sie mit dem Typen erlebt haben.«

»Das stimmt. Die Chance, dass sie sich Frauen anvertrauen, die selbst unter Jo gelitten haben, ist viel größer.« Laura drehte eine ihrer braunen Locken um ihren Zeigefinger. »Also, wie ist unser Plan konkret? Die Bar macht um fünf heute Nachmittag auf, aber bestimmt ist das Personal eher da. Levke und ich könnten versuchen, mit den Frauen zu sprechen, die dort arbeiten. Die kriegen doch allerhand mit.«

»Das klappt bestimmt, das Personal ist dort wirklich nett«, pflichtete Levke bei. »Und wenn die Bar öffnet, hören wir uns eine Stunde lang auch unter den Gästen um. Dann machen wir uns gegen sechs auf den Heimweg und sind zurück, bevor es richtig dunkel ist. Den Abend über bleiben wir alle hier und spielen etwas. Was meint ihr?«

»Find ich super«, stimmte Sarah sofort zu.

»Na ja, meinetwegen.« Sylke zuckte mit den Achseln. »Auch wenn wir bestimmt noch öfter in die Bar müssen, um weitere Opfer von Jo zu finden. Dann bleibe ich später mit Sarah und Emmi hier. Apropos«, sie schaute auf die Uhr, »ich denke, der Sandstrahl-Workshop müsste bald fertig sein und ich würde Emmi gerne abholen. Nach allem, was passiert ist, hab ich kein gutes Gefühl, wenn sie allein den Weg von der Kreativwerkstatt zum Boot zurückläuft.«

»Ich komm mit«, rief Levke und sprang auf. »Und hey, hat jemand von euch Lust zu kochen?« Sie hob beide Hände und sprach sofort weiter: »Ich jedenfalls nicht. Lasst uns doch im *Fehmarnschen Fisch-Lädchen* ein Fischbrötchen essen, nachdem wir Emmi abgeholt haben, das Restaurant befindet sich direkt um die Ecke.«

»Wunderbar.«

Die vier Frauen zogen sich ihre Mäntel über und eilten an dem Werftgelände vorbei zu der Kreativ-Werkstatt. Dort wurden sie von einer begeisterten Emilie empfangen. »Wir sind noch nicht fertig«, sagte sie gleich. »Es macht so viel Spaß und wir sind so gut, dass wir länger arbeiten dürfen. Bitte, darf ich noch hierbleiben?«

»Na klar.« Sylke freute sich sehr über den Eifer ihrer Tochter und das Glas, das sie in den Händen hielt, sah wirklich hübsch aus.

Beschwingt lief Sylke mit den anderen am Hafenbecken entlang auf das Restaurant zu, das direkt an der Wasserkante lag und vor allem im Sommer einen wunderbaren Blick auf die Schiffe und das bunte Treiben im Hafen bot. Die Sonne schien auf ihr Gesicht und sie atmete tief den salzigen Geruch ein, den sie so liebte.

»Sag mal.« Levke hakte sich bei ihr unter. »Du hast dir das Wochenende sicherlich auch anders vorgestellt, und wenn ich an all die komischen Dinge denke, die uns seit Freitag passiert sind ... Aber du ...«, sie warf einen Blick auf ihre Freundin, »wirkst jetzt irgendwie ein bisschen verändert.«

»Ach ja?« Sylke lächelte sie an.

»Ja.« Levke grinste. »Und das hat nicht zufällig etwas mit dem Besuch des wehrten Herrn Kommissars bei uns zu tun?«

»Natürlich nicht.« Mit dem Zeigefinger fuhr Sylke sich über ihre Lippen. »Ich habe einfach nur richtig guten Kaffee getrunken.«

*

Ich weiß nicht, was mir an Fehmarn am besten gefiel. Ich weiß nur eins: Als ich über die Brücke fuhr, die sich über das glitzernde Meer spannte, als ich die Segelboote wie weiße, kleine Federn unter mir dahinschweben sah, da fiel eine Last von mir ab. Der Zug ratterte, ich lehnte meine Stirn gegen die Scheibe, ließ die Landschaft an mir vorbeiziehen. Hier würde ich neu anfangen. Würde England für immer wegschließen und nicht mehr zurücksehen. Eine neue Insel und ein neues Leben.

Am Bahnhof in Burg sprang ich aus dem Zug. Ich allein. Meine Tasche über der Schulter. Leichtes Gepäck. Ich ließ mich treiben. Schlenderte durch die Stadt, genoss die Sonne, die von einem blauen Himmel schien. Die Menschen um mich herum gingen langsam, aßen Eis, ihr Lachen wehte um mich und hüllte mich ein. Das Kopfsteinpflaster war warm, sogar durch meine Schuhsohlen. Ich setzte mich in ein Café in der Breiten Straße, schräg gegenüber von mir entdeckte ich ein Kino, rechts davon ein großes Kaufhaus und das Rathaus. Das sah schön aus, mit seinen Türmchen und den blühenden Blumen davor. Dieser Ort hatte alles, was man zum Leben brauchte.

Am Nachmittag machte ich mich auf den Weg zur Jugendherberge. Die befand sich ebenfalls in Burg, wie Google mir verraten hatte, und man konnte dort günstig wohnen. In den nächsten Tagen würde ich Fehmarn erkunden, mich nach einem Job umsehen.

Ich schlief in einem Mehrbettzimmer mit Henrike, Sophie, Amelie, Pia und Jule. Die fünf aßen gerade Chips und hörten Musik über ihr Handy, als ich in das Zimmer kam, und fragten mich sofort, ob ich mit in die Cocktailbar wolle, die sich nicht weit entfernt mitten in der Innenstadt von Burg befand.

Warum nicht, ich hatte nichts Besseres zu tun. Also ging ich mit. Ich trank ziemlich viel, redete laut. Und dann kam er. Dieser jugendlich wirkende Typ mit den schwarzen Haaren und der Baseballkappe.

Nein, ich hatte keine Lust auf einen Mann. Aber er war das genaue Gegenteil von Trevor. Hochgewachsen, schlank, durchtrainiert. Und wesentlich älter. Der hatte Lebenserfahrung, der würde sich nicht wie ein Idiot benehmen. Er sprach viel, machte Witze, lachte. Dazu schien er zu mögen, dass ich mich nicht auf ihn stürzte wie die anderen Frauen. Dass er um meine Aufmerksamkeit kämpfen musste.

Natürlich ließ ich ihn abblitzen. Doch er blieb dran. Ja, das fand ich gut. Ich hatte das Gefühl, dass er mich sah. Niemand vorher hatte sich sonst um mich geschert. Plötzlich war das Licht auf mich gerichtet, alle anderen nur Randfiguren. Nur er und ich, sein Lächeln und sein Blick, der mir sagte, dass mit ihm alles möglich sei. Nach fünf Cocktails und einem Morgen, der verheißungsvoll zu dämmern begann, glaubte ich ihm. Wollte ihm glauben. So sehr.

Also ging ich mit ihm.

Am Anfang war alles gut. Ich zog bei ihm ein. Kochte und putzte und wusch die Wäsche. Okay, es war nicht ganz so, wie ich es mir vorgestellt hatte. Ich erwartete ja gar nicht, dass er mich auf Händen trug. Echt nicht. Aber ... ein bisschen ... ach, was weiß ich. Wahrscheinlich geht es mit mir nicht anders. Bestimmt wunderte er sich, was falsch ist mit mir. Dass ich keinen Spaß hatte mit ihm, auch nicht nachts. Es tat mir weh, aber ich habe nichts gesagt. Vielleicht tut es immer weh und ich weiß es nur nicht. Ich ließ ihn einfach machen und das gefiel ihm, glaube ich. Wahrscheinlich muss es so sein.

Eines Morgens, als ich beim Abwaschen war und an der Spüle lehnte, spiegelte sich mein Gesicht im Wasserhahn. Aber es waren nicht meine Augen, sondern die eingefallenen Züge meiner Mutter, die mir entgegenblickten. Da erschrak ich. Und ließ die Tasse fallen. Seine Lieblingstasse. Er kam in die Küche und brüllte herum. Dann schlug er mich das erste Mal. Ich wehrte mich nicht. Kühlte später die Beule an meinem Kopf im Badezimmer. Nahm mein Make-up und trug es mit einem Schwamm in dicken Schichten auf die blauen Flecken, die immer größer und dunkler wurden.

Abends entschuldigte er sich. Streichelte mich ein wenig. Das hatte er bisher noch nie getan. Seine Finger fühlten sich warm an, für einen Moment.

Am nächsten Tag schlug er mich wieder. Ich hatte sein T-Shirt nicht ordentlich genug gebügelt. Im Bügeln bin ich wohl auch nicht besonders gut. Aber abends brachte er mir eine rote Rose mit. Sie war welk und der Kopf hing herunter, doch ich stellte sie ins Wasser und redete ihr Mut zu. Selbst als alle Blätter braun waren und eines nach dem anderen herabfiel.

Die Tage vergingen. Er schlug mich und entschuldigte sich. Brüllte mich an, dass ich doch nichts sei ohne ihn. Dass ich glücklich sein könnte, ihn zu haben. Und er hatte ja Recht. Deshalb blieb ich. Verzerrte mich nach dem kurzen Moment Nähe, wenn es ihm leidtat und er mich an sich zog.

So zerrann der Sommer zwischen meinen Fingern.

Kapitel 19

»Okay.« Sylke warf vom Esstisch aus einen schnellen Blick auf ihre geschlossene Zimmertür. Nach dem Sandstrahlworkshop hatte sich Emilie aufs Bett geschmissen und ein Buch herausgeholt. Sie war gut gelaunt gewesen, hatte ein nettes Mädchen kennengelernt und mit ihr Telefonnummern ausgetauscht. Besser hätte es nicht laufen können. Vor allem hatte sie von der neuen Aufregung und dem Leichenfund überhaupt nichts mitbekommen. Und das sollte auch so bleiben.

Mit einem kritischen Blick beäugte Sylke Laura und Levke, die vor ihr und Sarah standen. Beide hatte eine Cappy aufgesetzt und sie tief in ihre Stirn gezogen, doch Levkes braune Locken quollen darunter hervor und auch Laura hatte ihre langen Haare trotz eines Pferdeschwanzes nicht wesentlich verstecken können.

»Sorry«, sagte Sylke, »keine gute Tarnung. Jo würde euch noch erkennen.«

»Hm.« Levke ging zur Haustür, neben der an Garderobenhaken ihre Wintersachen hingen, und griff nach ihrer Wollmütze. »Wenn ich die aufsetze, kann ich all meine Haare darunter bekommen. Aber dann sieht man mein Gesicht gut.«

Sarah kaute auf ihrer Daumenkuppe. »Ich hab neulich was Interessantes im Fernsehen gesehen. Alle sagen ja immer, man schaut sich in die Augen. Und dass man Menschen an den Augen, der Nase und dem Mund wiedererkennen würde. Aber das stimmt wohl nicht.«

»Woran erkennt man sie denn dann?«, fragte Laura gespannt.

»Wenn wir denken, dass wir in die Augen schauen, registrieren wir eigentlich nur die Augenbrauen. Das haben Versuche ergeben. Wenn auf einem Bild die Augen zugehalten wurden oder der Mund, hat man die Person trotzdem wiedererkannt. Waren aber die Augenbrauen weg, erkannte man sie nicht mehr.«

»Ehrlich?« Levke kräuselte die Stirn. »Das ist ja verrückt.«

»Fand ich auch. In der Sendung war auch ein Lügenexperte. Der hat gemeint, dass man alles einüben kann, seine Stimme kontrollieren, seine Gesten. Aber die Bewegung der Augenbrauen geschieht so unbewusst, dass man sie kaum in den Griff bekommt. Und deshalb schaut er immer darauf. Daran erkennt er, ob jemand lügt.«

Während der Erklärung hatte sich Sylke automatisch an ihre Brauen gefasst, fuhr mit dem Zeigefinger an ihnen entlang. »Wir könnten sie bei euch wegschminken«, sagte sie und lief schon ins Bad, um ihre Kulturtasche zu holen. Dann trat sie an Levke heran, die ihr bereitwillig das Gesicht entgegenhielt. »Erst Concealer«, murmelte Sylke und tupfte ihn Levke auf, »und jetzt helles Make-up.« Sie begutachtete das Ergebnis stirnrunzelnd. Es war unglaublich, aber Levke sah völlig verändert aus. »Weil du dich nie schminkst«, fuhr Sylke fort, »verpass ich dir jetzt noch eine dicke Schicht Wimperntusche, roten Lippenstift und Rouge.«

Als sie fertig war, lachte Sylke auf. Mit der Mütze, unter der Levkes Haare halbwegs verschwanden, und dem so Levke-untypisch geschminkten Gesicht mit nur ganz hellen Augenbrauen, sah sie tatsächlich wie ein anderer Mensch aus.

»Auf die Mütze können wir allerdings nicht verzichten«, sagte sie, während sich Levke erstaunt im Spiegel begutachtete. Dann drehte sie sich zu Laura um. »Mach dir doch einen Dutt, den trägst du sonst nie, oder?« Sylke griff nach Levkes Lesebrille, die auf dem Couchtisch lag. »Wir können eine typisch strenge Lehrerin aus dir machen.«

»Schmink bei ihr die Augenbrauen nicht weg«, schlug Sarah vor, »sondern verändere einfach die Form und mal sie ganz dunkel. Das wird den gleichen Effekt haben.«

Gemeinsam machten sie sich ans Werk, trugen erst helles Make-up auf und ließen die Brauen ebenfalls verschwinden, um sie anschließend fast waagerecht und sehr viel dichter neu zu zeichnen. Nach nur fünf Minuten stand eine Frau mit schwarzen, buschigen und geraden Brauen vor ihnen, die einen spitzen Mund machte und sie durch eine Brille anschaute.

»Nee, jetzt wird Jo dich mit dem Arsch nicht mehr angucken«, sagte Sarah zufrieden. »Deine schwarze Lederjacke musst du aber hierlassen. Zieh irgendwas Altmodisches an.«

»Na hör mal.« Levke drehte sich im Kreis. »So was besitzen wir gar nicht.«

Sarah eilte zu den Garderobenhaken und kam mit Levkes buntem Seidentuch zurück. Sie faltete es zu einem Dreieck, drapierte es mit der Spitze am Rücken über Lauras Schulter und machte vorne einen Knoten hinein. »Fertig«, sagte sie zufrieden.

Sylke fasste Levkes Arm: »Ihr seid spätestens in zwei Stunden wieder hier. Und keine Sperenzchen.«

»Mach dir keine Sorgen.« Lächelnd legte Levke ihre Hand auf Sylkes. »Wir hören uns nur ein bisschen um und das wars.

Nimm du dir jetzt ein gutes Buch und kuschle dich auf dem Sofa ein.« Sie wandte sich an Sarah. »Und du auch.«

Sylke nickte, ging aber zu dem kleinen Fenster in der Küchenzeile hinüber und blickte Levke und Laura nach, die über den Steg in Richtung Werftgelände liefen. Dort hatte Levke ihren roten Fiat geparkt.

Wie so oft auf Fehmarn hatte sich die Sonne erneut erfolgreich durch die Wolken gekämpft und schickte etwas müde ihr Licht in den windigen Nachmittag. Als Sylke die beiden nicht mehr sehen konnte, ging sie durch den Raum zur Terrassentür hinüber und schaute auf das Wasser. Von Meer und Wellen konnte sie nie genug bekommen. Egal ob die Ostsee ruhig und flach dalag oder die Gischt schäumte, so wie im Moment, immer kam ihr der Blick auf das Wasser tröstlich vor. Als würde sich in ihr etwas zurechtrücken und an den richtigen Platz schwingen.

Sarah hatte sich auf das Sofa gesetzt und nach der Zeitschrift gegriffen, ließ sie jedoch wieder fallen. »Ist ja eklig«, murmelte sie. »Wieso ist da denn so viel eingetrockneter Kaffee drauf?«

»Keine Ahnung.« Still lächelte Sylke in sich hinein. Was war bloß los mit ihr? Sie war Emilies ganzes Leben ohne einen Mann ausgekommen, war stolz, dass ihr Laden so gut lief und sie ihrer Tochter ein vernünftiges Leben bieten konnte. Obwohl sie im Sommer die Öffnungszeiten reduziert hatte, um mehr Zeit mit Emmi zu verbringen, und trotz Corona und Energiekrise konnte sie sich über mangelndes Interesse an ihren Fehmarn-Souvenirs nicht beschweren. Sie war nicht reich, aber ihr Verdienst langte; und sie liebte, was sie tat. Sie hatte sich immer eingeredet, dass es toll war, unabhängig zu leben, einfach das zu tun, worauf sie Lust hatte. So konnte sie allein entscheiden, ob sie abends ein Buch las, welchen Film sie sich im Fernsehen anschaute, ob sie früh schlafen ging oder spät, ob sie stundenlang joggte oder nähte. Und jetzt war da plötzlich Martin und sie bekam sein Lächeln nicht mehr aus ihrem Kopf. Besser gesagt, seine Lippen. Die voll und weich waren und …

»Hast du was dagegen, wenn ich den Fernseher anmache?« Sarahs Worte schnitten in ihre Überlegungen und mit einiger Mühe schüttelte Sylke ihre Gedanken ab. Martin Grüning war bei einem Leichenfund und hatte gerade sicher anderes zu tun, als sich in romantischen Gefühlen zu verlieren. Und auch nach ihrer Begegnung heute war sie sich einfach nicht sicher, wo sie bei ihm stand. Seine Signale waren, so es sie gab, äußerst subtil. Vielleicht hatte sie aber auch einfach im Flirten die Übung verloren. Sie hatte auf jeden Fall ziemlich Angst, sich in etwas hineinzusteigern, das womöglich so nicht erwidert wurde.

»Nein, gar nicht.« Schnell ging sie zu dem Sessel hinüber und wollte sich gerade hinsetzen, als ihr Handy klingelte. Sylke nahm es heraus und starrte auf das Display. *Martin Grüning* blinkte es ihr hell entgegen.

»Es ist der Kommissar«, sagte sie zu Sarah, die durch die Kanäle zappte. »Ich gehe kurz hoch, dann störe ich dich hier nicht.« Sie eilte die Stufen nach oben, die zu der Dachterrasse führten.

»Hallo«, meldete sie sich und ließ sich in den großen Strandkorb fallen. Hier war es windstill und sie konnte ihn gut verstehen.

»Hallo, hier ist Martin.« Bei dem Klang seiner Stimme schlug ihr Herz ein wenig schneller. »Sind Sie allein?«, fuhr er fort. Das ging ja gut los. Ihr Atem folgte dem Herzschlag, ging viel zu flach, viel zu schnell.

»Äh ... ja«, antwortete sie. »Also, auf der Terrasse, Sarah und Emilie sind unten.«

In der Leitung knackte es. »Nur die beiden?«, hörte sie. »Wo sind Frau Wiegand und Frau Jensen?«

Mist. Er hatte gesagt, dass sie von nun an alles der Polizei überlassen sollten. Bestimmt fand er es gar nicht gut, zu hören, dass Laura und Levke sich trotzdem auf den Weg in die Cocktailbar gemacht hatten. Sylke überlegte, ob sie es ihm nichtsdestotrotz sagen sollte. »Sie ... kommen gleich wieder«, versuchte sie auszuweichen. Erst in dem Moment ging ihr auf, dass seine Stimme alarmiert klang. Nicht so ruhig und tief wie sonst. »Ist alles in Ordnung?«, fragte sie.

Sie hörte Stimmengewirr im Hintergrund. Der Kommissar war offensichtlich nicht allein.

»Wir haben die Leiche geborgen«, antwortete Grüning. »Sie war in den Dünen unterhalb des Bügels vergraben.«

Sylke schluckte. Er klang so ernst. »Und?«, fragte sie angespannt.

»Ich kann Ihnen dazu nicht mehr mitteilen.« Plötzlich war seine Stimme ganz nah, als hielte er den Hörer noch näher an seinen Mund. Das Gemurmel im Hintergrund erstarb. »Und auch das, was ich Ihnen jetzt sage, ist eigentlich geheim. Aber ... es lässt mir keine Ruhe.«

Nervös begann Sylke, auf dem Polster hin und her zu rutschen. »Was ist denn los?«

»Wir haben eine Handtasche neben der Leiche gefunden, mit ihr zusammen vergraben. Darin war ein Portemonnaie. Und in dem befanden sich Führerschein und ein Pass.« Er stockte.

Sylke hielt den Atem an. Irgendetwas in seinem Ton gefiel ihr gar nicht. »Wer ist es?«, stieß sie hervor.

»Nun …« Jetzt sprach er langsam, als wägte er seine Worte ab. »Es ist äußerst … merkwürdig … aber, na ja, es ist eine gewisse Sarah Meyer.«

*

Er hatte dieses Zimmer. Oben im ersten Stock. Die Tür war immer abgeschlossen und auf meine Frage, was sich dahinter befinde, antwortete er nicht. Aber eines Abends im Juli erfuhr ich es. Ihm hatte irgendetwas nicht gepasst, keine Ahnung, was es war. Inzwischen fing er wegen jeder Kleinigkeit Streit an. Es reichte schon, dass die Fernbedienung nicht an ihrem Platz lag, dass er das Essen zu warm oder zu kalt fand. Wenn ich Glück hatte, fuhr er dann weg, wahrscheinlich in die Cocktailbar, in der auch ich ihn kennengelernt hatte. Sein Revier. Die Vorstellung nagte an mir, dass er sich dort an andere Frauen heranmachte. An die, die sich nicht für ihn interessierten. So wie ich damals. Das reizte ihn, er hatte es mir einmal verraten. Dann war er wie ein Tiger, der Beute witterte, sie umlauerte und irgendwann, wenn man es nicht erwartete, zupackte. Zuerst hatte ich das spannend gefunden, er war ein richtiger Mann, nicht so ein Ja-Sager wie David. Jemand, der wusste, was er wollte. Ich dachte, er könnte mich stützen, mich verteidigen. Ich dachte, ich hätte endlich jemanden gefunden, der zu mir hielt.

An jenem Abend im Juli aber brach er nicht sofort in seine Cocktailbar auf, er zerrte mich an den Haaren die Treppe hoch. Dabei brüllte er unentwegt. Ich stolperte hinter ihm her. Oben fingerte er einen Schlüssel aus seiner Tasche und schloss die Tür auf, schubste mich in den Raum. Nun sah ich, was sich darin befand. Nichts. Absolut gar nichts, nur kahle Wände und ein Fenster.

Er stieß mich in die Mitte des Zimmers. »Was glaubst du, wer du bist?«, tobte er. »Du wirst hierbleiben, bis du es weißt. Kapierst du das?«

Ich verstand es nicht. Eben hatten wir noch im Wohnzimmer gesessen und ferngesehen. Konnte sein, dass ich eine Bemerkung über seine Lieblingsserie gemacht hatte. Irgendwas Belangloses über den Hauptdarsteller, den ich nicht besonders überzeugend fand. Aber er legte jedes Wort auf die Goldwaage. Immer.

Weil ich nichts sagte, kam er auf mich zu, packte mich erneut und schleuderte mich mit aller Wucht auf den Boden. Steinfliesen. Kein Teppich. Mein Kopf schlug auf, in meinem Gehirn explodierte ein Feuerwerk aus bunten Sternen. Ich stöhnte. Für einen Moment sah er auf mich herab, dann ging er zur Tür hinaus und der Schlüssel drehte sich im Schloss.

Vorsichtig setzte ich mich auf. Übelkeit stieg in mir auf, ich würgte. Mit meinen Fingern tastete ich langsam über meinen Schädel. Als ich meine Hand zurückzog, war sie rot.

Ich versuchte aufzustehen, knickte ein. Versuchte es erneut. Schlurfte langsam zur Tür, drückte wider alle Vernunft die Klinke. Ja, es war abgeschlossen. Er hatte mich eingesperrt. In diesem kahlen Zimmer.

Keuchend tastete ich mich an der Wand entlang zum Fenster. Sah hinaus. Hinter dem lang gestreckten Garten an der Straße stand jemand. Ich kniff die Augen zusammen. Die Person sah genau zu dem Fenster hinauf. Oder? Ich war mir nicht sicher. Wischte fahrig über mein Gesicht. Wo kam all das Blut her? Als ich die Augen wieder öffnete, war die Person verschwunden. Vielleicht war sie auch nie da gewesen. Mein Kopf dröhnte, als würde ein Presslufthammer darin herumwühlen.

Ich stützte mich am Fenstersims ab. Konnte ich das Fenster öffnen und herausspringen? Das Haus war hoch. Es mussten über drei Meter bis zum Boden sein. Das ging nicht gut, erst recht nicht in meinem Zustand. Bei dem Gedanken eines weiteren Aufpralls zuckte ich zusammen. Trotzdem tastete ich nach den Fenstergriffen. Sie bewegten sich nicht, so sehr ich auch daran ruckelte.

Ich ließ mich auf den Boden gleiten. Er hatte mich eingesperrt. Er hatte mich geschlagen. Schon mehrfach, doch noch nie so schlimm wie heute. Und dann hatte er mich hier liegen lassen, blutend, auf dem Boden.

In dem Moment dämmerte in mir eine Erkenntnis. Sie kroch meinen Körper hinauf, direkt in mein Gehirn. So konnte es nicht weitergehen. Entweder musste ich verschwinden. Oder er.

Kapitel 20

»Sarah Meyer? Tot?« Sylke wiederholte die Worte automatisch, begriff den Sinn jedoch nicht. Der Strandkorb begann sich zu drehen, ihr Kopf schmerzte.

»Sie sagten doch ...«, fuhr Grüning vorsichtig fort, »dass die Frau bei Ihnen sich als Sarah Meyer vorgestellt hat, richtig?«

Sylkes Hand krallte sich in das Polster. Unten hatte sich eine Frau eingenistet. Die sie gerettet hatten. Die in ihr Leben eingedrungen war. Die sagte, dass sie Sarah Meyer sei. Eine Tote, am Strand in den Dünen begraben.

Sie wollte etwas sagen, doch ihr Hals war zu trocken. Die Frau saß allein dort unten, Emilie lag nichts ahnend nebenan in ihrem Zimmer. Sylke musste zu ihr hinunterlaufen. Aber sie war wie erstarrt. Die Eishand hatte sie erneut gepackt, drückte auf ihre Lunge, lähmte ihre Muskeln.

»Hallo, sind Sie noch da?« Grünings Stimme wie von fern, weit weg hinter dichtem Nebel. Sie musste runter, Emilie nehmen und verschwinden. Weg von dem Boot, weg von Sarah. Von der Frau, die sich als Sarah ausgab. Von der Frau, die sich auf ihrem Boot eingenistet hatte wie ein Kuckuck in ein fremdes Nest.

In dem Augenblick hörte Sylke das Geräusch. Ein lautes Poltern auf der Treppe.

Lauf!

Sie wollte aufstehen, hochspringen, der Gefahr entgegensehen. Aber ihre Muskeln gehorchten ihr nicht. Nur ihre

Augen waren weiß und weit aufgerissen und starrten auf die Tür. Die Tür, die in dem Moment aufgestoßen wurde. *Du musst dich bewegen!* Der Gedanke hämmerte durch Sylkes Kopf. Schweiß perlte auf ihrer bleichen Stirn, lief an den Schläfen hinab, sammelte sich in ihren Augen. Sie blinzelte.

»Hallo?« Grünings Stimme, noch weiter weg, irgendwo am anderen Ende der Welt. Wieso nur konnten ihre Gedanken rasen wie eine Möwe im Sturzflug, ihr Köper sich jedoch nicht einen Millimeter rühren?

Jemand hatte die Tür aufgerissen, kam auf die Dachterrasse hinausgestürmt, direkt auf den Strandkorb zu. Sylke kniff erneut die Augen zusammen, öffnete sie einen Schlitz. Und stöhnte vor Erleichterung auf. Das Telefon entglitt ihrer Hand.

»Mama?« Mit einem Satz war Emilie bei ihr.

Sylke suchte nach ihrer Stimme, fand sie nicht.

»Mama!« Emilies blasses Gesicht wurde noch durchscheinender. »Ist alles in Ordnung?«

Mühsam schaffte Sylke ein Nicken.

»Sarah ist weg.« Emilie sah besorgt aus. »Ich habe so ein Poltern auf der Treppe gehört, als würde sie jemand schnell hinunterlaufen. Als ich aus meinem Zimmer gekommen bin, um nachzusehen, hat Sarah gerade nach ihrer Jacke und ihrem Rucksack gegriffen. Ohne ein Wort zu mir zu sagen, hat sie die Haustür aufgerissen und ist vom Boot gestürmt.«

Sarah. Die nicht Sarah war. Sarahs Leiche lag in den Dünen. Sylke schloss die Augen, holte tief Luft. Emmi saß neben ihr, das war das Einzige, was zählte. Emilie hob das Handy auf. »Mit wem hast du telefoniert?«, fragte sie. »Wieso ist Sarah abgehauen und wo sind Levke und Laura?«

Ja, warum war Sarah weglaufen? Sie nahm Emilie das Telefon aus der Hand, der Anruf war unterbrochen. Dankbar bemerkte sie, dass die Kraft in ihre Muskeln zurückkehrte. Sarah – oder wer immer die Frau auch war – musste das Telefonat belauscht haben. Musste wissen, dass sie aufgeflogen war.

»Laura und Levke sind ... einkaufen.« Sylkes Stimmbänder gehorchten ihr wieder, wenn auch ihre Stimme krächzte. »Und Sarah? Nun ja, ich denke, sie musste, äh, weg.«

»Aha.« Sylke hörte an Emilies skeptischem Ton, dass sie ihr kein Wort glaubte.

Mühsam stand Sylke auf, stützte sich am Rand des Strandkorbes ab. Sie kam sich wie eine alte Frau vor. Aber sie wollte hier weg. Keine Sekunde länger würde sie mehr auf diesem Boot bleiben. Ihr Blick glitt über den Strandkorb Richtung Ufer. Der Korb war so gestellt, dass man im Sitzen den Hafen und das Meer sah. Doch jetzt, als sie stand, erschien das Werftgelände vor ihr. Von der erhöhten Dachterrasse aus konnte sie das Gelände gut überblicken.

Das große Werft-Gebäude aus grauem Wellblech war nur wenige Schritte vom Boot entfernt, getrennt durch den Steg und den kleinen Kanal Wasser dahinter, in den die Frau gefallen war. Als Sylkes Augen über das Gebäude huschten, fiel ihr auf, dass sich daran keine Türen oder Fenster befanden. Die Sicht darauf wurde von dem vielen Gestrüpp und den Brombeerranken verdeckt, die das Gelände vom Uferweg trennten. Nun sah sie auch, nah an die Wand des Gebäudes geduckt, einen alten, verwaisten Wohnwagen.

Die ganze Gegend wirkte wie ausgestorben. Deshalb fiel Sylke die Bewegung auf. Schon weiter entfernt, links von ihr, ein Stück hinter einem abgestellten Boot. Sie kniff die Augen zusammen. Zwei Personen, eng nebeneinander. Zu eng. Zu hektisch in den Bewegungen. Kämpften sie etwa? Mit fahrigen Fingern fuhr Sylke sich über die Augen. Sie zitterte, fühlte sich schwindelig. Als sich der trübe Schleier lichtete, waren die Personen verschwunden. Sylke runzelte die Stirn, versuchte, mehr zu erkennen. Aber da war nichts. Nur der Wind, der in den hohlen Masten der Schiffe stöhnte und die Büsche rüttelte.

»Mama, was ist denn?« Emilie hatte sich neben ihr aufgerichtet und starrte auf das Werftgelände hinab.

»Ich weiß nicht.« Sylke streckte ihren schmerzenden Körper. »Ich dachte, ich hätte ... jemanden gesehen. Eine Frau. Sarah, vielleicht.«

»Wo denn?« Mit ihren scharfen Augen suchte Emilie die Gegend ab. Dann zuckte sie mit den Schultern. »Da ist keiner.«

Reiß dich zusammen! Sylke griff nach der Hand ihrer Tochter. Wahrscheinlich hielt sie die schwankenden Schatten der Büsche nun schon für kämpfende Personen. So konnte das nicht weitergehen. Sie bemühte sich, zu lächeln. »Emmi, ich fühl mich nicht so gut. Ich glaube, ich habe etwas Falsches gegessen.« Sylke rieb sich den Bauch. »Es tut mir furchtbar leid, aber ich denke, wir müssen abreisen. Zu Hause habe ich alle Medikamente, die ich brauche.«

»Ooookaay.« Emilie sprach das Wort gedehnt und betrachtete sie kritisch. Es war nicht leicht, sie anzulügen. Sylkes Vorsatz, Emilie eine heile Welt vorzugaukeln, stellte sich langsam als unmöglich heraus. Sylke wusste nicht, was für ein Spiel hier gespielt wurde und sie hatte Angst. Sie zog ihre Tochter mit sich. »Das Beste ist, du packst schon mal.«

Gerade, als sie die Treppe hinunter ins Wohnzimmer liefen, klingelte das Handy erneut. »Frau Harmsen, ist alles in Ordnung?« Grünings Stimme klang ernsthaft besorgt.

»Ja. Ja, alles okay. Einen Augenblick, bitte.« Sylke nickte Emilie auffordernd zu und wies auf ihr Zimmer. Mit Erschrecken stellte Sylke fest, dass die Haustür noch weit offen stand. Sie schloss sie schnell und wartete, bis Emilie in ihrem Zimmer verschwunden war. Dann nahm sie das Handy erneut ans Ohr und sagte leise: »Sarah ist abgehauen.« Sie stockte. »Oder wer immer diese Frau auch ist. Sie ist überstürzt weggerannt.«

»Verdammt.« Grüning atmete tief ein.

»Was ist hier bloß los? Ich habe ...« Sylke zögerte, sie wollte vor Grüning nicht zugeben, dass sie sich fürchtete. Deshalb sprach sie schnell weiter. »Diese Leiche in den Dünen. Wie ist die Person gestorben? Wurde sie ... ermordet?«

Eine Weile war es am anderen Ende der Leitung still. Dann Grünings Stimme. »Hören Sie, ich komme zu Ihnen, ich kann hier gerade nicht sprechen.« Sie hörte eine Wagentür zuschlagen. »Bitte, schließen Sie Türen und Fenster und lassen Sie niemanden herein.« Ein Motor wurde angelassen. »Und wenn Sie meine ehrliche Meinung hören wollen – ich denke, Sie sollten packen.«

Sylke schluckte. Es war das eine, es selbst zu denken, das andere, die Worte aus dem Mund des Kommissars zu hören. Sie bildete es sich nicht ein. Etwas lief hier gehörig schief.

»Ja, wir werden abreisen, noch heute«, antwortete sie.

»In Ordnung. Ich bin gleich bei Ihnen.« Grüning legte auf. Sylke wählte Levkes Nummer. »Ihr müsst sofort zurückkommen«, flüsterte sie. Ihre Freundin stellte keine Fragen. Sie kannte Sylke gut, der Klang in ihrer Stimme verriet ihr die Dringlichkeit.

Sobald Sylke aufgelegt hatte, sah sie sich um. Die Dämmerung brach herein, bald würde es dunkel sein. Sie stieg die Treppe zur Dachterrasse hinauf und verriegelte die Tür ebenfalls.

Aus Burg würden ihre Freundinnen nicht lange brauchen, höchstens eine Viertelstunde. Und Grüning schien auch nicht weit entfernt zu sein. Fünfzehn Minuten, dann wären sie alle hier, würden packen und dieses verfluchte Boot verlassen.

*

Die Zeit verging wie in Zeitlupe. Ich saß an der Wand und wartete, hatte Durst, musste aufs Klo. Vor einer Weile hatte ich Jos Auto gehört. Es hatte auf dem Hof gewendet, dann war das Motorgeräusch leiser und leiser geworden. Er war gefahren und hatte mich hier zurückgelassen, verletzt, in diesem Zimmer.

Mein Kopf fühlte sich an wie ein Nadelkissen, in das unzählige Spitzen stachen. Vorsichtig tastete ich mit der Hand den Nacken entlang, weiter hoch an den Haaransatz. Schon die zarte Berührung tat fürchterlich weh. Alles war voll von getrocknetem Blut. Rührte es von der Wunde an der Schläfe oder hatte ich mich ebenfalls am Hinterkopf verletzt? Ich wusste es nicht, konnte den pulsierenden Schmerz nicht zuordnen.

Ich wusste nur eins: Das hier wollte ich nicht. Tränen liefen mein Gesicht hinunter, ich wischte sie schnell mit dem Handrücken fort. War ich nicht selbst schuld? Verließ London, meine Mutter. Floh vor Trevor. In der wahnwitzigen Hoffnung, hier etwas Besseres zu finden, damit ich endlich einmal glücklich war.

Glück. Was war das überhaupt? Ich überlegte, versuchte mich an einen Moment zu erinnern, in dem ich glücklich gewesen war. Wenigstens ein bisschen. Eine Erinnerung kam mir in den Sinn. Ich hatte noch mit Susan allein gewohnt und über Nacht hatte es geschneit. Als ich morgens zur Schule ging, war die Welt neu erfunden, alles Dunkle und Kaputte zugedeckt von einem strahlenden Weiß. Ich hatte mit jedem Schritt den pudrigen Schnee mit meiner Schuhspitze hochgeworfen und für eine kostbare Sekunde hatten die Flocken in der aufgehenden Sonne geglänzt. War das ein Moment des Glücks gewesen?

Langsam richtete ich mich auf, hangelte mich zum Fenster. Und in dem Moment fasste ich einen Entschluss. Ich würde springen. War nicht alles besser, als hier zu sitzen und zu warten, bis er wiederkam? In all seiner Wut und all seinem Hass? Wenn er mich verletzte, schlimm verletzte, dann hier einsperrte, ohne Wasser, ohne Essen, einfach einsperrte wie ein Tier – wozu war er dann noch fähig?

Ich schluckte, sah in den Tag hinaus, der langsam seinem Ende entgegenging. Schon wurde es am Horizont dämmerig.

Behutsam zog ich meinen Sweater aus. Es dauert ein wenig, bis ich ihn über meinen Kopf bekam. Dann wickelte ich ihn um meine linke Hand. Wenn die verletzt war, war das immer noch besser als die rechte. Das Fenster bestand aus zwei großen Flächen. Ich hob meine Faust, ließ sie mit aller Macht gegen das Glas krachen. Ein Spinnennetz von Rissen kroch innerhalb von Sekunden daran entlang, noch ein Schlag, dann zerbarst es.

Erneut wickelte ich den Pulli um meine Finger, noch fester. In dem Rahmen steckten spitze Splitter, die schlug ich vorsichtig zur Seite.

Jo konnte von Glück sagen, dass er mitten auf dem Land wohnte. Auf einem verlassenen Hof, der nächste Nachbar mehrere Hundert Meter entfernt. Nein, niemand würde mir hier helfen, das musste ich ganz allein tun.

Ich stieg auf das Fensterbrett, meine rechte Hand suchte an dem Rahmen eine Stelle, in der kein zerbrochenes Glas steckte, hielt sich daran fest. Hilfe, war das hoch. Übelkeit kroch durch meine Speiseröhre, ließ mich würgen. Sollte ich das wirklich tun? Das Gras unten schien furchtbar weit entfernt.

Über den Feldern vor mir senkte sich die Sonne. Und da hörte ich es: ein Auto, das sich näherte. Das auf den Hof einfuhr, knirschend auf den Steinen. Das Zimmer schaute nach Westen, der Eingang lag auf der anderen Seite. Jo konnte mich nicht sehen. Aber sicher kam er gleich herauf, betrunken, wie immer. Mein Blick fiel zurück auf die Glasscherben in dem Raum. Er würde außer sich sein vor Wut, wenn er sah, was ich getan hatte.

Einen Augenblick zögerte ich. Hörte die Autotür zuschlagen.

Ich schloss die Augen. Und sprang.

Kapitel 21

Sie sah Martin Grüning durch das Küchenfenster über den Steg eilen. Wo immer er gewesen war, er hatte es vor Levke und Laura geschafft. Eilig schloss Sylke die Tür auf und ließ ihn hinein. Emilie war mit dem Packen ihrer Tasche fertig und saß im Wohnzimmer auf dem Sofa. Sie kannte den Kommissar vom Sommer, nach all den schrecklichen Ereignissen hatte er lange mit ihr gesprochen. Als er jetzt in den Raum trat, sprang sie auf und ihr fragender Blick wanderte zu ihrer Mutter.

»Er ist wegen Sarah hier«, erklärte Sylke rasch. Sie nickte dem Kommissar zu und goss ihm einen großen Becher Kaffee ein. »Danke, dass Sie so schnell waren«, fügte sie hinzu und reichte ihm das dampfende Getränk.

»Klar.« Grüning nahm schlürfend einen Schluck. »Wir müssen diese Frau finden. Emilie, kannst du mir noch mal genau erzählen, was du gesehen hast?«

Emilie berichtete die Geschichte von Sarahs überstürztem Weglaufen erneut. Sylke fuhr sich über die Stirn. Sollte sie Grüning auch von den zwei Personen an der Werft erzählen? Sie war sich nach wie vor nicht sicher, ob ihr Gehirn ihr einen Streich gespielt oder ob sie die beiden wirklich gesehen hatte.

Er nahm ihr die Entscheidung aus der Hand, indem er sie prüfend ansah und fragte: »Frau Harmsen? Da ist noch etwas, oder?«

»Ich ... ich bin mir nicht sicher.« Sylke zögerte, erzählte dann jedoch kurz von dem vermeintlichen Streit.

»Hier auf dem Gelände, sagen Sie?« Grüning stellte die Tasse ab. »Bitte zeigen Sie mir die genaue Stelle.«

»Ich komm auch mit.« Emilie wollte schon nach ihrer Jacke greifen, als Grüning sie zurückhielt. »Du bleibst besser hier. Falls es Spuren gibt, ist jede Person mehr ein Problem. Stell dich ans Küchenfenster, da können wir dich sehen, okay?«

Widerwillig nickte Emilie. Sylke lächelte ihr zu, zog sich ihre Jacke über und verließ mit dem Kommissar das Boot. Sie schloss die Tür von außen sorgfältig ab und winkte Emilie am Fenster zu.

»Ich wollte kurz mit Ihnen allein sprechen«, sagte Grüning auf dem Weg.

Sylke vergrub ihre Hände in den Taschen ihrer Jacke. Sie fror. »Wie kann das alles sein?«, fragte sie. »Diese Frau bei uns, die Leiche in den Dünen. Wie hängt das zusammen?«

Grüning blieb stehen, dicht vor ihr. »Was ich Ihnen jetzt sage, ist eigentlich topsecret. Ich verlasse mich darauf, dass außer Ihnen und Ihren beiden Freundinnen niemand davon erfährt.«

»Natürlich.«

»Gut. Also«, Grüning seufzte, »die Leiche wurde eben erst geborgen. Ein paar Jugendliche haben sie beim Sandburgenbauen in den Dünen entdeckt. Ich kann deshalb noch nicht viel sagen, aber so viel steht fest: Die Person ist verbrannt worden.«

Sylke fiel das Atmen plötzlich schwer. Grüning sah sie an, dann legte er seine linke Hand auf ihren Arm. »Wir stehen zwar erst ganz am Anfang der Ermittlungen – aber die Person wird sich ja definitiv nicht selbst verbrannt und anschließend eingebuddelt haben.«

»Also ist sie ... ermordet worden?«

»Wie gesagt«, Grüning drückte ihren Arm fester, »ob es ein Tötungsdelikt war, lässt sich bei dem Zustand der Leiche schwer auf den ersten Blick beurteilen. Erst die Obduktion wird Klarheit bringen. Sicher ist nur, dass neben ihr eine unversehrte Handtasche lag.«

»Mit Sarah Meyers Pass und Führerschein«, murmelte Sylke.

Grüning nickte.

»Ist es denn eine Frau?«, fragte Sylke.

»Wir sind uns nicht sicher, aber wahrscheinlich schon. Es ist schwer zu erkennen.« Mit der rechten Hand fuhr Grüning sich über das Gesicht. »Der Körper ist nicht ganz verbrannt, das ist auch gar nicht so leicht. Damit aus einem Menschen wirklich Asche wird, muss über eine lange Zeit eine extrem hohe Temperatur auf ihn einwirken. Das war hier nicht so. Ich denke, wir haben durch die Obduktion eine gute Chance, zu erfahren, was ungefähr geschehen ist.«

»Oh Mann.« Sylke stieß die Luft hörbar aus. »Wer auch immer bei uns war, diese Frau muss mit der Sache etwas zu tun haben. Kann man schon sagen, wann die Person verbrannt worden ist?«

»Nein.« Grüning schüttelte den Kopf. »All diese Fragen werden sich erst mit dem Bericht des Rechtsmediziners klären. Hoffentlich.«

Sie liefen weiter, bis zum Ende des Stegs, gingen dann an dem Werftgebäude und dem verlassenen Wohnwagen vorbei. Dort holte der Kommissar eine kleine Taschenlampe aus seiner Jackentasche. Das Licht warf huschende Schatten vor sich her.

»Bitte erzählen Sie mir noch einmal ganz genau, was Sie alles über diese Frau wissen, die bei Ihnen war.«

Während Sylke versuchte, so ausführlich wie möglich alles wiederzugeben, was die Frau ihnen erzählt hatte, waren sie an dem Boot entlang zu den Büschen gelaufen, vor denen Sylke die Personen gesehen hatte. Grüning stoppte sie und blickte auf den Boden. Es hatte zwar seit drei Tagen nicht geregnet, trotzdem war der Untergrund feucht und leicht matschig.

»Hier geht eine Spur entlang«, sagte er und leuchtete mit der Lampe darauf. »Sehen Sie den Fußabdruck dort neben der kleinen Pfütze? Und dann wieder hier und hier.« Er blickte zu dem Hausboot zurück. Hinter der Scheibe war Emilie gut zu erkennen. Sie stand mitten im Licht. Sylke hob eine Hand und winkte ihr zu, auch wenn Emilie sie im Dunkeln vermutlich nicht sehen konnte.

»Sie sind noch relativ frisch«, fuhr Grüning fort, »und kommen aus der gleichen Richtung wie wir. Vielleicht ist diese Frau vorhin hier entlanggelaufen.«

»Sie hatte Stiefel an«, sagte Sylke und kräuselte die Stirn. »Diese dicken, flachen Stiefel mit Fell. Ungefähr Größe neununddreißig oder vierzig.« Sie starrte auf die Abdrücke. »Könnte passen, oder?«

»Ja.« Grüning nahm den Blick nicht von dem Boden. »Bleiben Sie jetzt bitte genau hinter mir und treten Sie, wenn möglich, in meine Fußspuren.«

Sylke schaute auf seine Füße. Sie steckten in schwarzen Halbschuhen, die mit den dicken Sohlen fast schon wie Wanderschuhe wirkten. In seinen Spuren sahen ihre klein und verloren aus. Sie gingen zu den Büschen hinüber, die sich links am Ende des Geländes ausbreiteten. »Ja, die Spur ist klar zu sehen. Und«, Grüning stoppte so abrupt, dass Sylke in ihn hineinlief, »hier kommen weitere Abdrücke hinzu.«

Sylke stand so dicht hinter ihm, dass sie seine Wärme spürte. Sie beugte sich an ihm vorbei. »Tatsächlich.« Sie machte einen kleinen Schritt zur Seite, sodass sie neben ihm stand. »Sieht aus wie von einer weiteren Person. Obwohl das schwer zu erkennen ist, denn an dieser Stelle häufen sie sich.«

»Genau.« Grüning wandte sich ihr zu. »Und das passt zu Ihren Beobachtungen. Sie haben sich das nicht eingebildet.«

Aufmerksam ging er ein Stück an den Spuren vorbei, ließ das Licht auf ihnen ruhen. Dann pfiff er durch die Zähne. Sylke sah sofort, was er meinte. Die Spur der Person kam aus dem Gebüsch, als hätte sie dort gelauert. Direkt vor den Sträuchern traf sie auf die Fußabdrücke der anderen Person.

»Sarahs Abdrücke«, sagte Sylke, korrigierte sich sofort, »ich meine, die Abdrücke der Frau, wer auch immer sie war, sie hören hier auf.« Sie sah sich suchend um.

Der Kommissar blickte wieder auf den Boden. »Ja, ganz genau.« Langsam richtete er sich auf. »Es führt nur eine Fußspur in die Büsche zurück.« Er nickte vor sich hin. »Sie kann sich nicht einfach in Luft aufgelöst haben. Sehen Sie hier, die Abdrücke sind jetzt tiefer, stark eingesunken in den feuchten Boden.«

Sylke atmete tief ein. Die Frau war hier gewesen, jemand hatte sie überrascht. Jemand, der sie angegriffen hatte. Sie war nicht besonders groß und sehr dünn. »Er muss sie weggetragen haben«, sagte sie heiser. »Und das alles muss sehr schnell gegangen sein.«

Grüning zupfte an seiner Lippe. »Die Kollegen aus Oldenburg sind schon wegen der verbrannten Leiche informiert.

Die KT kann dann hier weitermachen, wenn sie da fertig ist. Bis dahin lasse ich hier alles von unseren Leuten absichern.«

»KT?«

»Die Kriminaltechnik.« Grüning starrte nachdenklich in die Büsche. »Was für eine vertrackte Geschichte«, murmelte er. Er ging zu Sylke hinüber. »Und wissen Sie, was mir gar nicht gefällt?« Er griff erneut vorsichtig nach ihrem Arm. »Dass Sie mittendrin stecken.«

*

Der Aufprall presste jegliche Luft aus meinen Lungen. Die Schulter, mit der ich aufschlug, explodierte in einem Schmerz aus Rot und Gelb. Mir war schwindelig. Dann sah ich plötzlich glasklar – die bräunlichen, verdorrten Grashalme, einen winzigen Käfer, der direkt vor meiner Nase langsam über einen schmalen Stängel kroch. Die Erde roch staubig und alt. Ich stöhnte, versuchte, mich zu bewegen. Meine Schulter schickte Schmerzwellen durch den ganzen Körper. Oder war es der Kopf? Er fühlte sich an wie mit Eisen gefüllt, tonnenschwer.

Ich wollte schlucken, aber mein Mund war trocken, so trocken wie die ausgedörrte Erde direkt vor meinem Gesicht. Der Schwindel kam zurück. Die dunklen Wolken über mir begannen sich zu drehen. Für einen Moment schloss ich die Augen. Und hörte die Schritte.

Oh nein! Wie lange hatte ich hier gelegen? Hatte er schon bemerkt, dass ich gesprungen war?

Mühsam zog ich meinen rechten Arm unter dem Körper hervor. Er fühlte sich merkwürdig an, so taub. Ich musste mich aufrichten, hier weg! Zitternd versuchte ich, mich aufzustützen. Doch mein Ellenbogen knickte weg wie ein dünner Ast. Die Schritte kamen näher.

Meine Unterlippe begann unkontrolliert zu beben, dann schlugen meine Zähne aufeinander. Ich konnte es nicht stoppen, mein Körper gehorchte mir nicht, kein einziger Muskel. Selbst meine Beine schienen auf dem Boden festgeklebt, rührten sich nicht. Heb deinen Kopf. Steh auf. Lauf!

Ich wimmerte. Die Schritte kamen näher. Und näher.

Es war umsonst gewesen. Der Sprung. Die Schmerzen. Er musste rasend sein vor Wut. Ich hatte sein Fenster zerstört und noch viel schlimmer – ich hatte mich widersetzt. Das würde er nicht dulden.

Meine Finger krallten sich in die trockene Erde. Ein Nagel brach. Es interessierte mich nicht. Ich hörte nur seine Schritte. Die jetzt genau vor mir waren. Ganz nah. Groß und schwarz ragte er vor mir auf.

Er war zurück. Es gab kein Entkommen.

Kapitel 22

Laura und Levke hörten Sylke schweigend zu, als sie von den neuen Vorkommnissen berichtete. Auf ihren Gesichtern zeichnete sich abwechselnd Unglauben, Beklemmung und Angst ab.

»Völlig verrückt«, sagte Laura schließlich, »ich stimme dir zu – wir reisen ab!«

Levke nickte und schielte vom Esstisch zu Martin Grüning hinüber, der an den Küchentresen gelehnt war und bestimmt bereits seine dritte Tasse Kaffee hinunterschüttete. Er hatte Sylke nicht unterbrochen, hielt seinen Blick über den Rand der Tasse jedoch auf sie gerichtet.

»Das scheint mir auch die vernünftigste Entscheidung zu sein«, kommentierte er. »Ich bleibe hier, bis Sie alle sicher im Auto sitzen.«

Sein Handy klingelte, er warf einen Blick darauf, machte eine entschuldigende Geste und nahm den Anruf an. Während er in der Küchenzeile sprach, drehte Sylke ihm den Rücken zu.

»Habt ihr denn irgendetwas herausgefunden?«, flüsterte sie.

»Ja.« Levke senkte ebenfalls ihre Stimme. »Wir konnten mit der einen Bedienung reden, die schon seit Jahren dort arbeitet. Jo ist ihr bereits mehrfach negativ aufgefallen. Sie hat uns erzählt, dass er im Sommer ein oder zwei Mal mit einer rothaarigen Frau da gewesen ist. Vielleicht haben sie sich dort auch kennengelernt, sicher ist sie sich nicht. Er macht wohl immer wieder mit der ein oder anderen Frau rum.«

»Ja, ob die wollen oder nicht.« Sylkes Stimme klang bitter, sie fing sich jedoch schnell. Jetzt war keine Zeit für die Vergangenheit. Im Hintergrund redete Grüning in das Handy. »Das heißt also«, überlegte sie, »dass Jo und Sarah sich wirklich kannten. Konnte sie Sarah genauer beschreiben?«

»Rothaarig, groß und dünn.«

Sylke atmete tief ein. »Das passt auf unsere Sarah.« Nachdenklich wiegte sie den Kopf. »Was ist, wenn ihre Geschichte doch stimmt?«

»Und wer ist dann die Frau in den Dünen?« Lauras Stirn lag in tiefen Furchen. »Und warum verschwindet Sarah immer wieder?«

Sylke zuckte mit den Achseln. »Ich weiß es nicht. Die ganze Sache ist total verworren.«

»Wir bräuchten ein Foto von Sarah. Unserer Sarah. Dann könnte die Bedienung uns sagen, ob das die Person ist, die sie mit ihm gesehen hat.«

»Habt ihr welche gemacht?« Laura scrollte durch ihr Handy. »Ich hab alle möglichen Bilder, den Binnensee, die Sonne auf dem Wasser, den Bügel aus der Ferne. Aber Sarah ist auf keinem drauf.«

»Mist, ich habe auch keins, ich fotografiere ja kaum.« Frustriert sog Sylke die Unterlippe ein. Dann hellte sich ihr Gesicht auf. »Emmi«, flüsterte sie.

»Was ist mit ihr? Sie ist in eurem Zimmer, oder?« Suchend sah Laura sich um.

»Ja. Aber das meine ich nicht.« Sylke redete schneller. »Emmi kann total gut zeichnen. Sie malt in einer Tour die Vögel an der Küste. Aber ihre Portrait-Zeichnungen sind auch nicht schlecht.«

Levke knetete ihr Ohrläppchen. »Stimmt, die sind sehr gut. Und du meinst, sie könnte Sarah aus dem Gedächtnis zeichnen?«

»Genau. Sarah. Die Frau, wer auch immer sie ist. Damit geht ihr noch mal in die Bar und zeigt das Bild der Bedienung.«

»Gute Idee.« Laura nickte. »Dann wissen wir wenigstens, ob unsere Sarah Jo kennt oder ob sie uns in allem einen Bären aufgebunden hat.«

»Und bis dahin kein Wort zu Grüning.« Levke warf einen Blick auf den Kommissar, der in sein Telefonat vertieft war. »Der wird es uns ausreden wollen. Aber«, sie sog scharf die Luft ein, »ich muss wissen, was hier los ist. Die Frau hat mit uns gewohnt, gegessen und geredet. Sie ist zu uns gekommen. Wir haben sie gerettet und ihr geholfen. Jetzt will ich wissen, wer sie ist und was sie verbirgt.«

»Ich auch.« Sylke sprach noch leiser. Es gefiel ihr nicht, vor Grüning nicht alle Karten offen auf den Tisch zu legen. Aber Levke hatte Recht, er würde sie von dem Vorhaben abhalten wollen, und sie wollte nicht einfach nur abwarten, was noch alles passieren würde. Nein, ihre beiden Freundinnen mussten sich noch einmal in die Cocktailbar wagen.

»Ihr packt jetzt am besten«, fuhr sie fort. »Levi, bringst du uns alle nach Hause? Da kann ich Emmi bitten, das Bild zu zeichnen. Mit dem könnt ihr morgen am frühen Abend noch mal in die Bar gehen und hören, was die Kellnerin euch sagt. Was meint ihr?«

»Ja, das ist ein Anfang. Und ich rufe den Vermieter an und sag ihm, dass wir einen Tag eher abreisen müssen.« Levkes Gesicht wurde noch ernster. »Es tut mir leid, Sylke. Vor allem wegen Emmi.«

»Ja. Ja, mir auch. Wegen uns allen. Deine Idee war eigentlich perfekt, Levi. Nur die Umstände nicht.«

Laura legte die Arme um ihre Freundinnen. »Wir holen das nach«, sagte sie. »Ihr wollt doch nicht klein beigeben, oder?« Sie lächelte ihr breites Laura-Lächeln. In der kurzen Zeit, in der Sylke sie jetzt kannte, hatte es Laura damit immer geschafft, Zuversicht in ihr zu pflanzen. Aber diesmal zeigte das Lächeln wenig Wirkung.

Grüning hatte aufgelegt und kam zu ihnen herüber.

»Alles in Ordnung?« Sylke sah ihn fragend an.

»Ja, ja.« Abwesend fuhr er sich durch die Haare. »Nur viel zu organisieren. Das war Joost Ringhausen, mein Kollege aus Oldenburg, er wird die Leitung in diesem Fall übernehmen. Ich habe das Wichtigste mit ihm abgeklärt, bis er hier aufschlägt. Die KT müsste auch bald da sein.«

»Oldenburg?« Lauras Lächeln verschwand. »Das heißt, Sie glauben, dass die Person in den Dünen ermordet wurde, oder?«

Der Kommissar ließ seine Hand sinken. »Dazu kann ich noch nichts sagen. Aber alles zusammengenommen gefallen mir die Ereignisse hier ganz und gar nicht.« Er schaute auf die Uhr. »Ich muss gleich wieder los, möchte Sie aber gern erst zum Auto bringen.«

»Ja, klar, das ist echt nett von Ihnen.« Laura lief die Treppen zum Alkoven hinauf. »Ich beeil mich, es dauert nur ein paar Minuten.«

»Dito.« Auch Levke verschwand in ihrem Zimmer, um zu packen.

»Mir fällt gerade ein«, sagte Sylke zu Grüning, »Sarah hat zwei Nächte oben in Lauras Bett geschlafen. Vielleicht findet man da noch Haare oder so etwas, für einen DNA-Test.«

Grüning nickte. »Ja, daran habe ich auch schon gedacht. Am besten, Sie geben mir gleich die Schlüssel. Dann können wir hier durchgehen, sobald Sie abgereist sind. Wir brauchen allerdings auch noch eine Vergleichs-DNA von Ihnen. Ich lege hier vier Tüten hin, da können Sie jeweils ein Haar hineinstecken, in Ordnung? Sie müssen es sich allerdings ausreißen, wir brauchen die Haarwurzel für den Test.« Sein abwesender Ausdruck verschwand und er lächelte Sylke an. »Wir finden heraus, wer sie ist und was mit ihr passiert ist.«

»Sicher.« Sylke schaute in die Dunkelheit hinaus. Sie spürte plötzlich eine riesige Erleichterung, in wenigen Minuten das Boot zu verlassen. Schnell lief sie zu ihrer Zimmertür hinüber. Emilie lag auf dem Bett und las.

»Sorry, Süße, das muss sein.« Schnell hatte sie ein abstehendes Haar gepackt, es Emilie herausgerissen und in eine Tüte gesteckt. Dann machte sie das Gleiche bei sich. Grüning war mit zwei Schritten bei ihr und nahm ihr die Tüten ab.

»Aua«, maulte Emilie, »bist du verrückt?«

»Ich erkläre es dir gleich.« Sylke zog ihren kleinen Koffer und Emilies Sporttasche heraus. Grüning nahm ihr beides ab.

»Sollen wir das schon mal ins Auto bringen?«, fragte er.

Sylke nickte und zog sich ihre Jacke über. Auf dem Steg blieb sie kurz stehen und schaute auf das hell erleuchtete Hausboot zurück. Dann folgte sie dem Kommissar in die Dunkelheit.

*

Nein. Nein, ich will nicht. Nein!

Meine Lippen waren so spröde und trocken. Ich versuchte, die Worte herauszupressen, aber es gelang mir nicht. Es wäre auch vollkommen egal gewesen. Ich wurde unter den Achseln gepackt. Als mein Kopf vom Boden hochgerissen wurde, fühlte er sich an wie eine riesige rote entzündete Masse. Ich blinzelte. Vor meinen Augen tanzten Sterne, alles verschwamm hinter grellleuchtenden Blitzen.

Ein Keuchen über mir, als ich über das Gras geschleift wurde. Ich wollte mich wehren, meine Beine in die Erde stemmen. Aber ich konnte sie nicht bewegen. Mein Kinn hing schwer auf der Brust hinab. Wie durch einen Nebel sah ich meine schwarzen Turnschuhe, die über den Boden rieben, schlaff und kraftlos wie von einer kaputten Puppe.

Wohin brachte er mich? Was hatte er mit mir vor?

Meine Gedanken wirbelten, lösten sich auf. Das Hämmern in meinem Kopf wurde stärker, ein Schmied, der auf einen Amboss schlug, immer wieder und wieder.

Vergebens versuchte ich, mich auf meine Schuhe zu konzentrieren, doch die roten Blitze wurden stärker, nahmen mir die Sicht.

Und mit einem Mal war alle Schwere verschwunden. Ich wurde watteleicht, eine Feder im Wind. Für einen Moment drehte ich mich hoch in der Luft. Dann fiel ich und sank in ein tiefes und bodenloses Schwarz.

Kapitel 23

Das war wirklich gut getroffen. Gedankenverloren schaute Sylke auf das Bild, das Emilie von Sarah gezeichnet hatte. Sie hatte ihre Tochter sofort darum gebeten, als sie nach dem Ausräumen ihrer Tasche hinunter ins Wohnzimmer gekommen war. Nach nur einer Stunde lag das Porträt fertig auf dem Küchentisch. »Ich bin froh, wenn ich der Polizei helfen kann und Sarah wieder auftaucht.« Wie immer war Emilie nicht zufrieden mit ihrem Werk, radierte, überlegte, ging darum herum, setzte sich erneut, so lange bis Sylke es in die Hand nahm. »Es ist jetzt perfekt. Und du musst schlafen.«

»Och nö, morgen ist doch Feiertag.«

»Aber jetzt ist es schon fast elf Uhr und ich bin müde. Meine Bauchschmerzen sind auch nicht wirklich besser.« Die Lüge kam Sylke schwer über die Lippen, müde jedoch war sie wirklich. Sie wollte selbst nur noch ein paar Minuten auf ihrem Sofa sitzen und bald ins Bett gehen. In ihr eigenes, großes, kuscheliges Bett.

Sie wog das Bild in ihrer Hand. Natürlich hatte sie Emilie gesagt, dass die Polizei es wollte, und nicht, dass Levke und Laura damit eigene Nachforschungen anstellen würden. Aber vielleicht war es trotzdem gut, es Grüning zur Verfügung zu stellen? Sie legte das Bild auf den Tisch, machte den Kühlschrank auf und nahm eine Wasserflasche heraus. Ein Glas Rotwein wäre eigentlich besser.

Sobald Emmi im Bett lag und Ruhe sich über das Haus gebreitet hatte, war das schläfrige Gefühl plötzlich wie weggeblasen, stattdessen hatten ihre Gedanken zu kreisen begonnen. Irgendwie musste sie sie beruhigen.

Sie griff nach einem Rotweinglas, ging zum Regal hinüber und betrachtete die Flaschen. Und erschrak fürchterlich, als es in dem Moment an das Fenster klopfte. Sofort schnellte sie herum und starrte nach draußen. Doch nur das Küchenlicht spiegelte sich in der Scheibe. Sie blickte in ihre eigenen, weit aufgerissenen Augen.

Das Küchenfenster lag zur Straße. Die allerdings war so klein und selten befahren, dass man abends höchstens ein oder zwei Autos hörte. Warum hatte sie bloß keine Rollos? Im Wohnzimmer hatte sie die schweren Vorhänge schon zugezogen, doch in der Küche gab es nur helle, durchsichtige Scheibengardinen und man konnte ungehindert hineinschauen. Eine Stimme schnitt in ihre Gedanken. Dumpf kam sie vom Fenster her. »Ich bin es. Martin.«

Vor Erleichterung ließ sie fast das Glas fallen, so zittrig waren ihre Hände. Sie ging zur Haustür hinüber, schloss sie auf und schaute in Grünings verlegenes Gesicht. »Entschuldigung, ich wollte Sie nicht erschrecken.«

»Schon gut.« Ihr Atem ging immer noch zu schnell. »Ist irgendetwas passiert? Haben Sie Sarah, ich meine, die Frau, die bei uns war, gefunden?«

»Nein.« Er schüttelte den Kopf. »Es gibt nichts Neues. Aber ich hatte erst jetzt Feierabend und dachte, ich fahr einmal bei Ihnen vorbei und schau nach dem Rechten. Als ich Sie da am Fenster stehen sah, habe ich einfach angeklopft. Ich wollte nicht klingeln. Falls Emilie schon schläft.«

»Danke.« Langsam beruhigte sich ihr Puls. »Das ist wirklich sehr nett. Uns geht es gut. Ja, Emmi schläft und ich ...« Ihr

Blick wanderte zu dem Weinglas, das sie noch immer in der Hand hielt. Sie biss sich auf die Lippen.

»Ich wollte Sie wirklich nicht stören.« Grüning fuhr durch seine schwarzen Haare. Schon wieder. Und jedes Mal sahen sie danach verwuschelter aus als vorher. Sylke musste lächeln. Grüning jedoch sah auf den Boden, hatte sich zum Gehen gewandt. »Ich bin froh, dass bei Ihnen alles okay ist. Dann schlafen Sie gut und ...«

Ohne nachzudenken, trat Sylke einen Schritt vor und griff ihn am Arm. »Wollen Sie vielleicht einen Moment hereinkommen?«

Er drehte sich um, schaute sie an. »Wenn Sie ... nicht zu müde sind?«

»Ich kann jetzt eh nicht schlafen.« Sylke trat zurück ins Haus. »Mir gehen tausend Gedanken im Kopf herum.« Sie zögerte kurz. »Außerdem muss ich Ihnen etwas zeigen.«

Sie führte den Kommissar in die Küche und deutete auf das Bild, das Emilie gemalt hatte. »Das ist Sarah. Oder wer auch immer«, sagte sie. »Da wir kein Foto haben, ist es vielleicht hilfreich.«

»Wow.« Grüning betrachtete die Zeichnung eingehend. »Ich wusste gar nicht, dass Sie so gut malen können.«

Abwehrend hob Sylke die Hände. »Oh nein, das war Emmi. Sie ist ein Naturtalent.« Sie ging zum Regal hinüber. »Setzen Sie sich doch.« Nach kurzem Überlegen griff sie nach der besten Flasche Rotwein, stellte sie zusammen mit zwei Gläsern auf den Tisch. »Möchten Sie?«

»Aber nur einen kleinen Schluck.« Grünings Hand fuhr über die dunkle Eichenplatte. »Was für eine schöne Küche. Dieser große, schwere Tisch und dazu die blauen Stühle.« Er sah sich um. »Es sieht unheimlich gemütlich aus, modern und gleichzeitig urig.« Dann kräuselte er die Nase. »Was rede ich hier bloß?«, murmelte er.

Sylke goss ihm lächelnd den Wein ein. »Nein, genauso wollte ich es einrichten«, sagte sie. »Landhauscharme, der nicht veraltet ist.« Sie zeigte auf die Kissenbezüge und dann auf die Scheibengardinen, die von oben in dem gleichen Hellblau wie in Wellen bis nach unten flossen und auf denen kleine Möwen flogen. »Ich habe alles selbst genäht.«

Grüning nickte anerkennend. »Sie haben auch Talent. Ich glaube, ich muss wirklich mal in Ihren Laden kommen. Ein wenig davon könnte meinem Haus auch guttun.«

»Gerne.« Sylke hob ihr Glas. »Wenn ich vorher bei Ihnen meinen Kaffee bekomme, können wir gleich mal schauen, was Ihnen so fehlt.«

»Ich fürchte, das ist so einiges.« Grüning hob sein Glas ebenfalls und stieß es an ihres. »Trinken wir auf gemütliche Häuser?«

»Unbedingt.« Sylke nahm einen Schluck. »Auf einen Ort, an dem man sich wohlfühlt.« Sie lehnte sich zurück und genoss das Gefühl von Wärme, das durch ihren Körper floss.

»Wohnen Sie allein?«, fragte sie.

»Ja. Ich bin geschieden.«

»Oh, das tut mir leid.« Sylke ließ sich nicht anmerken, dass sie davon längst wusste. Und dass es ihr überhaupt nicht leidtat.

»Ach, das muss es nicht. Schon seit zwei Jahren. Mats, mein Sohn, lebt bei meiner Frau, sie sind inzwischen nach Hamburg gezogen. Ich sehe ihn, wann immer ich kann.« Er drehte das Weinglas in seinen Händen und betrachtete Sylke prüfend.

»Als Kriminalhauptkommissar habe ich sehr unregelmäßige Arbeitszeiten. Planungen werden oft zunichtegemacht, auch kurzfristig. Das ist in einer Partnerschaft nicht einfach.« Unter seinen steilen Brauen beobachtete er ihre Reaktion.

Sylke strich sich eine Haarsträhne aus dem Gesicht und hielt seinem Blick stand. »Das kann ich mir vorstellen. Ich arbeite selbst sehr unregelmäßig. In der Saison ist die Hölle los, wenn etwas ausverkauft ist, nähe ich manchmal bis zum Umfallen. Kommt eine unerwartete große Bestellung, ebenfalls. Und Urlaub«, sie zuckte mit den Schultern, »ist nur in der kalten Jahreszeit möglich.«

»Und dann müssen Sie auch noch eher abreisen.« Grüning seufzte.

»Dafür sitzen wir jetzt hier.«

»Ja. Dafür sitzen wir jetzt hier.« Er legte seine rechte Hand auf die Tischplatte, schob sie nach vorne, während Sylke nach der Flasche griff und ihnen erneut eingoss. Er protestierte nicht.

Mit einem Ruck hob sie das Glas. »Wie wäre es, wenn wir diesmal auf uns trinken?« Einen Moment zögerte sie. »Ich bin übrigens Sylke.«

Er nickte bedächtig. »Und ich bin Martin. Aber das weißt du ja schon.« Ein leises Lächeln breitete sich auf seinem Gesicht aus. »Und soll ich dir was sagen? Auf uns zu trinken finde ich eine hervorragende Idee.«

Kapitel 24

»Du hast Emmis Zeichnung nicht mehr?« Entgeistert schaute Levke ihre Freundin an.

Sylke stellte den großen Pott dampfenden Kaffee vor ihr ab und schüttelte den Kopf. »Aber mach dir keine Sorgen«, erwiderte sie, »ich habe das Bild abfotografiert.«

»Ja, und wo ist es geblieben?«

»Martin war gestern hier. Ich habe es ihm gegeben.«

Levke stellte die Tasse mit einem Rums auf den Küchentisch zurück. »Hast du gerade Martin gesagt?«, fragte sie. »Und hast du gesagt, dass er gestern Abend hier war?«

»Ja.« Obwohl Sylke es nicht wollte, legte sich ein roter Hauch auf ihre Wangen. »Es war ganz spontan. Er hat einfach angeklopft.«

»Aha.« Ein Grinsen breitete sich auf Levkes Gesicht aus. »Ich vermute, nach seiner Arbeit in Burg war er ganz zufällig hier in der Gegend.«

»So ungefähr.« Sylke lachte und wunderte sich, wie befreit sich das anfühlte. »Er hat das Bild gesehen, ich musste es ihm einfach überlassen. Ihr könnt ja heute trotzdem zu der Bar gehen.«

Levke beugte sich näher an Sylke heran. »Und ihr duzt euch jetzt?« Sie kam noch näher. »Habt ihr euch auch geküsst?«

»Nein.« Sylke schüttelte den Kopf. »Also nein, wir haben uns nicht geküsst. Aber ja, ich habe ihm das Du angeboten. Und er hat es sofort angenommen.«

»Ich wusste doch gleich, dass er auf dich steht.« Zufrieden pustete Levke in ihren heißen Kaffee.

Sylke lächelte. Ja, seit gestern Abend glaubte sie das auch. Er hatte nicht aufgehört, sie anzusehen. Sie hatten die ganze Flasche geleert, danach eine weitere, und als er schließlich ein Taxi gerufen und danach etwas wackelig nach draußen gewankt war, hatte er sich für einen Moment an ihr festgehalten. Es war ihr durch den Kopf geschossen, dass dies der richtige Moment für einen Kuss wäre. Doch er hatte sie nicht zu sich gezogen und auch sie hatte zu lange gezögert. Der Moment war verflogen, er war zur Tür gegangen und in die Nacht hinaus. Aber am Gartentor hatte er sich noch einmal umgedreht, stumm seine Hand gehoben. Dabei hatten seine Augen gestrahlt. Glaubte Sylke jedenfalls, denn sie musste zugeben, dass es in der Dunkelheit nicht gut zu erkennen gewesen war. Nun, der Moment würde wiederkommen. Vielleicht einer, in dem es keine zwei Flaschen Wein brauchte.

»Du siehst glücklich aus.« Levkes Stimme fuhr in ihre Gedanken. Und erstaunt stellte Sylke fest, dass sie Recht hatte: Sie war glücklich. Nachdem Martin gegangen war, war sie in ihr Bett gefallen und hatte felsenfest geschlafen. So gut, wie schon lange nicht mehr. Und auch heute Morgen störten sie weder der graue Himmel noch die tief hängenden, dunklen Wolken.

»Der Typ ist wirklich nett.« Levke drückte Sylkes Hand. »Kapsel dich nicht ab und lass dich drauf ein. Das Leben ist voller Überraschungen.«

»Ja, das stimmt.« Sylke nickte und schlug ihre Hände auf ihre Beine. »Also, wie geht es heute weiter?«

»Ich treffe mich um fünf mit Laura vor der Bar. Schick mir doch das Foto von der Zeichnung weiter, dann kann ich es der

Bedienung auf dem Handy zeigen.« Sylke tippte bereits auf ihrem Smartphone herum und Levkes Handy piepte. »Super, danke. Ich dachte mir, dass Laura und ich danach hierherkommen und wir bequatschen, was wir erfahren haben.« Sie legte den Kopf schräg. »Oder bist du da schon mit dem wehrten Herrn Kommissar verabredet?«

»Quatsch!« Wild schüttelte Sylke ihre blonden Haare. »Ich glaube, der hat auch gerade genug um die Ohren.« Einen Moment schwieg sie. »Ich möchte zu gern wissen, wer diese Frau ist, die bei uns war. Und was es mit der Leiche in den Dünen auf sich hat. Ich hoffe nur ... es ist niemand, den wir kennen. Fehmarn ist klein.«

»So klein nun auch wieder nicht.« Levke hörte sich wie immer voller Zuversicht an. »Jetzt mach du dir mal einen schönen Tag mit Emilie und heute Abend sehen wir weiter, ja?« Sie stand auf, drehte sich im Flur aber noch einmal um. »Falls Martin sich meldet«, sie betonte den Namen, »lass uns alles wissen, okay?«

Sylke verdrehte lachend die Augen.

»Nein, nicht das.« Levke grinste. »Na gut, das natürlich auch. Haarklein. Aber ich meine, wenn du irgendetwas Neues erfährst. Zu der Frau oder der Leiche.« Sie hob ihre rechte Hand so ans Ohr, als würde sie ein Telefon halten.

»Ja, klar, ich melde mich.« Sie winkte Levke von der Tür aus nach, als diese den Gartenweg hinunterging. Für einen Moment verschmolz Levkes Gestalt mit Martins. Sylke blinzelte.

»Mama?« Emilie kam die Treppe hinuntergelaufen. Sylke drehte sich um.

»Ja?«

»Mia hat gerade angerufen. Kann ich zu ihr?«

»Klar.« Sylke schloss die Tür. Emilie hatte lange Zeit in der Inselschule keine Freundinnen gehabt. Doch seit sie Mia aus der Parallelklasse kennengelernt hatte, war sie richtig aufgeblüht. Sylke mochte das nachdenkliche und stille Mädchen, das stundenlang mit Emilie am Strand sitzen und den Wellen lauschen konnte, ohne eine blöde Bemerkung zu machen.

»Okay.« Emilie zog sich Jacke und Mütze über. Mia wohnte in Meeschendorf, nicht weit von Katharinenhof entfernt. Sie würde wie immer das Rad nehmen.

»Also ist es in Ordnung, wenn wir heute den Tag nicht zusammen verbringen, ja?« Forschend sah Sylke ihre Tochter an.

»Total in Ordnung.« Emilie lächelte.

»Gut, aber komm nicht so spät nach Hause. Morgen ist wieder Schule.«

»Leider.« Emilie verzog das Gesicht, winkte ihrer Mutter zu und verschwand aus der Haustür.

Sylke lauschte in die Ruhe hinein. Sie fühlte sich nicht so schlimm an wie sonst. Seit dem Sommer konnte sie das große, stille Haus nicht gut ertragen. Auch keinen anderen Ort, an dem sie allein und es ganz leise war. Aber heute ging es. Fast. Ein wenig kroch das tiefe Schweigen doch in sie hinein und erfüllte sie mit leichtem Unbehagen. Sylke sah zu dem Schuhregal hinüber und zog dann kurzentschlossen ihre Turnschuhe an. Normalerweise lief sie täglich, das war in den letzten Tagen zu kurz gekommen. Sie musste dringend an die frische Luft, brauchte Salz um die Nase und in der Lunge.

Sie joggte über die kleine Straße vor ihrem Haus, die nach links zum Campingplatz Katharinenhof führte. Sie lief jedoch geradeaus, genau auf das Meer zu und dann rechts an der Küste entlang. Sobald sie das blaue Wasser neben sich hatte, fiel eine Last von ihren Schultern, ihr Atem ging freier, ihre Schritte wurden leichter. Fast jeden Tag war sie auf dieser Strecke unterwegs und jedes Mal freute sie sich, dass diese wunderschöne Umgebung genau vor ihrer Haustür lag. Es dauerte nicht lange, bis sie den Leuchtturm Staberhuk vor sich auftauchen sah; die knapp sechs Kilometer hatte sie auch heute mühelos geschafft. Trotzdem blieb sie einen Moment stehen.

Es wehte eine starke Brise. Doch Sylke machte das nichts aus. Sie legte den Kopf in den Nacken und lauschte dem Surren des Windes in ihren Ohren, das sich mit dem Rauschen der Wellen vermischte. Die Luft roch nach Seetang und Leben. Ihr Blick wanderte zu dem Leuchtturm mit der hellen, roten Laterne, die vom *Englischen Leuchtturm* auf Helgoland stammte.

Wenn sie malen könnte, würde sie genau das hier aufs Papier bannen: Die Ostseewellen, jede einzelne eine Königin, mit einer blendend weißen Krone aus Gischt. Die großen, im Morgenlicht glänzenden Steine am Ufer, an denen sich das Wasser brach. Kein Wunder, dass der auf der Insel bekannte Maler Ernst Ludwig Kirchner sich hier einquartiert hatte.

Sie kniff die Augen zusammen. Emilie, die sich viel mehr für Malerei interessierte als sie, hatte ihr einmal ein Bild von Kirchner gezeigt, das an eben diesem Leuchtturm entstanden war. Wie so oft in seinen Bildern hatte das Grün überwogen, die Wellen waren grün, der Leuchtturm ebenso. Und waren nicht zwei nackte Menschen ins Meer gelaufen?

Himmel! Sie schüttelte lachend ihren Kopf. Sofort war ihr Martin in den Sinn gekommen. Er, ihre Hand in seiner, hüpfend durch die türkisgrünen Wellen. Sie schloss die Augen. Es gab definitiv schlechtere Vorstellungen.

Der Wind trug ihr Lachen auf das Meer hinaus. Sylke warf einen erneuten Blick auf den Leuchtturm. Er war mit unterschiedlichen Klinkern versehen – die Ostseite mit hellen, die Westseite mit roten Steinen. Sie wusste natürlich, dass die gelben Backsteine auf der Wetterseite durch die dunklen Ziegelsteine hatten ersetzt werden müssen. Backsteine, das war allen klar, die am Meer wohnten, waren nicht so widerstandsfähig und hatten große Poren, die sich schnell mit Wasser vollsogen.

Nun, viele konnten sich das eigenwillige Aussehen des Turmes aber wohl nicht erklären. Wäre eine gute Frage für eine Quizshow, schoss es ihr durch den Kopf. Noch immer lächelnd drehte sie sich um und lief zurück. Der Rückweg war immer schlimmer als der Hinweg. Sie stemmte sich gegen den Wind.

Außer Atem kam sie zu Hause an, schloss die Tür hinter sich, stellte die Schuhe ordentlich ins Regal und ging dann ins Bad hinüber. Sie würde lange duschen, sich aufs Sofa kuscheln, *Coldplay* hören, in einer Zeitschrift blättern und auf Levke und Laura warten. Nichts sonst.

Kapitel 25

»Oh mein Gott, ist es kalt.« Levke zog ihre Mütze vom Kopf und schüttelte ihre braunen Locken. Sie war wieder stark geschminkt und ihre Augenbrauen fehlten.

»Schick siehst du aus«, witzelte Sylke gut gelaunt.

»Wir wollten genauso aussehen wie beim letzten Mal«, erklärte Levke.

Laura löste ihren Dutt und nahm die Brille ab. »Grässliches Ding.«

»Na, warte mal, bis du zwanzig Jahre älter bist, dann geht nichts mehr ohne sie.« Schnell griff Levke nach der Lesebrille und steckte sie ein.

»Kommt rein, ich habe heißen Kakao gemacht und Kekse gibt es auch.« Sylke lotste ihre Freundinnen in die Küche. Sie mochte den Raum fast lieber als das Wohnzimmer. Immer roch es dort gut, es war warm und gemütlich, vor allem, wenn sie Kerzen anzündete, die so wie jetzt auf dem runden Eichentisch munter vor sich hin flackerten. Die drei setzten sich in die schweren, blauen Lehnstühle und Sylke beugte sich gespannt vor. »Also, was habt ihr herausgefunden?«

»Es war die gleiche Bedienung dort wie gestern. Und sie hat sich die Zeichnung lange angesehen.« Dankbar schlossen sich Lauras Finger um die warme Tasse.

»Und?«

»Sie war sich ziemlich sicher.« Levke nippte an dem heißen Getränk. »Dass es nicht die rothaarige Frau ist, die sie im Sommer mit Jo gesehen hat.«

»So ein Mist.« Zischend stieß Sylke die Luft aus. »Rote Haare gibt es nicht so häufig. Es ist schwer vorstellbar, dass sich reihenweise andere rothaarige Frauen mit ihm eingelassen haben. Auch die Bedienung konnte sich nur an eine rothaarige Frau erinnern. Hm, merkwürdig.« Grübelnd stützte sie ihr Kinn in die Hand. »Die Frau, die bei uns war, hat aber behauptet, dass sie mit Jo im Sommer zusammen war und ihn nun wiedergetroffen hat. Das passt doch nicht zusammen. Weiß sie denn, wie die Rothaarige geheißen hat?«

»Namen wusste die Bedienung natürlich nicht. Und sie war auch ...« Levke suchte nach dem richtigen Wort.

»... unschlüssig«, half Laura ihr aus. »Sie sagte, die Frau im Sommer habe genau solche roten Haare gehabt wie auf dem Bild. Das ist ihr aufgefallen, denn die kommen ja, wie du schon sagtest, nicht so häufig vor.«

»Allerdings«, nahm Levke ihren Faden wieder auf, »war sie der Ansicht, dass ihr Gesicht anders gewesen sei. Sie war sich nicht ganz sicher und meinte, die Frau auf dem Bild habe sie auch schon mal gesehen. Aber sie glaubt mit anderen Haaren.«

Sylkes Stirn legte sich in tiefe Falten. »Oh Mann, ist das verworren. Also, Jo war im Sommer mit einer Frau dort, die auffällige rote Haare hatte. Die hat aber ein anderes Gesicht als auf der Zeichnung, richtig?«

»Genau.« Levke nickte. »Kann es sein, dass Emilie das Bild nicht richtig getroffen hat?« Sie zog ihr Handy aus der Tasche, öffnete die Zeichnung und starrte darauf. »Es ist auf dem Display eh so klein und nicht so gut zu sehen.«

Die drei Frauen beugten sich über das Handy. »Ich finde, es ist wirklich realitätsnah«, sagte Sylke schließlich. »Aber es bleibt ein Bild und kein Foto.«

»Das meine ich eigentlich auch, es sieht sehr nach unserer Sarah aus.« Laura setzte sich gerade hin. »Es scheint also, wir hätten herausgefunden, dass unsere Sarah nicht die Wahrheit gesagt hat: Sie hat Jo nicht in der Bar kennengelernt. Jedenfalls hat die Bedienung sie nicht mit Jo gesehen. Ich frage mich, warum sie uns angelogen hat.«

»Und ob sie uns auch einen falschen Namen genannt hat.« Sylke tippte an ihre Lippe. »Da taucht eine Frau auf, die sich als Sarah Meyer vorstellt. Und kurz darauf wird eine verkohlte Leiche aus dem Sand gebuddelt, neben ihr Papiere mit exakt diesem Namen. Wäre es nicht ein komischer Zufall, wenn es da keine Verbindung gäbe?« Sie hielt die Luft an und atmete dann langsam wieder aus. »Könnte es sogar sein, dass die Frau, die bei uns war, die Frau in den Dünen getötet hat?«

Bei diesen Worten zuckte Levke zusammen. »Meinst du wirklich?«, fragte sie heiser. »Dass all die Tage eine Mörderin mit uns gelebt hat?«

»Oder«, sprach Sylke gedankenverloren weiter, »die Bedienung hat sich getäuscht und die Frau auf der Zeichnung nicht erkannt. Dann könnte *unsere* Sarah doch die rothaarige Frau sein, die Jo im Sommer in der Bar kennengelernt und abgeschleppt hat. Dann könnte ihre Geschichte stimmen.«

»Aber warum ist sie bloß erneut verschwunden? Ist doch komisch, dass sie genau jetzt wieder weg ist, wo Papiere mit ihrem Namen neben einer verkohlten Leiche auftauchen«, überlegt Levke. »Irgendwie hab ich das Gefühl, dass sie immer abhaut, wenn es brenzlig wird.«

»Hm.« Sylkes Zeigefinger hämmerte noch immer rhythmisch auf ihre Lippe. »Vielleicht ist sie aber auch nicht abgehauen. Es gab diese zwei Spuren an dem Gebüsch.«

»Die nicht unbedingt etwas mit ihr zu tun haben müssen«, warf Laura ein. »An einem Werftgelände gibt es viele Menschen. Du bist dir auch gar nicht sicher, was du gesehen hast.«

Sylke seufzte. »Leider. Es ging alles viel zu schnell.« Für einen kurzen Moment schloss sie ihre Augen. »Und was machen wir jetzt?«

»Egal, wer die Frau ist, fest steht, dass Jo ein absolutes Arschloch ist.« Laura schaute nachdenklich aus dem Fenster. Draußen wurde es langsam dunkel. »Ich denke, wir sollten weiterhin versuchen, Frauen zu finden, denen er etwas Ähnliches angetan hat wie dir und der Frau. Denn egal, wer sie nun ist und wie sie heißt, sie hatte große Angst. Und das, was sie uns über Jo erzählt hat, fand ich sehr überzeugend. Es deckt sich mit dem, was wir über ihn wissen.«

»Das stimmt.« Levke schauderte bei der Erinnerung ihres ersten und einzigen Treffens mit dem brutalen Mann. »Er muss endlich mal schnallen, dass er so nicht weitermachen kann!«

»Vielleicht sollten wir doch noch mal zu seinem Haus?« Laura wandte sich ihren Freundinnen wieder zu. »Da geht doch mehr vor, als wir wissen. Erinnert ihr euch an das Blut, das ich in diesem Zimmer im Obergeschoss gesehen habe? Vielleicht können wir ihn ein wenig beschatten und herausfinden, was er dort so treibt.«

»Ich weiß nicht. Sollte sich nicht die Polizei darum kümmern? Was ist, wenn er uns erwischt?« Bei dem Gedanken wurde Sylke flau im Magen.

»Das wird nicht passieren. Neben seinem Haus sind Felder, hinten an den Garten grenzt eine Hecke. Dort können wir uns gut verstecken. Er rechnet ja auch nicht damit, dass wir ihn jetzt noch beobachten. Nach all der Zeit«, stimmte Levke Laura zu.

Die nickte. »Wir wissen einfach noch zu wenig. Mal angenommen, die Frau, die bei uns war, ist wirklich von ihm eingesperrt und misshandelt worden. Und der Streit, den Sylke beobachtet hat, ist zwischen ihr und ihm abgelaufen. Dann könnte es sein, dass er sie wieder in seiner Gewalt hat. Erneut einsperrt und ihr was weiß ich, was alles antut.«

»Genau. Außerdem habt ihr Grüning gehört. Sie brauchen für einen Durchsuchungsbeschluss handfeste Beweise für eine Straftat. Die haben sie noch nicht, nicht einmal eine Anzeige gegen ihn liegt vor. Wenn Jo Sarah hat, kann er mit ihr machen, was er will.« Levke sah Sylke eindringlich an. »Lass es dir noch einmal durch den Kopf gehen. Denn egal, ob sie nun Sarah Meyer heißt oder nicht – sie kennt ihn, das steht fest. Ich bin dafür, wir fahren morgen Abend einmal nachsehen. Dann ist wieder ein normaler Arbeitstag, da ist er abends vielleicht zu Hause und wir sehen ihn mit *unserer* Sarah. Die würde er ja einsperren, wenn er in die Cocktailbar geht.«

»Okay.« Sylke atmete tief ein. »Ein bisschen beobachten aus der Ferne, das geht, denke ich.«

»Super!« Mit einem Satz sprang Levke auf. »Ich muss heute früh ins Bett. Ich bin total erledigt.« Sie griff nach ihrem Halstuch. »Wo ist Emmi eigentlich?«

»Bei Mia.« Sylke lächelte. »Sie hat eben angerufen und gefragt, ob sie dort schlafen darf. Das hat sie noch nie gemacht.«

»Das ist doch toll!«

»Ja, finde ich auch. Natürlich wäre mir ein Wochenende lieber, morgen ist schließlich Schule. Aber dass sie sich überhaupt traut, finde ich so klasse, da wollte ich nichts sagen.«

»Und ihre Schulsachen?«

»Die nehme ich mit nach Burg, wenn ich morgen früh in den Laden fahre, und bringe sie schnell bei der Schule vorbei. Dann bin ich früh im Geschäft und habe noch Zeit zu nähen.«

»Wie schön. Ich freue mich so, dass Emmi endlich Anschluss gefunden hat.« Fest drückte Levke Sylke an sich. »Aber wirst du klarkommen, ganz allein?«

»Natürlich.« Sylke richtete sich auf. Sie wusste, dass das nicht stimmte. Die letzten Nächte, die sie allein und ohne ihre Tochter verbracht hatte, waren die in diesem fürchterlichen Kellerverlies gewesen. Sie hatte schon jetzt Angst vor den Geräuschen. Wenn sie im Bett lag, knarrte der Holzfußboden, als würden Schritte darüber gehen. Pfiff der Wind ums Haus wie der keuchende Atem eines anderen Menschen. Sahen die Schatten im Schlafzimmer aus, als würde sie jemand beobachten. Wenn sie wusste, dass Emilie im Zimmer nebenan lag, war sie für sie beide stark. Aber heute Nacht würde sie sich ihren Dämonen stellen müssen.

Das allerdings war nicht Emilies Problem. Und auch nicht Levkes.

Sie zwang sich zu einem Lächeln. »Ich werde die Zeit für mich genießen«, sagte sie leichthin.

»Oder du rufst ganz einfach Martin an«, flüsterte Levke ihr ins Ohr. »Sturmfreie Bude, was willst du mehr?« Sie grinste vielsagend.

»Mal sehen.« Sylke schob Levke und Laura zur Tür. Vielleicht hatte Levke Recht. Vielleicht sollte sie Martin wirklich anrufen. Was hatte sie schon zu verlieren? Mehr als Nein sagen konnte er nicht. Zu der Einladung zu einem Glas Wein.

Dass sie ihm am liebsten die Klamotten vom Leib reißen und ihn auf ihr Bett schmeißen würde, würde sie noch ein wenig verschweigen. Oder? Sie grinste. Vielleicht sollte sie ihm das auch einfach sagen. Oder noch besser: machen. Vielleicht sollte sie sich einfach viel mehr trauen.

»Wird schon!« Levke umarmte sie zum Abschied. Oh Gott, sie hatte doch wohl ihre Gedanken nicht laut ausgesprochen? Sie fuhr sich über das Gesicht. Ihre Wangen fühlten sich heiß an.

»Wir telefonieren alle morgen, ja?« Laura stand schon auf dem Gartenweg und winkte Sylke zu. Dann schloss sie ihr Rennrad auf, schwang sich in den Sattel und düste davon.

Levke lief zu ihrem Fiat hinüber. »Hab eine gute Nacht«, rief sie und stieg in ihr Auto.

Sylke hob den Arm zum Gruß, sperrte anschließend die Haustür ab und ging in die Küche zurück. Sie nahm ihr Handy aus der Tasche und starrte darauf. Halb sieben. Am Feiertag. Würde Martin heute Abend auch arbeiten müssen? Er hatte sich den ganzen Tag noch nicht gemeldet. Hatte er den Abend gestern nicht so schön gefunden wie sie? Oder war er so in seine Arbeit vertieft? Oder wollte er sie einfach nicht nerven?

Sie schüttelte den Kopf. Schon wieder so viele Gedanken. Sie konnte es nur herausfinden, wenn sie endlich seine Nummer wählte. Nicht denken. Machen.

In dem Augenblick klingelte es an der Haustür. Sylke zuckte zusammen. Hatten Levke oder Laura etwas vergessen? Sie ging in den Flur zurück.

Oder, ihr Atem ging schneller, sollte es tatsächlich Martin sein, der sie erneut unerwartet überraschte?

Sie riss die Tür auf, mit einem Lächeln auf den Lippen. Ein Lächeln, das noch in derselben Sekunde erstarb. Denn dort standen weder Laura noch Levke. Und auch nicht Martin.

Sylke wollte die Tür zuschlagen. Doch sie war wie erstarrt. Ihre Muskeln gehorchten ihr nicht mehr. Es dauerte nur eine Sekunde, bis sich die Person in den Flur gedrängt hatte. Ein Mann, schwarz gekleidet, die Kapuze seines Hoodies tief in die Stirn gezogen. Er kickte die Tür mit dem Fuß zu, ohne den Blick von ihr zu nehmen. Eine weitere Sekunde und er stand genau neben ihr.

Sie sah ihn mit weit geöffneten Augen an. *Wehr dich! Lass ihn nicht ...*

Aber er hatte sie schon gegriffen. Etwas in der Hand, das er ihr unter die Nase presste. Es roch süßlich und nach Medizin. *Nicht atmen!*

Warum konnte sie so klar denken und warum machte ihr Körper nicht genau das, was sie ihm befahl? Stattdessen kroch Panik in ihr auf, sie schnappte gierig nach Luft. Aber er ließ nicht locker. Sein Griff war ein Schraubstock und das Tuch groß und schwer vor ihrem Mund und ihrer Nase.

Reiß ... dich ... los... ...lauf ... w e g ... w...e...g...

Ihre Gedanken, nicht mehr glasklar, sondern von Nebel eingehüllt. Oh Gott, sie sank. Die Muskeln waren zu weich, sie gaben nach, wackeliges Gelee.

Sie fiel, und der Mann hielt sie umklammert, fest und unerbittlich.

Dann schwemmte der Nebel über sie und löschte alles andere aus.

Kapitel 26

Sie spürte ihre Hände nicht mehr. Verzweifelt versuchte sie, ihre Finger zu bewegen. Aber sie waren nicht mehr da. Unterhalb ihres Ellenbogens befand sich nur noch eine taube Masse, irgendetwas, das hinter ihrem Rücken an ihr hing. Und mit dem sie an dieses Rohr gefesselt war.

Sie blinzelte. Nur schwer bekam sie ihre Lider ein Stück auf, sie waren verklebt von Blut. Es war in ihr Gesicht gelaufen, so warm, so viel. Fast tröstlich hatte es sich angefühlt in all dem Horror.

Sie zuckte zusammen. Die Bilder kamen zurück. Er, schreiend vor ihr. Hochaufgerichtet und voller Wut. Wie oft hatte er zugeschlagen? Sie hatte nur das Blut gefühlt. All das Blut, das in ihre Augen lief, aus ihrer Stirn die Wangen hinunter, so warm, so weich.

Wie hatte er sie an das Rohr gekettet? Sie konnte sich nicht erinnern. Nur, dass sie hier aufgewacht war, nachdem er sie überwältigt hatte. Und dass er sie angeschrien und geschlagen und dabei immer wieder gebrüllt hatte.

Sie versuchte, sich sein Gesicht in Erinnerung zu rufen. Sie hatte es kaum sehen können unter der schwarzen Kapuze. Wer war er und warum dachte er, dass sie ihm geben konnte, was er wollte?

Mühsam setzte sie sich etwas aufrechter hin und sofort zuckte ein fürchterlicher Schmerz durch ihren Körper. Sie lehnte ihren Rücken gegen die Wand und atmete flach ein. Selbst das stach in ihrer Lunge. Der Boden unter ihr schaukelte. Oder war das ihr Gehirn, das ihr einen Streich spielte? Die Welt drehte sich.

Ihre Zunge fuhr über die spröden Lippen. Was würde sie für ein Glas Wasser geben! Es war so stickig in diesem kleinen Raum und es roch schlecht. Nach alten, nassen Klamotten und nach Rost. Vielleicht war das aber auch ihr Blut, das unter ihrer Nase trocknete. Sie wusste es nicht.

Vorsichtig bewegte sie ihre Schultern nach vorne. Ihre Arme, hinter ihrem Rücken an das Rohr gebunden, fühlten sich immer noch fast überall taub an. Eine plötzliche Panik erfasste sie. Was, wenn sie inzwischen abgestorben waren? Wenn sie ihre Hände nie mehr würde bewegen können? Wie lange saß sie hier schon?

Die Zeit war ihr entglitten. Er war gekommen, hatte geschrien und geschlagen und ihre Welt in Schmerz gehüllt. Sie war versunken zwischen schwarzen Schatten und gleißenden, grellen Blitzen, die vor ihrem inneren Auge zuckten.

Müde sank ihr Kopf nach hinten. Die kleinen Bewegungen, die klaren Gedanken, das alles kostete unfassbar viel Kraft. Als würde eine Maschine jegliche Energie aus ihr pressen. Selbst das Schlucken fiel ihr schwer.

Wenn sie ihm doch bloß sagen könnte, was er wissen wollte. Was hatte sie getan? Sie hatte gedacht ...

Oh Gott, jetzt stöhnte sie schon so laut, dass es in ihren eigenen Ohren dröhnte. So laut, dass es aus jeder Ecke dieses kleinen Raumes kam. Sie musste aufhören. Ihre Kräfte sammeln. Bei Sinnen bleiben, nicht ohnmächtig werden.

Sie musste ... Moment. Sie lauschte.

Das Stöhnen kam nicht von ihr. Oder? Wie sich alles drehte und schwankte! Aber nein, da war es wieder. Sie atmete ganz flach und leise. Jemand stöhnte. Jemand anderes. Nicht sie.

Ihre Lippen öffneten sich leicht. Ihre Zunge, trocken wie Schmirgelpapier, bewegte sich träge in ihrem Mund. Versuchte, ein Wort zu formen.

»Hallo?«, flüsterte sie heiser.

Sie lauschte. Es kam keine Antwort. Aber das Stöhnen wurde lauter.

Sie sammelte sich, suchte Speichel zusammen. »Ist da jemand?«, presste sie heraus. Ihre Augen starrten in die Dunkelheit. Es war so schwarz um sie herum, sie konnte nichts erkennen. Vielleicht bekam sie aber auch ihre Lider nicht weit genug auf. Sie waren so geschwollen und dick.

»Ja. Wo bin ich?« Eine andere Stimme. Sie hatte sich nicht getäuscht. Jemand war hier! Die Stimme klang genauso ängstlich wie ihre, aber sie hatte mehr Kraft. Die Stimme einer anderen Frau.

»Ich ... ich weiß es nicht.« Ihr Kopf dröhnte. Irgendwo raschelte es.

»Ich ... bin festgekettet. Kannst du kommen und mich befreien?«, hörte sie die Frau fragen.

»Nein. Ich bin selbst gefesselt. An dieses ... Rohr.«

»Oh nein!«

Die Stimme kam ihr bekannt vor. *Konzentrier dich!* Jedes Wort tat ihr weh, das Luftholen stach in ihren Rippen.

»Wo sind wir?«, fragte die Frau erneut. »Wer hat uns hierhergebracht?« Ihre Stimme klang panischer als zu Beginn, so, als würde sie jetzt erst realisieren, dass sie gefangen waren.

»Ich ... weiß es nicht.« Ihr Kopf sank ein Stück nach unten. Hatte sie auf jede Frage nur diese klägliche Antwort? Sie musste nachdenken! Als der Mann hereingekommen war, um sie zu schlagen, hatte er eine Luke geöffnet und Licht war in den kleinen und schmalen Raum gefallen. Da hatte sich diese Frau noch nicht darin befunden. Wer war sie? Und warum waren sie hier?

»Ich …« Die andere Frau zögerte. »Deine Stimme. Sie kommt mir bekannt vor. Wer bist du?«

Es ging ihr also genauso wir ihr. In dem Moment wusste sie es. Natürlich. Das war die Frau, die sie aus dem Wasser gezogen hatte. Eine der Frauen von dem Hausboot. In ihrem Kopf hämmerte ein Schlagbohrer. »Bist du …«, sie suchte nach dem Namen, fand ihn schließlich. »Bist du es, Sylke?«

»Ja.« Die Frau schwieg einen Moment. Dann klang ihre Stimme heller, überrascht. »Sarah?«

Sie lehnte sich an die Wand zurück, suchte einen Halt. »Ja«, flüsterte sie heiser. »Das heißt … nein. Ich bin nicht Sarah.«

Für ein paar Augenblicke war es totenstill in dem schwarzen Raum. »Wenn du nicht Sarah bist«, sagte Sylke schließlich krächzend, »wer bist du dann? Und wer ist die Tote in den Dünen?«

Sie schwieg. Holte Luft. Befahl ihrer Zunge, sich zu bewegen. »Die Tote«, flüsterte sie, »das ist Sarah. Und Jo hat sie umgebracht.«

Kapitel 27

Sylke hörte die Worte, doch sie verstand sie nicht. Jo? Er hatte Sarah getötet? Aber warum hatte die andere Frau dann bei ihnen auf dem Hausboot behauptet, sie zu sein? Die Frau, die jetzt an ein Rohr gekettet war, in einem finsteren Loch, genauso wie sie?

Ihre Gedanken rasten. Sie zwang sich zur Ruhe, ging zurück zu dem letzten Punkt, an den sie sich erinnern konnte, bevor sie in dieser Schwärze aufgewacht war. Ihr Kopf schmerzte und noch immer hatte sie den süßlich-chemischen Geruch in der Nase. Stoßweise atmete sie aus, versuchte, ihn loszuwerden.

Sie hatte die Tür geöffnet und da hatte dieser Mann gestanden. Im schwarzen Kapuzenpulli. Und so viel stand fest: Das war nicht Jo gewesen.

Warum war sie hier? Und welches Spiel spielte diese Frau, die mit ihr in diesem Raum festhing? Ihre Stimme hatte sich zittrig angehört, als spräche sie unter großen Schmerzen.

Sylke versuchte, die Panik zu unterdrücken, die sie zu überrollen drohte. Es war stockdunkel in diesem Raum und sie konnte sich kaum bewegen. Ihre Hände waren um ein rundes Metallstück gebunden, sehr fest und stramm. Kabelbinder, vermutlich. Sie durfte sich jetzt nicht von der Angst übermannen lassen. Reden! Reden half. Wenigstens um zu verstehen.

»Jo hat sie getötet?«, fragte sie vorsichtshalber nach.

»Ja.« Sarah klang, als würde ihr die Kraft ausgehen. Halt, nicht Sarah!

»Warum hast du dann gesagt, dass du Sarah bist?«

Sie hörte die andere Frau schluchzen. »Ich ... war mit Jo zusammen. Im Sommer.« Sie hustete, atmete schwer ein. »Am Anfang war er nett. All das, was ich euch erzählt habe ... war nicht gelogen. Doch dann machte er einfach mit mir Schluss. Er hat mich ... satt, hat er gesagt.« Sie schwieg. »Eigentlich war es besser so«, flüsterte sie schließlich. »Er hat mich behandelt wie ein Stück Mist.«

»Und dann?« Sylke versuchte krampfhaft, ihr rasendes Herz zu ignorieren.

»Ich war so dumm.« Die Stimme der Frau brach. Es brauchte eine Weile, bis sie sich sammelte. »Aber ich konnte es nicht ertragen. Ihn mir mit einer anderen Frau vorzustellen. Ist das zu fassen?« Sie lachte heiser, doch das Geräusch klang wie der sterbende Laut einer Katze. »Dann habe ich ... Oh Gott, hätte ich es doch bloß gelassen!«

Sie hielt inne. Von irgendwoher erklangen schwere Schritte. Die Frau heulte auf. »Oh nein«, schluchzte sie. »Bitte nicht!«

»Was ist los? Wer kommt da?« Panisch horchte Sylke auf das Poltern. Aber die Frau antwortete ihr nicht. Ihr ersticktes Schluchzen hallte durch den engen Raum. Und Sylke fiel das Atmen plötzlich furchtbar schwer.

*

Der Nebel lichtete sich nur langsam. Jemand wiegte mich. Hin und her, hin und her. Ich öffnete meine Augen ein Stück weiter. Und schlagartig kam meine Erinnerung zurück. Der

Sprung aus dem Fenster. Er, der mich weggeschleift hatte. Hektisch riss ich meine Augen vollends auf. Wo hatte er mich hingebracht? Lag ich wieder in diesem furchtbaren Zimmer?

Es dauerte eine Weile, bis ich begriff, dass nicht ich mich bewegte. Über mir, neben mir wiegten große, grüne Blätter sich im Wind. Wo war ich? Vorsichtig drehte ich meinen Kopf ein Stück. Er tat immer noch fürchterlich weh. Grün. Überall Grün um mich herum, das konnte ich sogar in der Dunkelheit erahnen, der Mond schien bleich auf mich herunter. Was war passiert? Warum hatte er mich hier abgelegt?

Langsam zog ich meine beiden Arme an meinen Körper. Sofort schrie meine Schulter auf. Ich ignorierte den Schmerz, der durch mich schoss wie ein vergifteter Pfeil. Ich wackelte mit meinen Zehen, dann mit meinen Füßen.

Du musst hier weg!

Der Wind raschelte in den Blättern, bog die langen Stängel. Und gab den Blick auf den Himmel frei, auf den fahlen Mond, der sich langsam sein Terrain eroberte. In dem Moment wurde mir klar, dass ich mitten in einem Feld lag. Einem Maisfeld. War es das vor Jos Haus? Warum zur Hölle hatte er mich hierhergebracht? Und wo war er?

Ich lauschte. Und dann hörte ich es. Ein lauteres Rascheln. War das nur der Wind, der durch die Pflanzen wehte? Atme leiser. Sei still!

Doch mein Körper gehorchte mir nicht. Panisch sog ich die Luft ein. Denn da kamen Schritte. Eindeutig. Schritte, die durch das Feld streiften. Und plötzlich erklang auch seine Stimme. »Ich weiß, dass du hier bist.« Sie säuselte mit dem Wind. Sanft. »Ich weiß es. Und ich werde dich finden.«

So sanft hörte er sich an. So sanft wie am ersten Tag.

Ich lag ganz ruhig. Bewegte mich nicht. Doch langsam dämmerte in mir eine Erkenntnis: Er hatte mich nicht weggeschleift. Er suchte mich, wusste nicht, wo ich war. Doch wer hatte mich dann hier reingezogen, in diesen grünen Dschungel, in den Schutz der dichten Blätter?

Ich wusste es nicht. Ich wusste nur eins: Er durfte mich auf keinen Fall finden.

Kapitel 28

Licht fiel in den Raum. Die plötzliche Helligkeit ließ Sylke blinzeln. Sie zuckte zurück. Wieso fiel der Schein von oben herab? Die Schritte kamen näher, ein Knarren. Sylke blickte auf dicke Stiefel, die eine enge Treppe herunterpolterten. Schnell drehte sie den Kopf, versuchte, so viel wie möglich zu erkennen. Und in dem Moment wurde ihr schlagartig klar, dass sie auf einem Boot liegen mussten. Irgendwo unter Deck in einer kleinen Kajüte. Ihr war nicht schwindelig vor Angst, nein, der Boden unter ihr schwankte tatsächlich. Es war offensichtlich ein altes, heruntergekommenes Boot. Ehemals weiße Farbe blätterte von den metallenen Wänden. Ein Rohr zog sich an der Wand entlang, das verfluchte Rohr, an das sie gekettet war, sie und die andere Frau. In dem Raum befand sich nichts außer einer alten, abgenutzten Matratze, die nicht weit von der Stelle entfernt lag, an der die Frau mit hintern dem Rücken festgebundenen Armen saß.

Wie zur Bestätigung griff der Mann nach oben und schloss eine Luke. Das winzige Stück schwarzer Himmel verschwand. Der Schein seiner hellen LED-Taschenlampe fiel zuerst auf Sylke, blendete sie. Reflexartig kniff sie die Augen zusammen. War es derselbe, der in ihr Haus eingedrungen war?

Er richtete den Lichtkegel auf die Frau und Sylke keuchte auf. Sie sah fürchterlich aus. Hätte sie nicht gewusst, wer es war, hätte sie sie nicht erkannt. Über ihr ganzes Gesicht zog sich eine dunkle Schicht von geronnenem Blut. Ihre Augen waren angeschwollen, an den rauen Lippen hingen weiße

Hautfetzen herunter. Ihr Schluchzen hatte aufgehört, stattdessen blickte sie aus kleinen weißen Höhlen, die in all dem Rot gespenstisch leuchteten, zu dem Mann empor.

»Nun gut«, sagte der, »fangen wir also noch mal von vorne an.« Die Frau wimmerte auf, und Sylke erstarrte, als der Lichtschein wieder auf sie fiel. Wer in Gottes Namen war dieser Mann? Das war nicht Jos Stimme. Er sprach mit einem deutlichen Akzent. Sylkes Gedanken rasten. Sie musste sich konzentrieren!

»Wo ist Sarah?« Die Stimme des Mannes dröhnte durch den Raum. Er kam näher an Sylke heran, leuchtete ihr genau in das Gesicht.

Sylke schloss die Augen. »Ich ... weiß es nicht«, stammelte sie. »Sie ist doch tot. In den Dünen.«

»Tot?« Der Mann schrie nun. Sylke presste sich eng an die Wand.

»Ich habe es doch gesagt.« Die andere Frau flüsterte heiser. »Sie lebt nicht mehr.« Sie sackte ein Stück zusammen, als der Lichtkegel von Sylke weg auf sie zuraste. »Es ... tut ... mir leid«, presste sie heraus. »Es tut mir so leid!«

Sylke starrte auf den Rücken des Mannes. Klein, gedrungen. Die Statur kam ihr bekannt vor ... Ihr Atem ging schneller, als ihr klar wurde, dass sie ihn kannte. Der falsche Polizist. Der Kleine mit den verschlagenen Augen, der kein Wort gesprochen hatte. Er könnte es sein. War er es auch gewesen, der sie überwältigt und hierher verschleppt hatte? Auf Sylkes Stirn bildeten sich steile Furchen. Der Mann hatte geklingelt und war sofort in den Flur gesprungen. Die Kapuze seines schwarzen Pullovers war tief in sein Gesicht gezogen. Aber er war ebenso klein gewesen, eine muskelbepackte Bulldogge.

Er wirbelte herum, die Lampe erneut auf Sylke gerichtet. Wie eine Waffe. »Stimmt das?«, bellte er.

»Es stimmt«, beeilte Sylke sich, zu sagen. »Gestern ist eine Leiche in den Dünen gefunden worden. Sie hatte Sarah Meyers Ausweis und Papiere bei sich.«

»Und warum habe ich dazu nichts im Internet gefunden, he?« Nun schrie der Mann wieder. »Denkt ihr, ich bin blöd? Ich habe gegoogelt und nichts dazu gelesen!«

»Die Polizei wollte es noch geheim halten.« Sylke bemühte sich um einen beruhigenden Tonfall, doch ihre Stimme zitterte. »Wahrscheinlich hat das zunächst auch funktioniert, es war doch gerade erst gestern. Aber ein Leichenfund bleibt nicht lange unbemerkt. Googeln Sie noch einmal, bestimmt finden Sie jetzt etwas dazu.«

Knurrend zog der Mann ein Handy aus seiner Hosentasche und entsperrte es. Als das Licht auf sein Gesicht fiel, war Sylke sich sicher. Ja, das war er, der falsche Polizist. Was wollte er von ihr?

Der Mann tippte auf dem Smartphone herum. Dabei veränderten sich seine Augen, wurden schmaler und schmaler. »Es ist wirklich eine Leiche gefunden worden«, zischte er schließlich. »Aber hier steht kein Wort davon, wer sie ist. Noch nicht mal, ob es sich um einen Mann oder eine Frau handelt.«

Sylke schloss für einen Moment ihre Augen. Dass die Person verbrannt war, schien er auch nicht zu wissen. Dann würde sie es ihm bestimmt nicht sagen, er war schon so tollwütig genug.

Der Lichtschein wanderte mit ihm auf die andere Frau zu, seine freie Hand zog ihre Haare nach hinten. Sie schrie auf.

»Also, woher weißt du dann so sicher, dass es Sarah ist?«, fuhr er sie an.

»Das hab ich doch schon versucht zu erklären«, wimmerte sie. »Ich habe sie gesehen. Bei Jo. Er hat sie geschlagen und eingesperrt. Er muss sie eingesperrt haben, denn sie ist …« Sie schnappte nach Luft. »Sie ist aus dem Fenster gesprungen.«

Er presste ihren Kopf gegen die Wand. »Und dann hat er sie getötet?«

»Nein.« Tränen liefen über das eingetrocknete Blut und hinterließen eine schmierige Spur auf ihren Wangen. »Sie lag bewegungslos auf dem Boden. Ich habe seinen Wagen gehört.« Sie schluckte. »Da bin ich zu ihr hin. Und habe sie in das Maisfeld an seinem Haus gezogen. Aber …« Nun wurde ihr Weinen lauter. »Er ist nach draußen gekommen und hat nach ihr gerufen. Ich dachte, er findet uns. Also bin ich …« Sie stockte.

Mit einem lauten Knall schlug er ihren Kopf gegen die Wand. Sie schrie auf. »Ich hatte Angst!« Ihre Stimme war voller Verzweiflung »Jo ist zu allem … einfach allem fähig, das habe ich gesehen. Was … was sollte ich denn machen? Ich hatte sie doch schon in das Feld gebracht.«

»Du bist also weggelaufen?« Er klang wie ein Wolf, knurrend an der Kehle seines Opfers.

»Ja.« Nun liefen die Tränen wie ein heißer Strom über ihr Gesicht. »Ich dachte, er findet sie nicht. Aber …«

»Aber?«

»Ich habe ein schlechtes Gewissen bekommen. Nach ein oder zwei Stunden bin ich wieder hin, ich wollte sie aus dem Feld holen, es wenigstens versuchen, auch wenn es schon dunkel war. In Jos Haus brannte Licht und er war draußen nicht zu sehen.«

»Und sie war weg?«

»Ja.« Die Unterlippe der Frau bebte. »Da wusste ich, dass er sie entdeckt hat. Denn sie war schwer verletzt und konnte sich nicht allein bewegen. Er hat sie gefunden und er hat sie ...« Sie schwieg.

Seine Hand krallte sich fester in ihre Haare. »Das heißt noch lange nicht, dass sie auch tot ist«, bellte er.

»Vor ungefähr einer Woche habe ich ein paar Freunde wiedergetroffen, die Sarah auch kennen. Und die haben mir gesagt, dass sie Sarah seit Monaten nicht mehr gesehen haben. Dass sie wie vom Erdboden verschluckt ist. In Jos Haus war sie auch nicht, ich war immer wieder mal da. Im Gegenteil. Er brachte wieder Frauen aus der Bar mit. Aber Sarah ... sie blieb verschwunden. Seit diesem Tag.« Sie schluchzte laut. »Und jetzt wurde diese Leiche gefunden. Mit ihren Papieren.«

Sylke versuchte, all das Gehörte zu verdauen. Die Frau war nicht Sarah, okay. Aber warum hatte sie sich für sie ausgegeben? Vor wem war sie geflohen, wer hatte sie verletzt? Was hatte sie bei ihnen auf dem Boot gewollt? Und was in aller Welt wollte dieser Mann von ihr selbst? Sie hatte doch mit der ganzen Sache gar nichts zu tun!

Der Mann ließ die Frau los und kam auf sie zu. Sylke versuchte, durch die Wand zu verschwinden. Doch er griff nach ihren Haaren, fest wie ein Schraubstock.

»Du kennst den Kommissar, hat sie gesagt.« Er zeigte mit der Taschenlampe in seiner linken Hand auf die Frau. »Was weißt du über die ganze Geschichte? Er hat dir doch bestimmt mehr erzählt, hm?« Sein Gesicht kam näher an sie heran.

»Mehr weiß ich auch nicht«, erwiderte sie und versuchte vergeblich, sich seinem Griff zu entziehen. »Aber alles, was sie sagt, stimmt.« Sie wunderte sich, dass ihre Stimme ihr so gut gehorchte. Hoffentlich hörte er das leise Zittern darin nicht. Es war bestimmt das Beste, ihn nicht weiter aufzuregen.

Er schaute sie prüfend an. Seine kleinen Augen standen eng in seinem Gesicht, darunter eine wulstige, dicke Narbe. Seine Haut war von Aknenarben durchzogen.

»Wie heißt er?«, fuhr er sie an.

»Wer?«

»Jo.« Er spie das Wort aus. »Wie heißt er richtig?«

»Johannes. Johannes Binder.«

»Und wo wohnt er?«

In ihrem Gehirn ratterte es. Gott, konnte sie dieser Bulldogge diese Informationen geben? Jo war das größte Arschloch der Welt und vielleicht war er auch ein Mörder. Aber ...

Er schlug ihren Kopf an die Wand und sofort fuhr ein gleißender Schmerz durch ihren Körper. »Seine Adresse«, schrie er sie an.

»Er wohnt in Avendorf.« Die andere Frau gab die Antwort, bevor Sylke sich zu einem Entschluss durchringen konnte. »Am Ende des Dorfes, direkt an der Straße neben dem großen Maisfeld.«

Der Mann stand auf. »Dann wollen wir doch mal sehen«, sagte er und seine Stimme klang gefährlich leise. »Ich bin bald wieder da.« Er ging zu der Treppe, öffnete die Luke, verschwand aus dem dunklen Rechteck. Dann schlug die Luke zu und Dunkelheit hüllte die Frauen ein.

*

Oh Gott. Er kam näher. Seine Stimme hörte nicht auf, nach mir zu rufen. Wie gut, dass es immer dunkler wurde. Und der Mais mich einschloss. Zitternd lag ich auf der Erde und wünschte mir, ich könnte verschwinden. Fort, an einen anderen Ort, an dem ich nie mehr Angst haben müsste.

Gesichter zogen an mir vorbei. Meine Mutter. Ihre schlaffen Züge, die tiefen Furchen um den Mund. Die kleinen, grauen Augen, die nie lächelten. David, der sich immer duckte wie ein geschlagener Hund. Der kaum sprach. Trevor. Seine hohe, ängstliche Stimme, wenn er nachts nach seiner Mutter rief. Eine Stimme, die so gar nicht zu allem passte, was er sein wollte. Die er bestimmt in sich zum Schweigen bringen wollte, egal wie.

Jo. Ich hatte gedacht, dass er der Ausweg sei. In ein besseres Leben, eine bessere Zukunft. Doch als ich zitternd in dem Maisfeld lag und seiner Stimme lauschte, wurde mir klar, dass der Ausweg nur in mir selbst zu finden war. In niemandem sonst.

Ein lauteres Rascheln, weit weg von mir. Es war sogar durch den Wind zu hören. Jos Stimme erstarb. Dann begann er in die Richtung zu laufen, aus der das Geräusch gekommen war, seine Schritte entfernten sich. Weiter und weiter von mir weg, nach links, zur Straße hin. Ich schloss die Augen. Was immer es war, ein Reh, ein Hund, es hatte ihn von mir weggeführt. Doch er würde wiederkommen. Ich hatte nicht viel Zeit.

Langsam rollte ich mich auf den Bauch. Vorsichtig, nur nicht über die schmerzende rechte Schulter. Meine linke Hand zog ich vor meinen Mund, um mein Keuchen zu unterdrücken. Dann schlängelte ich mich vorwärts. Ich durfte mich nicht in Richtung Straße bewegen, wollte stattdessen zum nächsten Acker gelangen. Dort würde er mich wahrscheinlich nicht vermuten.

Ich robbte weiter, gab dem Schmerz keinen Raum, der durch meinen Körper fegte. In meinem Kopf gab es nur einen Gedanken: Weg. Ich musste weg von ihm. Sonst würde ich die Nacht nicht überleben.

Kapitel 29

Panik kroch in Sylke herauf. Die Hände auf dem Rücken verschnürt. Die bodenlose Dunkelheit ohne einen Schimmer von Licht. Die Schmerzen an ihren Handgelenken und vor allem an ihrem Kopf. Sie spürte den Schlag gegen die Wand noch immer.

Denk nach!

»Du bist nicht Sarah«, sagte sie laut, damit die Stille ihr nicht den Verstand raubte. »Aber wer bist du dann? Und warum bist du zu uns gekommen?«

»Es tut mir so leid.« Die Frau begann erneut zu wimmern. »Ich bin Nele.«

»Nele.« Sie ließ den Namen auf ihrer Zunge liegen. Er sagte ihr nichts.

»Ja.« Nele schniefte. »Ich war mit Jo zusammen, im Sommer. Und dann brachte er Sarah mit. Sie war ein paar Jahre jünger als ich und ein paar Kilos leichter. Ich habe ... sie gehasst, denn er hat mich einfach hinausgeworfen. Dabei ... hätte ich mich freuen sollen.« Sie schwieg einen Moment und Sylke unterbrach sie nicht.

»Ich habe sie beobachtet. Und habe gemerkt, dass er mit Sarah genauso umging wie mit mir. Bloß ... sie waren länger zusammen und sein Verhalten wurde noch fürchterlicher. Eines Abends im Juli stand ich draußen auf der Straße. Da habe ich gesehen, dass er sie geschlagen hat. Und eingesperrt.« Ihre Stimme klang, als würde sie über spitze Steine schwanken. »Das hat er mit mir nicht gemacht. Und plötzlich ist sie aus dem Fenster gesprungen.« Das Weinen wurde stärker. »Ich möchte nicht wissen, was für Angst sie gehabt haben muss. Und dann sah ich auch noch sein Auto zurückkommen. Da … da bin ich zu ihr gelaufen und habe sie in das Maisfeld geschleift. Sie war bewusstlos, glaube ich, aber im Feld hat sie auf einmal gestöhnt.«

»Und in dem Moment hast du Jos Schritte gehört?«

»Genau. Da hab ich fürchterliche Angst bekommen. Ich wusste ja, wozu … wozu er fähig ist. Ich habe nicht nachgedacht, sondern bin einfach weggelaufen.« Sie weinte nun hemmungslos. Sylke konnte ihre Worte kaum verstehen. »Er hat mich gehört und ist hinter mir her. Ich habe es gerade noch zur Straße und zu meinem Auto geschafft. Aber ich bin mir sicher, dass er mich gesehen hat. Er kennt mich. Ich dachte, er kommt und …«

Sylke lehnte ihren schmerzenden Kopf gegen die Wand. »Bist du deshalb nicht zur Polizei gegangen?«

Es dauerte eine Weile, bis sie antwortete. »Ja. Ich war mir sicher, dass ich … tot bin, wenn ich ihn anzeige. Nach allem, was ich erlebt und gesehen habe … Er hätte keine Skrupel, mich …« Stockend hielt sie inne, bevor sie schnell, fast unverständlich, anfügte: »Ich … wollte einfach nur vergessen.«

Nun hörte Sylke ein lautes Knallen. Es dauerte einen Augenblick, bis sie verstand, dass Nele ihren Kopf gegen die hohle Wand schlug. »Ich bin so schrecklich, ich bin schrecklich«, sagte sie dabei immer wieder.

»Hey.« Sylkes Stimme klang laut durch den Raum. »Nele, hör auf!« Doch Nele wiederholte den Satz wie eine Platte, die einen Sprung hatte.

»Nele!« Sylke rief nun. »Warum bist du zu uns auf das Boot gekommen? Ich verstehe das nicht.«

Das Schlagen hörte auf. »Ich habe ein paar Leute wiedergetroffen. Sie kannten Sarah flüchtig. Und die haben mir erzählt, dass sie seit Monaten nicht mehr aufgetaucht ist. Seit Ende Juli. Da wusste ich, dass etwas Schreckliches passiert sein musste.« Ihre Stimme klang plötzlich müde. »Ich habe mich immer noch nicht getraut, zur Polizei zu gehen. Das hätte ja geheißen, dass ich gegen ihn aussagen müsste. Aber ich konnte auch nicht dasitzen und gar nichts machen. Da hatte ich diese Idee ...« Sie suchte nach Worten. »Ich habe von euch in der Zeitung gelesen. Eure Entführung im Sommer. Und dass auch Jo in die Ereignisse verwickelt war. Also habe ich mir gedacht, dass ihr die Richtigen seid. Ihr würdet mir glauben.«

Sylke schloss die Augen. »Du hast das alles geplant?«

»Es tut mir leid.« Nele flüsterte jetzt. »Ich dachte, wenn ich so tue, als sei ich Sarah, dann würde er nie herausbekommen, wer ihn verpfiffen hat. Ich wollte euch von seinen Missetaten erzählen und danach verschwinden. So würde die Polizei davon erfahren, nach Sarah suchen und ich wäre über alle Berge gewesen. Ich wollte Fehmarn eigentlich noch dieses Wochenende wieder verlassen.«

»Bist du ... auch extra ins Wasser gefallen?«

»Nein.« Sylke spürte, wie Nele den Kopf schüttelte. »Ich kannte mich dort nicht aus. Es war stockdunkel und ich bin umgeknickt, habe mir meinen Knöchel verstaucht. Dann bin ich auch noch in diese doofen Brombeerranken gelaufen. Das Wasser ...« Sie schluckte. »Wenn ihr mich nicht rausgezogen hättet ...«

Sylke kniff ihre Lippen zusammen. »Es tut mir so leid«, wimmerte Nele erneut.

»Ist schon okay.« Die Worte kamen aus Sylkes Mund, ohne dass sie darüber nachdachte. Nele hatte sie angelogen, ihre Erlebnisse ausgenutzt. Aber sie hatte es aus einer tiefen Angst getan, einer Angst, die Sylke zu gut kannte. Sie selbst hatte Jo all die Jahre nicht angezeigt. Wer war sie, über Nele ein Urteil zu sprechen? Sie versuchte, all das Gehörte in ihrem Kopf zu sortieren. »Aber wer ist dieser Mann?«, fragte sie schließlich. »Und was will er von uns?«

»Ich weiß es nicht.« Aus Neles Stimme war alle Kraft gewichen. »Ich bin hier aufgewacht. Das Letzte, an das ich mich erinnern kann, ist, dass er am Hafen plötzlich aus den Büschen auftauchte.«

Sylke atmete tief ein. »Er sucht Sarah«, sagte sie. »Er scheint besessen von ihr. Völlig verrückt.«

»Das ... stimmt.« Jetzt stockte Neles Stimme. »Er hat mich wie irre geschlagen und immer wieder gefragt, warum ich so aussehe wie sie. Meine roten Haare. Meine Klamotten. Ich habe sie natürlich nachgemacht, damit es auch echt wirkt. Ich glaube ... deshalb bin ich hier.«

»Er hat dir offensichtlich nicht geglaubt. Und denkt, ich wüsste mehr über die Sache.« Sylke zerrte an ihren Fesseln. Sie waren schmal und aus Plastik, Kabelbinder, vermutlich. »Eins ist sicher, der Typ ist wahnsinnig. Wir müssen hier raus!«

»Ich ... ich spüre meine Hände nicht mehr.«

»Ich auch nicht.« Sylke bewegte ihre Arme, aber die Fesseln saßen furchtbar fest. Offensichtlich befand sich ein Binder um jedes Handgelenk, ein weiterer war durch beide gefädelt und an das Rohr gebunden. »Versuch, dich zu bewegen«, sagte sie trotzdem. »Die Arme, die Schultern, irgendwas.«

»Wir kommen hier nie raus.«

»Doch.« Sylke legte alle Zuversicht in ihre Stimme. »Ich habe euch bei den Büschen gesehen und Martin davon erzählt. Dem Kommissar.« Der Gedanke an ihn ließ ihre Angst ein klein wenig schrumpfen. »Die Spurensicherung untersucht bestimmt schon die Stelle. Und morgen früh werden sie merken, dass ich nicht da bin.« Bei dem Gedanken durchfuhr Sylke ein eisiger Schreck. Was für ein Glück, dass Emmi bei Mia schlief! So war sie in Sicherheit gewesen, als der Mann sie überfallen hatte. Andererseits könnte es jetzt dauern, bis ihr Verschwinden bemerkt würde. Und Martin ... außer den Fußspuren hatte er doch gar keine Anhaltspunkte. Sie waren auf irgendeinem Boot, wer weiß wo. Und bis zum Morgengrauen waren es noch endlos lange Stunden.

Die Angst kam zurück. Und plötzlich spürte sie auch die Dunkelheit fast körperlich. Sie drückte auf ihre Brust.

»Was wird er mit uns tun, wenn er versteht, dass Sarah wirklich tot ist?« Nele sprach leise, doch ihre Stimme hing in dem kleinen Raum.

»Ich weiß es nicht.«

Sie hatten keine Ahnung, wer der Typ war. Aber sie hatten sein Gesicht gesehen. Sie beide. Sie würden ihn wiedererkennen, so viel stand fest. Und sicherlich würde er das nicht wollen. Nein, bestimmt würde er alles tun, um zu verhindern, dass das, was er hier tat, ans Tageslicht kam.

*

Ich schaffe es nicht.

Ein Meter war wie eine ganze Marathonstrecke. Meine Schulter schmerzte so stark, dass jede Bewegung sich anfühlte, als würde ich mich über ein Nagelbrett ziehen. Ich musste sie mir ausgekugelt haben. Die gleißenden Sterne vor meinen Augen kamen zurück, wurden mit dem Kriechen schlimmer, nahmen mir die Sicht.

Du musst ... du musst ...

Der Presslufthammer in meinem Kopf setzte erneut ein. Erschöpft legte ich mein Gesicht auf die warme Erde. Einen Augenblick nur. Einen winzigen Augenblick ausruhen, Kraft schöpfen. Nur einen ...

In meinem Gehirn explodierte etwas, ein Feuerwerk aus grellen Farben. Ich schrie vor Schmerzen auf.

Dann spürte ich nichts mehr.

Mit einem Mal war die Welt um mich herum verschwunden.

Kapitel 30

Erschrocken blinzelte Sylke in das Licht. Es konnte noch nicht viel Zeit vergangen sein, oder? War sie etwa eingeschlafen? Kaum denkbar, so unbequem wie sie saß. Jeder Muskel tat weh, jeder Zentimeter an ihrem Körper schmerzte.

Doch der Mann war zurück, kam die Treppe hinuntergepoltert und leuchtete mit seiner Taschenlampe erst Sylke und dann Nele an. Ein durchtriebenes Grinsen lag auf seinem Gesicht.

Mit gerunzelter Stirn sah Sylke, wie er sich an der Treppe bückte, etwas darunter hervorzog. Ein matter Schein leuchtete auf, direkt in sein Gesicht. Das Display eines Smartphones.

Er tippte darauf herum. »Nun wollen wir doch mal sehen«, murmelte er. Ein paar Sekunden später füllte Sylkes Stimme den Raum. »*Du bist nicht Sarah*«, klang es hohl von der metallenen Bootswand zurück. »*Aber wer bist du dann?*«

Erschrocken zuckte Sylke zusammen. Er hatte sein Handy unter der Treppe versteckt und offensichtlich so eingestellt, dass es ihr Gespräch aufzeichnete.

Regungslos hörte er sich an, was Nele über Jo berichtete. Erst als Sylke davon sprach, dass er verrückt sein müsse, blitzten seine Augen auf und er schnaufte. Für einen kurzen Moment blickte er zu Sylke hinüber und sie zuckte zusammen. Er sah fürchterlich wütend aus.

Sie begriff, warum er sie hierher verschleppt haben musste. Bestimmt hatte er Nele und sie zusammen auf dem Hausboot gesehen, sie beobachtet und gemerkt, dass sie sich gut verstanden. Und als er hier in diesem Gefängnis nichts Genaues zu Sarahs Verbleib aus Nele herausbekommen hatte, dachte er, dass Nele, wenn schon nicht ihm, dann Sylke in der Notlage die Wahrheit erzählen würde.

Sylke verzog ihr Gesicht. Das war schlauer, als sie gedacht hatte. Diesen Mann durften sie auf keinen Fall unterschätzen. Er spielte jede Karte aus – Gewalt, Gerissenheit und eine unglaubliche Skrupellosigkeit.

Inzwischen war das Gespräch zu einem Ende gekommen. Mit angehaltenem Atem beobachtete Sylke den Mann, als der hörte, wie sie von dem Kommissar erzählte. Doch er lachte nur spöttisch. »Hier finden sie euch nie«, kommentierte er, »da können sie endlos suchen. Und euch selbst befreien …« Er zog die rechte Augenbraue nach oben. »Unmöglich.«

Er trat jedoch erst an Sylke, dann an Nele heran, leuchtete auf die gefesselten Hände an dem Rohr, bückte sich, prüfte die Kabel. »Unmöglich«, wiederholte er zufrieden.

»Bitte. Das ist doch …« Sylke schluckte das Wort »Wahnsinn« im letzten Augenblick hinunter. Bloß nicht mehr provozieren! Stattdessen versuchte sie, rational und ruhig zu klingen. »Sie haben doch jetzt gehört, dass wir nichts wissen. Lassen Sie uns frei!«

»Hm.« Er strich sich über die Nasenwurzel, überlegte. »Vielleicht. Vielleicht habt ihr aber auch gelogen und gemerkt, dass ich alles aufzeichne. Ihr seid durchtrieben.« Mit einem Satz stand er neben Nele. »Du verkleidest dich, gibst dich für eine andere Person aus. Wenn hier einer verrückt ist, dann du. Dir ist alles zuzutrauen!« Er trat sie in die Seite und Nele heulte auf.

»Hören Sie auf!« Wütend zerrte Sylke an ihren Fesseln.

Der Mann jedoch stiefelte zu der Treppe zurück. Dort blieb er kurz stehen. »Ich werde die ganze Wahrheit schon noch herausbekommen«, sagte er und seine Stimme klang gefährlich leise. »Jetzt habe ich angefangen, nun bringe ich es auch zu Ende.«

Kapitel 31

Nachdem der Mann verschwunden war, hatte Sylke mit aller erdenklichen Kraft versucht, ihre Fesseln zu lösen oder sie wenigstens zu lockern. Doch es war vergebliche Mühe. Sie saßen felsenfest. Mit wachsender Verzweiflung hatte sie schließlich probiert, das Rohr aus der Bordwand zu ziehen. Hatte sich dagegengestemmt, geruckelt und gezerrt. Mit dem Ergebnis, dass das Plastik noch tiefer in ihre Handgelenke geschnitten hatte. Jetzt jagte von dort ein fortlaufend pulsierender Schmerz ihre Arme hoch.

Am schlimmsten waren jedoch die Geräusche, die von Nele kamen. Erst hatte sie fürchterlich geweint. Doch dann war ihr Schluchzen in ein stetiges Gemurmel übergegangen, das mal lauter, mal leiser durch den Raum schnitt und immer wieder von einem irren Lachen unterbrochen wurde. Jedes Mal zuckte Sylke zusammen, denn es hörte sich an, als würde Nele langsam den Verstand verlieren.

Sie hatte es aufgegeben, mit ihr zu sprechen. Nele reagierte nicht mehr, nuschelte immer nur vor sich hin. »Wir schaffen es nicht. Wir schaffen es nicht. Er kommt wieder, er kommt gleich wieder. Wir schaffen es nicht.«

Erschöpft hielt Sylke inne. Nele hatte Recht. Sie würden es nicht schaffen. Die Plastikbänder saßen fest, das Rohr ließ sich auf diese Weise nicht herausbrechen. Sie würde ihre Hände verlieren, wenn sie so weitermachte.

Sylke schloss die Augen. Wenn Nele doch bloß still wäre. Obwohl sie die Stille fürchtete, sehnte sie diese nun herbei.

Als der Raum plötzlich erneut hell wurde, erschrak sie. Ihr ganzer Körper war eine Welt aus pulsierendem Schmerz.

Mit kleinen Augen blickte sie auf die Luke, die wieder geöffnet war. Dann gab es einen lauten Rums, etwas Schweres krachte die schmale Stiege hinunter. Es dauerte einen Moment, bis sie realisierte, dass es sich um einen Körper handelte. Lange Beine in schwarzer Hose, weiße Turnschuhe. Die Person blieb regungslos liegen.

Der Lichtkegel wurde größer, als der Mann mit der Taschenlampe in der Hand ebenfalls zu ihnen hinunterkletterte. Er zerrte die Person am Kragen, nach links direkt neben Sylke und band auch deren Hände an das Rohr. Die Taschenlampe hatte er dabei auf den Boden gelegt, sodass seine Bewegungen zwischen Schatten und Licht schwankten.

Trotzdem erhaschte Sylke einen Blick auf den leblosen Körper. Es war Jo. Keine Frage. Das war doch vollkommen verrückt. Wollte er sie alle hier unten einsperren? Was hatte er bloß vor?

Nele hatte aufgehört, vor sich hinzumurmeln, entsetzt verfolgte sie alle Bewegungen. Sicherlich hatte auch sie Jo erkannt.

Jos Kopf hing schlaff auf seiner rechten Schulter. Sobald der Mann ihn festgebunden hatte, schlug er ihm mit der flachen Hand auf die Wange. Und dann noch einmal auf die andere.

Jo bewegte sich, ächzte leise. Als er seine Augen öffnete, blickte er genau in das gleißende Licht, die Taschenlampe war nur wenige Zentimeter von seinem Gesicht entfernt.

»Sarah.« Der Mann trat noch näher an ihn heran, hockte sich vor ihn. »Was hast du mit ihr gemacht?«

Jo starrte nach vorne, auf seinem Gesicht nichts als Ratlosigkeit. »Wo ... wo bin ich?«, fragte er.

Der Mann schlug ihn erneut. »Falsche Frage«, knurrte er. An Jos Lippe lief ein wenig Blut hinab. Er zog die Nase hoch. Bestimmt versuchte er ebenfalls, den beißenden Geruch nach Chemie loszuwerden, der sich in seinen Poren festgesetzt haben musste.

»Sarah?« Er hörte sich ratlos an.

»Ja, Sarah. Sarah Meyer. Hast du sie umgebracht?« Der Mann flüsterte wieder, seine Stimme jedoch klang gefährlicher, als wenn er schrie.

»Umgebracht?« Jos Gehirn schien schwer in Gang zu kommen. Vielleicht war er aber auch noch benommen oder er hatte sich bei dem Fall den Kopf verletzt.

Der Mann nahm die Lampe und hielt sie wie eine Waffe an Jos Schläfe. Seine Haut leuchtete rot. »Shit, jetzt rede endlich. Was hast du mit Sarah gemacht?«

»Nichts. Ich ... sie ist ... nicht mehr bei mir.« Der Mann stieß ihm den Stil der Lampe grob an die Stirn. Jos Kopf flog zur Seite und er schrie auf. »Ich weiß nicht, wo sie ist, ehrlich!«

Flackernder Lichtschein jagte von Jo hinüber zu Nele. Ihr Gesicht glich inzwischen einer verschmierten, roten Fratze. »Sag es ihm«, forderte der Mann sie auf.

Neles helle Augen blickten panisch in den Raum. »Ich ... habe es gesehen«, sagte sie heiser. »Wie sie gesprungen ist. Wie verletzt sie war ... du bist uns nach ...«

»Du warst es also wirklich.« Jos Stimme klang eher erstaunt als ängstlich. »Ich war mir nicht sicher, ob es dein Auto war, das davongerast ist.«

Mit gerunzelter Stirn blickte Sylke ihn an. Der Anblick von Nele war fürchterlich, er hatte sie bis ins Mark erschüttert und sie kannte Nele gerade einmal ein paar Tage. Jo schien jedoch völlig ungerührt.

»Du gibst es also zu!« Der Mann kniete erneut neben Jo, griff seinen Hoodie vorne mit der Faust und schüttelte ihn. Die Taschenlampe hatte er auf den Boden gelegt, sie schien hell auf die beiden Männer.

»Es tut mir leid, Mann!« Jo drehte seinen Kopf zur Seite. »Ich wusste doch nicht, dass sie verheiratet war.«

»Was hast du getan?« Nun griff der Mann nach Jos kurzen, schwarzen Haaren und stieß ihn mit seinem Körper nach hinten.

»Es tut mir leid, ehrlich«, keuchte Jo. Im Lichtschein der Lampe sah Sylke zum ersten Mal Angst in seine Augen kriechen. Denn nun hatte der Mann beide Hände um Jos Kehle gelegt und drückte langsam zu.

*

Als ich meine Augen aufschlug, war es vollkommen still. Selbst der laue Wind hatte sich gelegt. Die langen, dunklen Maisblätter hingen regungslos über mir. Ich brauchte einen Moment, um zu verstehen, wo ich war. Über mir hing ein fahler Mond, sein Licht kam kaum durch die dicht stehenden Pflanzen. Aber es reichte, um mich zu erinnern. Ich lag immer noch in diesem verdammten Feld.

Ich wagte kaum zu atmen. Lauschte. Wie lange hatte ich hier gelegen? Lief er immer noch herum und suchte nach mir?

Irgendwo in der Ferne bellte ein Hund. Langsam drehte ich meinen Kopf. Hier und da leuchtete ein Stern am dunklen Himmel auf. Es musste mitten in der Nacht sein. Ich bewegte vorsichtig meine Finger, dann meine Arme und schließlich meine Füße. Mein Körper brannte noch immer, aber es fühlte sich nicht mehr ganz so schrecklich an. Ich schloss die Augen, lauschte in die Stille. Keine Schritte. Kein Rufen. Sollte er wirklich aufgegeben haben?

Langsam setzte ich mich auf. Übelkeit stieg in mir auf, ich schluckte sie hinunter. Stützte mich auf meinen linken Arm, hievte mich nach oben. Und stand.

Der Mais war nur ein wenig höher als ich, er hatte seine volle Größe noch nicht erreicht. Rechts von mir konnte ich Jos Haus erkennen. Es lag still und dunkel da. Weil er inzwischen schlief? Oder weil er immer noch nach mir suchte?

Ich ging einen Schritt und stöhnte auf. Die Bewegung tat höllisch weh. Nein, ich durfte nicht zum nächsten Feld laufen, von dort war der Weg in bewohnte Gegenden viel weiter. Das würde ich nicht schaffen. Ich musste zur Straße.

Schleppend lief ich los, atmete flach und leise. Zur Straße und hoffen, dass ein Auto kam.

Kapitel 32

»Hören Sie auf!« Sylkes laute Stimme hallte durch den Raum. Eigentlich hätte die Angst in Jos Augen ihr Genugtuung verschaffen sollen. Doch das tat sie nicht.

»Wollen Sie denn nicht wissen, was genau passiert ist? Nur er kann es Ihnen sagen.« Zeit schinden. Hoffen, dass Martin irgendetwas fand. Etwas, das ihn herführte. Doch dazu musste es erst einmal Tag, musste ihr Verschwinden überhaupt bemerkt werden. Das wusste nicht nur sie, das wusste auch der Mann. Er hatte Zeit. Er lockerte seinen Griff. Jo keuchte auf, schnappte nach Luft.

»Also gut.« Seine Hände lagen immer noch um Jos Hals. »Rede.« Er drückte erneut zu, kurz und stark. »Und ich rate dir, die Wahrheit zu sagen.«

Jos Atem ging schwer, rasselte aus den blassen Lippen. »Es stimmt, ja … ich war mit ihr zusammen.« Seine Stimme klang wie ratschende Kreide an der Tafel, zu hoch, zu schrill. »Aber nur kurz, Mann, ehrlich. Sie war wirklich nicht mein Typ.«

»Lügner.« Nele schleuderte ihm das eine Wort aus ihrer dunklen Ecke entgegen.

Erschrocken hielt Sylke die Luft an. Was war mit der Frau los? Verstand sie nicht, dass es ganz und gar nicht gut war, die Situation zu verschärfen? Wieder hatte sie Neles irres Lachen im Ohr. Sie dachte nicht mehr klar, das war offensichtlich.

Neles Stimme klang ähnlich heiser wie Jos. »Du warst wochenlang mit ihr zusammen, während der ersten Hälfte des Sommers.«

Jo röchelte, der Mann hatte erneut zugedrückt. Als er losließ, pfiff Jos Atem. »Aber ich fand doch nix an ihr. Und sie auch nicht an mir. Mann, ich sag es dir, das war nix Ernstes.«

»Nichts Ernstes, he?« Neles Stimme klang bitter.

»Verfluchter Scheiß.« Jetzt spuckte er die Worte in den Raum. »Ich kann doch nix dafür, wenn ihr Weiber immer gleich einen auf Verliebtsein macht.« Er blickte den Mann an. »Jedenfalls ist sie weg.« Er zog die Stirn kraus. »Schon seit Monaten, Juli oder so. Seitdem habe ich nichts mehr von ihr gehört oder gesehen. Ich schwöre.«

»Sie ist *nicht weg*. Sie ist geflüchtet. Und du hast sie verfolgt.« Nele ließ nicht locker. Inzwischen hörte sie sich wieder so an, als würde sie wissen, was sie sagte.

»Ja, scheiße, ich hätte sie vielleicht nicht einsperren sollen. Geb ich ja zu.« Jo wurde ein wenig blasser, als der Mann die Hände stärker schloss. »Das hab ich dann aber auch kapiert. Und hab sie zufriedengelassen«, presste er heraus. »Ich hab ihr in dem Feld nichts mehr getan. Ich schwöre.«

»Und wer hat sie getötet?« Der Mann griff noch stärker zu. »Sie liegt in den Dünen. Tot.«

Jos Augen wurden groß. »Was?«, fragte er. »Wer? Sarah?«

»Nun tu doch nicht so!« Nele schrie jetzt. »Ich kann dein Unschuldsgefasel nicht mehr hören!«

Jo brüllte, als der Mann seinen Kopf mit aller Macht an die stählerne Wand donnerte.

»Was soll der Scheiß?« Nach Luft ringend starrte Jo in die Richtung, aus der Nele sprach. »Jetzt weiß ich es!«, sagte er und plötzlich klang seine Stimme scharf. »Du warst so verknallt in mich, das war abnormal. Und als ich mit Sarah ankam ... da bist du ausgetickt.« Er schwieg einen Augenblick.

»Hast du nicht gerade gesagt, du hast sie gefunden? Sie war bestimmt verletzt von dem Sturz, he? Sie liegt da also vor dir, verletzt, wehrlos ...«

Der Mann lockerte seine rechte Hand nicht, sie hielt noch immer Jos Haare, drückte ihn an die Wand. Aber er drehte sich zu Nele um und richtete die Taschenlampe auf sie.

»Du warst es.« Jos Stimme wurde immer lauter. »Na klar. Du hast sie von der ersten Minute an gehasst. Und dir gedacht, dass das die Gelegenheit ist, sie dir vom Hals zu schaffen. Damit du mich wiederhaben kannst.« Er schnaufte.

Einen Augenblick war es totenstill in dem Raum. »So ein Quatsch«, schrie Nele dann. »Das kannst du gut, die Schuld auf andere schieben!« Ihr rotes, blutverschmiertes Gesicht schien im Lichtschein zu glühen. Sie sah aus, als wäre sie aus einem Zombiefilm entlaufen. Aber das hier war kein Film.

Sylkes Kopf schoss von Nele zu Jo und dem Mann herüber. Ihr war eiskalt. Wer log, wer sagte die Wahrheit? Sie zerrte an ihren Fesseln. Keiner kümmerte sich gerade um sie. Egal, was hier vor sich ging, eines war sicher: Sie musste hier raus! Konnte sie diese furchtbaren Kabelbinder nicht ein wenig lockern? Ein Film kam ihr in den Sinn, in dem eine Frau ihre Hand mit einer Glasscherbe abgeschnitten hatte, um sich von ihren Handschellen zu befreien. Das Bild des blutigen Armstumpfes geisterte in ihrem Kopf.

Hör auf! Denk nach!

Der Mann stand auf, stellte sich in die Mitte des Raumes. Er leuchtete erst Nele, dann Jo ins Gesicht. »Es ist ganz einfach«, sagte er und blickte auf seine Uhr. »Ich gebe euch eine Stunde, damit ihr noch einmal gründlich nachdenken könnte. Danach komm ich wieder und will die ganze Wahrheit von euch hören. Wenn nicht«, er hob seinen rechten Arm und fuhr mit der flachen Hand an seiner Kehle entlang, »töte ich erst ihn«, er leuchtete auf Jo, »und dann dich.« Mit einem Schritt trat er an Nele heran.

Nele heulte auf. Der Mann ging ungerührt zu Sylke hinüber. »Und du«, sagte er, »hast deinen Zweck hier auch noch nicht erfüllt. Ich dachte, wenn du hier bist, erfahr ich ganz schnell alles von ihr.« Sein dicker Finger wies auf Nele. »Also, bring jetzt besser beide dazu, dass sie mir alles sagen. Sonst bist du auch dran, verstanden?«

Sylke nickte automatisch. Eine Stunde näher am Sonnenaufgang. Oder war es sogar schon morgen? Sie hatte keine Ahnung. Sie hoffte auf Martin, um zu überleben. Von dem Mann war bestimmt keine Gnade zu erwarten.

Er ging zu der Treppe hinüber, öffnete die Luke. Sylke erhaschte einen winzigen Blick auf den Himmel. Der war heller geworden. Auf der Treppe drehte er sich noch einmal um. »Eine Stunde«, sagte er. Dann war er verschwunden.

Kapitel 33

Martin Grüning legte Levke beruhigend eine Hand auf den Arm. »Sie ist bestimmt da und schläft tief und fest«, sagte er.

Levke hielt Sylkes Haustürschlüssel in der Hand. Nach den Ereignissen im Sommer hatte Sylke ihrer Freundin sofort einen Schlüssel für ihr Haus gegeben. Nur für den Fall der Fälle. Levke hatte damals nicht gedacht, dass sie ihn jemals brauchen würde. Nicht nach dem Sommer. Doch als Emilie sie angerufen und ihr erzählt hatte, dass Sylke mit ihren Schulsachen nicht wie vereinbart an der Schule aufgetaucht und auf ihrem Handy nicht zu erreichen sei, hatte sie das Mädchen zwar beruhigt, danach allerdings geradewegs Grünings Nummer gewählt. Sie hatte sofort so ein komisches Gefühl gehabt. Sylke vergaß manchmal alles, aber nie ihre Tochter. Da war etwas nicht in Ordnung.

Trotzdem nickte sie. Vielleicht hatte Grüning Recht. Das Wochenende hatte sie alle ganz schön mitgenommen. Vielleicht war Sylke gestern komatös ins Bett gekippt, hatte ihr Handy ausgeschaltet und verschlafen. Das kam schließlich in den besten Familien vor.

Levke ging eilig zur Tür und schloss sie auf. »Sylke?«, rief sie in den dunklen Flur. Im Haus war es totenstill, nur der Kühlschrank brummte in der Küche. Das Wohnzimmer lag verlassen.

»Würden Sie im Schlafzimmer nachsehen?«, bat Grüning. »Ich warte hier.«

Levke eilte die Treppe hinauf. Das ungute Gefühl in ihrem Magen verstärkte sich. Sylke war nicht da, das spürte sie instinktiv.

Sie riss die Schlafzimmertür auf und starrte auf das unberührte Bett. Ging zum Bad hinüber, strich über die Zahnbürste. Trocken.

»Sie ist nicht da! Und sie war auch heute Nacht nicht hier.« Ihre Stimme zitterte mehr, als sie wollte. Mit ein paar Schritten sprang sie die Stufen hinunter und landete neben dem Kommissar. Der hatte sich hingekniet und musterte die weißen Fliesen im Flur.

»Sie ist weg«, wiederholte Levke. Ihr war so schwindelig, dass sie sich an der Kommode festhielt. Es kam ihr vor wie ein Déjà-vu. Sylke verschwunden, einfach so. Das durfte nicht wahr sein!

»Sylke!«, brüllte sie. Ihre Stimme echote durch das leere Haus.

Grüning hatte sein Handy aus der Tasche geholt, sprach schnell und abgehackt hinein. Dann zog er Levke zur Haustür zurück.

»Was ... was ist los?« Aus Levkes Gesicht war alle Farbe gewichen.

»Ich bin mir nicht sicher.« Grüning strich sich über die Augen. »Als wir in den Flur traten, ist Ihnen da ein besonderer Geruch aufgefallen?«

Levke atmete tief ein. »Nein«, sagte sie schließlich.

»Hm.« Grüning nickte vor sich hin. »Es war auch extrem schwach, nur ein Hauch. Süßlich, ein wenig chemisch.«

Fragend schaute Levke ihn an.

»Chloroform riecht so.«

»Was?« Levke zuckte zusammen. Erneut begann sich alles um sie herum zu drehen.

»Ich kann auch falschliegen.« Grünings Gesicht sah in der aufgehenden Morgensonne blass aus. »Aber ich habe auf den Fliesen einen Fußabdruck gesehen. Schwer zu erkennen. Mindestens Größe vierundvierzig. Die hat keiner von Ihnen, oder?«

Benommen schüttelte Levke den Kopf.

»War in letzter Zeit jemand bei Frau Harmsen zu Besuch, auf den ein solcher Abdruck passen könnte?« Der Kommissar scannte den Flur erneut.

»Nein.« Levke zog die Stirn kraus. »Gestern waren Laura und ich da. Wir tragen beide, genau wie Sylke, unter vierzig. Emmi ebenso.« Sie schwieg einen Moment. »Ansonsten sind ja nur noch Sie hier gewesen.« Ihr Blick glitt zu seinen Schuhen hinunter.

»Meine sind ungefähr gleich groß«, sagte Grüning. »Aber sie haben ein komplett anderes Profil. Nein, die stammen nicht von mir.«

»Ich verstehe das alles nicht!« Levke schossen Tränen in die Augen. Dass ihre Freundin erneut verschwunden war, jemand sie wahrscheinlich entführt hatte, war einfach zu viel. »Seit diese Frau aufgetaucht ist«, sagte sie und bemühte sich, den Kloß in ihrem Hals wegzureden, »ist alles nur noch furchtbar. Wo ist sie? Wo ist Sylke?« Der Kloß wurde größer. Levke begann, leise zu weinen.

»Hören Sie.« Grüning griff sie fest an beiden Schultern. »Wir werden Frau Harmsen finden. Ich setze alles daran, das verspreche ich Ihnen.«

Levke nickte wie betäubt und schaute dem Kommissar in die Augen, flüsterte: »Sie mag Sie. Bitte, bringen Sie sie zurück.«

Grüning schluckte. Er räusperte sich. »Das werde ich.« Mit einem Ruck ließ er Levke los und drehte sich von ihr weg. Öffnete die Haustür.

»Meine Kollegen werden bald hier sein. Wir drehen jeden Stein um.«

Levke und er traten auf den Gartenweg hinaus. »Bitte holen Sie Emilie heute von der Schule ab«, sagte Grüning. »Nehmen Sie sie mit zu sich. Und rufen sie mich sofort an, wenn Sie etwas Neues hören sollten.«

Levke nickte. Sie zögerte kurz, dann erzählte sie dem Kommissar, was sie in der Bar erfahren hatten. Er hörte schweigend zu. Levke war ihm dankbar, dass er sie nicht für ihr Verhalten zurechtwies. »Johannes Binder haben wir auch auf dem Schirm«, sagte er nur. »Wir werden ihm gleich einen erneuten Besuch abstatten.«

Der Kloß machte sich wieder in Levkes Hals bemerkbar. Vor allem, als der Kommissar hinzufügte: »Begeben Sie sich mit Emilie direkt nach Hause und schließen Sie die Tür ab. Lassen Sie niemanden herein. Für Frau Wiegand gilt das Gleiche.«

Levke wurde blass.

»Solange wir nicht wissen, was hier los ist, können wir auch nicht sagen, ob Sie in Gefahr sind. Ich werde regelmäßig eine Streife an Ihrer Wohnung und an Frau Wiegands Haus vorbeischicken. Und Sie später anrufen. In Ordnung?«

»Ja. Bitte ... melden Sie sich, wenn Sylke ...« Levke brach ab. Der Kloß war zu dick geworden, er hinderte sie am Sprechen. Wortlos drehte sie sich um und lief mit bebenden Schultern zu ihrem Fiat hinüber.

Kapitel 34

»Was ist passiert?« Sylkes Stimme klang laut und klar. Sie hatte nicht sehen können, ob er sein Handy erneut unter der Treppe versteckt hatte. »Ich will es jetzt von euch wissen. Keine Lügen mehr.« Durch die Luke schimmerte ein winziges bisschen Licht, das sich jedoch schnell in dem Raum verlor. Nur schemenhafte Umrisse waren auszumachen.

Doch sie hörte Jos Stimme direkt neben sich: »Wer ist dieser Wichser? Und was will er von uns? Wieso ist der so von Sarah besessen? Ist das ihr Mann oder was?«

»Ich weiß es nicht. Fest steht, dass wir ihn nicht noch mehr verärgern sollten. Ich hab das Gefühl, er ist zu allem fähig.«

»Scheiße, Mann.« Jo fluchte vor sich hin. »Diese dämlichen Weiber. Bringen einem nichts als Ärger.«

»Wenn hier einer ein Wichser ist, dann du.« Nele schrie, ihre Stimme zitterte vor Wut. »Du bist ein widerlicher Scheißkerl, der Dreck unter meinem Schuh.«

»Halts Maul.« Nun klang Jo noch aggressiver.

»Hey, Ruhe!« Sylke atmete tief ein. Das hier durfte nicht in einem Streit eskalieren. Sie mussten alle klar denken, überlegen, wie sie aus diesem Schiff herauskommen konnten!

»Wer bist du eigentlich?« Jo sprach in ihre Richtung. »Kennen wir uns irgendwoher, oder was?«

Kennen wir uns irgendwoher? Der Satz echote in Sylkes Kopf. *Ja, wir kennen uns. Du hast mich in der Schule auf ein Klo gedrängt und mich begrapscht. Du hast Stefan, der mir helfen wollte, verhöhnt und ihm wehgetan. Du hast mich gut fünfunddreißig Jahre später in der Bar angemacht, mich an die Wand gestoßen und versucht, mich gegen meinen Willen zu küssen. Und jetzt erkennst du mich nicht. Natürlich nicht. Weil ich in deinen Augen nichts wert bin, nur eine Nummer in deiner endlos langen Liste, nur ...* Sylke stockte. Halt! Das half nicht, sie durfte sich jetzt nicht in Wut und Zorn verlieren. Dafür hatten sie keine Zeit.

»Wir können die Kabelbinder nicht lösen«, sagte sie stattdessen, »gibt es bei dir irgendeine Chance?«

Jo zerrte an dem Rohr. »Die sitzen total fest«, keuchte er. »Scheiße, die Teile schneiden in meine Handgelenke.« Jo ruckelte weiter herum, sein Körper ratschte über den Boden. Angespannt versuchte auch Sylke, ihre Hände zu befreien, den glühenden Schmerz an ihren Handgelenken zu ignorieren. Schweiß lief in kleinen Perlen ihre Stirn herunter, rann in ihre Augen.

»Wo ist Sarah?«, fragte Nele plötzlich. »Du weißt, dass ich ihr nichts getan habe.«

»Woher soll ich das wissen?« Das Ruckeln hörte auf. »Ich hab sie in dem verschissenen Feld nicht gefunden. War mir dann auch egal. Sie ist eh völlig bekloppt.«

»Du hast ihr also wirklich nichts getan?«, hakte Nele nach.

»*Du hast ihr also wirklich nichts getan?*«, äffte Jo. »Leck mich am Arsch.« Er riss erneut an den Fesseln und fluchte. Dann war es still. Und auf einmal klang Jos Stimme viel ruhiger. »Ich hab ein kleines Taschenmesser in der Jackentasche.«

Ein Messer! Scharf sog Sylke die Luft zwischen den Zähnen ein. Sie hätte nie gedacht, dass sie sich einmal über ein Messer in Jos Tasche freuen würde.

»Bekommst du es heraus?«, fragte sie schnell.

Als Antwort zog Jo die Nase hoch, es raschelte. Sylke sah, wie er seinen Körper wand. »Ich komm nicht dran«, sagte er schließlich.

»Mist.« Die Hoffnung zerstob in Sylkes Bauch, sie konnte es förmlich spüren.

In dem Augenblick fiel etwas, klackte auf den nackten Boden. »Es hat geklappt, es ist aus der Tasche herausgerutscht«, sagte Jo atemlos. »Aber ich komme mit meinen Händen nicht dran.« Er stöhnte, seine Finger tasteten.

»Das wird nicht funktionieren.« Frustration ließ Sylkes Stimme heiser klingen. Mit beiden Händen eng an dem Rohr konnten sie sich nur minimal bewegen. Wenn überhaupt. »Versuch es mit deinem Körper«, sagte sie trotzdem. Aufgeben war keine Option. »Vielleicht kannst du es zu mir rüberschieben.«

Jo drehte sich erneut. Er war an dem Rohr so nah an Sylke herangerutscht, wie es die Halterungen in der Wand zuließen. Sein Fuß stieß gegen Sylkes Bein. »Es ist hier rechts von mir«, ächzte er, »links auf deiner Seite, etwa auf Höhe deiner Knie. Ich kann es fühlen.«

Sylke bog ihren Körper nach rechts, zog ihr linkes Bein an. Ja, da war etwas, sie spürte es an ihrem Schuh. Vorsichtig bewegte sie ihren Fuß nach oben.

»Ich hab es«, rief sie. »Aber es ist noch zu weit von meinen Fingern entfernt. Jo, leg dich so schräg, wie du kannst, und schieb es mit deinem Fuß weiter zu mir hinauf.«

Jo fluchte erneut. »Meine Hände fallen ab«, schrie er. »Verfluchter Scheiß, diese Binder schneiden mir alles weg.«

»Jetzt mach schon!« Nele klang aufgeregt. »Es ist unsere einzige Chance, hier rauszukommen!«

Jos Fluchen wurde lauter, aber Sylke konnte sein Bein spüren, das erst an ihres schlug, dann hörte sie, wie sein Knie das Messer traf.

»Ja, gleich hast du es geschafft!«

Sie wollte ihre Hände bewegen, nach dem Messer tasten. Aber sie rührten sich nicht. *Komm schon. Du musst. Du musst sie bewegen!*

Tränen schossen ihr in die Augen. Sie kniff sie zusammen, konzentrierte sich. Schickte alle Kraft, die sie hatte, in ihre Finger. Der Zeigefinger zuckte. *Gut! Weiter!*

Sie spürte einen Gegenstand. Sie hatten es geschafft! Das Messer lag zum Greifen nahe.

»Es ist hier«, presste sie heraus, »Ich fühle es. Ich muss es nur ... greifen.«

»Du kriegst das hin!«, rief Nele. »Du schaffst es, Sylke.«

Sylke stöhnte. In ihren Händen explodierte ein Feuerwerk aus Schmerz, so, als seien alle Nerven angezündet worden. Sie ignorierte es, tastete weiter. Und bekam das Messer mit der rechten Hand zu fassen. Wenn sie ihre linke Hand näher heranbringen konnte, dann ...

Die Lippen vor Konzentration fest zusammengepresst drehte Sylke ihre Handgelenke, tastete mit den Fingern das Messer, zog an der Klinge. Fester! Ein Ruck, und die Klinge sprang heraus.

Tränen liefen ihre Wange hinunter. Mit aller Kraft, die sie aufbringen konnte, hielt sie das Messer mit der unteren, rechten Hand fest und ratschte es über das Plastik ihres oberen, linken Handgelenks. Sie schnitt in die Haut, warmes Blut rann an ihrem Daumen hinab. Egal, weiter!

»Hast du es?« Jetzt klang auch Jo aufgeregt.

Sylke antwortete nicht. All ihre Konzentration lag auf der kleinen Klinge in ihrer Hand. Weiter, nicht aufhören!

Und mit einem Mal war ihre linke Hand frei. Die Erleichterung darüber schüttelte Sylkes Körper. Sie bewegte ihr Handgelenk vorsichtig vor und zurück. Der Schmerz, der hindurchschoss, wurde größer. Aber sie konnte die Finger bewegen. Langsam nahm sie das Messer und löste auch die andere Hand von dem Rohr.

Befreit stöhnte Sylke auf. Jetzt schnell zu den anderen und ...

In dem Moment wurde die Luke geöffnet. Licht fiel auf die Gestalt des Mannes. Erschrocken zuckte Sylke zusammen. Mit einem Griff hatte sie das Messer unter ihr linkes Bein geschoben und die Hände nach hinten an das Rohr gelegt.

Die Luke schloss sich mit einem lauten Knall und das Licht der Taschenlampe fiel auf sie.

»Ich hoffe, ihr sagt mir jetzt die Wahrheit«, rief der Mann und leuchtete ihnen der Reihe nach ins Gesicht. Der Schein der Lampe blieb auf Jo hängen. »Also, was habt ihr zu erzählen?«

*

An der Straße angekommen war ich kaum noch in der Lage zu laufen. Mein ganzer Brustkorb stach und sendete Schmerzwellen durch meinen Körper. Dazu konnte ich meine Schulter nicht bewegen und versuchte, sie ruhigzuhalten, wodurch ich vornübergebeugt ging wie eine uralte Frau.

Es war stockdunkel, nur ein paar Sterne versuchten mühsam, das Schwarz zu durchdringen. Der Mond war hinter einer Wolke verschwunden. Erschöpft hielt ich inne. »Bitte lass ein Auto kommen«, murmelte ich vor mich hin. Mein Handy hatte auf dem Sofa gelegen, als er mich gepackt und hoch in den Raum gezerrt hatte. Ich hatte keine Chance gehabt, danach zu greifen. Doch in meiner hinteren Hosentasche saß eng und fest mein kleines Portemonnaie. Es war nicht hinausgefallen. Was für ein Segen!

Müde schloss ich die Augen. Aber ich durfte jetzt nicht aufgeben. Vielleicht lief er immer noch durchs Feld. Ich musste weg von hier, so weit weg, wie es ging.

In dem Moment schnitt ein Licht durch die Nacht. Ein Auto!

»Danke«, rief ich leise und trat auf die Fahrbahn hinaus. Stellte mich genau in die Mitte. Das Fahrzeug musste halten, es musste einfach.

Bremsen, die quietschten. Eine Frau, die die Fahrertür öffnete. Mich erschrocken anstarrte. Sie lief zu mir hinüber. »Geht es Ihnen gut? Mein Gott, Sie sehen ja schrecklich aus. Hatten Sie einen Unfall?«

Einen Unfall. Ich schluckte. Dachte an meine Mutter, ihre Zigarette im Mundwinkel, ihren uninteressierten Blick. An David, sein ausdrucksloses Gesicht. An meine Oma, die ich nicht gefunden hatte. Keine Spur von ihr. Entweder sie war schon lange tot oder sie war vor Ewigkeiten von Fehmarn weggezogen.

Ich dachte an Jo. Seine Schläge. Seine Wut.

»Ja«, sagte ich tonlos. »Einen Unfall.«

»Wie furchtbar!« Die Frau legte einen Arm um meine

Schulter, führte mich zu ihrem Wagen. »Ich bringe Sie zu einem Arzt, ja?«

Ein Arzt. Viele Fragen.

»Es geht schon«, antwortete ich und hustete. »Ich bin nur mit dem Rad«, ich wies unbestimmt an den Straßenrand, der in Dunkelheit dalag, »über einen Stein gefahren und gestürzt. Können Sie mich zur Jugendherberge fahren? Da habe ich ein Zimmer.«

Das war gelogen. Aber ich hatte vor nicht allzu langer Zeit eines gehabt. Man kannte mich. Dort konnte ich sicher erst einmal ohne große Mühe unterkommen, bis es mir etwas besser ging.

Die Frau schaute mich skeptisch an. Ich versuchte ein Lächeln.

In ihrem Auto ließ ich mich in den weichen Sitz sinken. Und je weiter wir uns von Jo entfernten, desto leichter wurde mein Herz. Dieses verdammte Arschloch. Ich schloss meine Augen. Und öffnete sie erst wieder, als die Frau vor der Jugendherberge hielt. Der Himmel wurde langsam hell. Ein neuer Tag brach an.

»Danke«, murmelte ich und quälte mich aus dem Auto.

»Sind Sie ganz sicher, dass Sie keinen Arzt wollen?«, fragte sie zweifelnd.

»Ganz sicher«, antwortete ich.

Kapitel 35

»Also?« Der Mann trat näher an Jo heran.

»Ich habe nichts gemacht.« Jo blinzelte in das Licht. »Ehrlich, ich schwöre. Ich hab sie in dem Feld nicht gefunden und das wars. Ende, aus, Micky Maus.«

»Mit dir ist es auch gleich aus.« Mit einem Schritt war der Mann bei Jo und trat ihm seitlich in den Bauch. Jo schrie gellend auf.

»Ich habe nix gemacht«, wiederholte er. Die Gelassenheit war aus seiner Stimme verschwunden.

Der Mann drehte sich um und stiefelte zu Nele hinüber. »Und du?«, fragte er drohend.

»Ich auch nicht!« Nele weinte wieder. »Sie war einfach nicht mehr da. Sie muss allein weggelaufen sein. Wirklich!«

Sylke starrte auf den Mann. Er war zwar nicht groß, aber bullig und kräftig. Gab es eine Chance, ihn zu besiegen? Die Gedanken rasten durch ihren Kopf. Sie war hochgewachsen, allerdings sehr dünn. Schnell und fit. Dafür nicht besonders stark. Sie hatte nur das Überraschungsmoment. Und das Messer. Wenn er ihr das jedoch aus der Hand schlug und an sich brachte ... Sylke wagte nicht, weiterzudenken. Zudem fühlten sich ihre Beine vom langen Sitzen taub an. Und auch ihre Finger konnte sie nach wie vor nur unter großen Schmerzen bewegen. Keine gute Ausgangslage, um ein Messer zu halten und mit einem starken Mann zu kämpfen. Andererseits war das alles, was sie hatte.

In dem Moment drehte sich der Mann herum und leuchtete sie an. Sylke schob ihre Arme noch weiter nach hinten und hoffte, dass ihr Gesicht ihre Gedanken nicht verriet.

»Du scheinst mir die Schlauste hier zu sein«, sagte der Mann. »Deshalb sag mir nun ganz ehrlich, was die beiden hier ausgespuckt haben.«

»Es stimmt.« Sylke nickte bekräftigend. »Sie haben über alles gesprochen. Sie«, Sylke deutete mit dem Kopf auf Nele, »hat Sarah nur geholfen. Und deshalb hat Jo sie nicht gefunden.«

»Nur geholfen, hm?« Der Mann drehte sich abermals zu Nele um. »Und warum siehst du dann aus wie Sarah? Wie oft soll ich das noch fragen? Du trägst den gleichen Haarschnitt, hast deine Haare rot wie sie. Sogar deine Sachen sehen aus wie ihre.« Er hockte sich erneut vor sie hin. Neles Weinen wurde lauter.

Der Mann zog eine Zeitung aus der Jackentasche. Er hielt sie Nele vor das Gesicht. »Siehst du, was hier steht?«, fuhr er sie an. »Verbrannte Leiche in den Dünen gefunden.« Er schrie jetzt. »Sie wurde verbrannt!«

»Scheiße, Mann.« Selbst Jo klang geschockt.

»Neben der Leiche, die Jugendliche am Strand entdeckten, als sie eine Sandburg bauten, befanden sich die Papiere von Sarah M. Die Polizei hält sich bedeckt und verweist auf die laufenden Ermittlungen. Deshalb ist der Fund auch erst heute der Redaktion bekannt geworden«, las der Mann laut vor. Er sprang auf. »Sie war hier! Sie war wirklich hier! Ich habe ihre Spur aufgenommen bis zu dieser verdammten Insel. Alles umsonst. Was habt ihr mit ihr angestellt? Ihr habt mir alles verdorben«, brüllte er so dröhnend, dass Sylke zusammenzuckte.

»Mein ganzes Leben ist aus wegen euch.« Wutentbrannt drehte er sich im Kreis. Seine Augen loderten.

»Mann, es tut mir leid.« Aus Jos Stimme war jede Großspurigkeit verschwunden. »Aber du wirst über sie hinwegkommen, ehrlich. Es gibt noch andere W... äh, Frauen auf dieser Welt. Wirklich, das ist es nicht wert. Dein Leben hinzuschmeißen wegen ... äh, einer Frau.« Er hielt erschöpft inne.

»Bloody damn shit!« Der Mann war außer sich. Sylke spannte sich an. Jetzt oder nie. Er war ein tobendes Tier, aber er achtete nicht auf sie. Sie musste aufspringen und ...

In dem Augenblick wurde die Luke geöffnet. Ein Schwall von Licht ergoss sich über die kleine Treppe. Dann tauchte ein Kopf auf. Der Mann hörte auf zu brüllen, richtete sich auf, legte die Hand über die Augen, starrte nach oben. Stieß überrascht einen Laut aus.

Sylke hatte die Frau noch nie zuvor gesehen. Doch der Mann sprang mit einem Satz nach vorne.

»Sarah«, sagte er fassungslos. Es war keine Frage, es war eine Feststellung.

»Sarah?« Sylke wiederholte das Wort, starrte auf die junge Frau, die sich durch den hellen Rahmen der Luke beugte.

Aus Neles Kehle kam ein lautes Keuchen.

Offensichtlich lag Sarah nicht tot in den Dünen. Und offensichtlich hatte nicht der Mann Sarah gefunden, sondern sie ihn.

*

Ich mag den Herbst nicht. Wie jedes Jahr kam er schneller, als mir lieb war. Der Sommer mit seinen lauen, lichten Tagen schmolz dahin. Und meine Schonzeit war vorbei. Ich musste wieder in die Welt hinaus. Mit all ihren Problemen, mit all ihren Fallstricken. Mit ihm.

Natürlich wollte ich ihm nie mehr begegnen. Jo. Jämmerliches Oberarschloch. Deshalb musste ich Fehmarn endgültig den Rücken kehren. Und nicht nur Fehmarn. Ich schloss die Augen. Ging noch einmal alles durch. Ich würde ein letztes Mal Geld abheben. Tausend Euro, den täglichen Maximalbetrag. Das hatte ich in der letzten Zeit schon einige Male getan. Dann einkaufen, alles bar bezahlen. Einen größeren Wanderrucksack. Einige Klamotten. Ein gutes Paar Turnschuhe, ein paar Schlappen. Mehr brauchte ich nicht. Schließlich würde ich mit dem Ersatzverkehr über die Brücke fahren, weiter nach Hamburg. Und abends in einen Flieger steigen. Das erste und einzige Mal den Pass vorzeigen. Tief durchatmen. Abheben.

In Mexiko würde ich den Pass nicht mehr brauchen. Mit dem ganzen Geld konnte ich dort eine Zeit lang gut leben. So lange, bis ich einen Job fände. Einen Platz, an dem es mir gefiel. Ein neues Zuhause.

Ich hatte meine kleine Reisetasche in der Hand. Schloss die Tür ab und warf den Schlüssel in den Briefkasten am Haus. Blieb einen Augenblick stehen. Der Sommer war endgültig zu Ende. Und mit einem Mal erfüllte mich eine tiefe Traurigkeit.

Ich lief die Straße entlang. Lief und lief. Lief mich frei. Es war früh am Morgen, nur wenige Menschen waren unterwegs. Die Wolken hingen schwer am Himmel und die Leute hatten ihre Köpfe in ihren Kapuzen vergraben. So wie ich. Ich wollte Jo auf keinen Fall begegnen. Nicht an meinem letzten Tag auf dieser Insel. Und auch sonst nie mehr.

In Burg machten die Geschäfte gerade auf. Mit eiligen Schritten lief ich auf das Kaufhaus Stolz zu. Hier würde es fast alles geben, was ich brauchte. Kurz dahinter befand sich eine Sparkasse. Halt, erst dorthin. An dem Rathaus vorbei über den Marktplatz.

Ein Mann hastete eilig an mir vorüber. Er hatte den Kopf tief gesenkt, eine Mütze in seine Stirn gezogen. Abrupt blieb ich stehen. Mein Herz begann zu rasen, bevor mein Gehirn einen klaren Gedanken fassen konnte. Das ... das ... konnte nicht sein. Nein, das war unmöglich. Vollkommen ausgeschlossen. Ich musste mich täuschen, mein Blick hatte ihn nur flüchtig gestreift. Ich drehte mich um, starrte ihm nach.

Sein Gang ... er ging genau wie er ... seine bullige Gestalt immer ein wenig vornübergebeugt, die Arme angewinkelt, als wäre er im Boxring, als müsste er kämpfen. Ich schluckte. Hieß es nicht, dass jeder Mensch auf der Welt einen Doppelgänger hat? Das hier musste seiner sein. Hier auf Fehmarn, im Oktober, auf dem Marktplatz.

Ich wollte mich umdrehen, zur Sparkasse. Weg von hier. Aber ich konnte nicht. Ich blickte dem Mann nach. Und dann setzten sich meine Füße in Bewegung. Liefen ihm nach. Was machst du, schrie es in mir.

Aber ich musste es wissen. Ob er es wirklich war. Was er hier wollte.

Er lief die Straße hinunter, an dem Kaufhaus vorbei, dem Kino, weiter geradeaus. Schließlich blieb er an einem Baum stehen. Er schloss ein Fahrrad auf, das daran lehnte. In dem Moment sah ich sein Gesicht erneut. Er war es. Er war es!

Meine Knie begannen zu zittern. Automatisch winkte ich zu dem Taxi, das gerade an mir vorbeifuhr. »Folgen Sie dem Radfahrer«, wies ich den Fahrer an. Der runzelte die Stirn. »Es ist kompliziert«, sagte ich schnell. »Ich ... bin total in ihn verliebt und trau mich nicht, es ihm vor allen zu sagen. Deshalb ... mach ich es am besten bei ihm.«

Der Fahrer blickte mich misstrauisch an und ich lächelte mein bestes Lächeln. Da fuhr er los. Der Radfahrer ließ die Nikolaikirche rechts liegen und radelte den Staakensweg hinunter. Jetzt erst bemerkte ich den großen, schwarzen Rucksack, den er auf dem Rücken trug.

»Na, er will wohl nach Burgstaaken«, brummte der Fahrer schließlich.

Nervös kaute ich auf meiner Unterlippe herum. Hauptsache nicht weiter, nicht von dort am Deich entlang nach Wulfen. Da könnten wir ihm mit dem Auto nicht folgen, ich würde ihn verlieren.

Er fuhr geradeaus auf das Hafengelände, ließ die Silos rechts liegen. »Da kann ich nicht rein«, monierte der Taxifahrer. Doch ich hatte nach einem Blick auf das Taxameter schon Geld herausgekramt, drückte es ihm schnell in die Hand und sprang aus dem Auto.

Ich sah, wie er das Hafenbecken umrundete, an der *Haifischbar* vorbeifuhr und an der Passage weiter Richtung Werft. Vorsichtig lief ich in seine Richtung.

Im Hafen war nicht viel los, die Saison war zu Ende, der Wind pfiff kalt und schneidend. Ich versteckte mein Gesicht in dem hochgeklappten Jackenkragen. Er hatte das Fahrrad angeschlossen, ging zu einem größeren Boot hinüber, einem der wenigen, die noch auf dem Wasser schaukelten, und sprang hinauf. Dann war er verschwunden.

Einen Augenblick haderte ich. Ich könnte umkehren. Meinem Plan folgen und verschwinden. Aber was machte er hier? Mitten auf Fehmarn, im Herbst, auf einem Boot? Was zur Hölle sollte das alles?

Er hatte mich noch nicht gesehen. Ich konnte gucken, was er tat und anschließend immer noch weg. Mein Flug ging erst morgen. Genug Zeit, um irgendwann heute nach Hamburg zu fahren, mir die Nacht am Flughafen um die Ohren zu schlagen und mich dann in den weichen Flugzeugsitz sinken zu lassen. Schon bald würde alles unter mir verblassen, immer kleiner werden, bis es schließlich ganz und gar von einer weichen, wattigen Schicht Wolken zugedeckt und vergraben wurde.

Langsam setzte ich mich in Bewegung, näherte mich vorsichtig dem Boot. Er war nicht mehr zu sehen. Ich blickte mich um. Nur ein Mann, weit entfernt, er sprach in sein Handy und sah mich nicht an. Einen Augenblick zögerte ich. Dann sprang ich an Deck.

Kapitel 36

Er brüllte. Es klang gedämpft hier oben, aber es war zu hören. Ich folgte seiner Stimme, bis ich vor der Luke stand, die nach unten führte. Mehrfach hörte ich meinen Namen. Die panische Stimme einer Frau. Ich zögerte nur einen Moment, dann öffnete ich den Einstieg.

Wie er mich anschaute, mit großen, runden Augen und offenem Mund. Meinen Namen rief.

Ich stieg die Treppe hinunter und er wich vor mir zurück wie vor einem Geist. Argwöhnisch blickte ich mich um. Was war denn hier los? Da hingen drei Gestalten am Boden, zwei Frauen und ein Mann. Scheiße, das war doch nicht ... was zur Hölle ...? Es dauerte einen Moment, bis ich verstand, dass Jo gefesselt war. Und die beiden Frauen auch. Ich schluckte. Schaute wieder zu ihm. Mein Gehirn ratterte, konnte sich aber keinen Reim auf diese Situation machen. Das war ja vollkommen irre!

»Was machst du hier?«, fragte ich.

»Ich, ich«, er stotterte, »... habe nach, nach dir gesucht.«

Verdammt, sein Deutsch war richtig gut geworden. Ich runzelte die Stirn. Er wirkte überhaupt nüchtern und relativ normal. Soweit das bei ihm möglich war.

»Du hast ... was?« Ungläubig starrte ich ihn an. Er – auf der Suche nach mir? Sicher nicht aus Nächstenliebe. War Susan etwas passiert? Nein, niemals. Dafür wäre er nie nach Deutschland geflogen, nach Fehmarn. Meine Mutter war ihm doch vollkommen gleichgültig.

»Warum?«, fragte ich und meine Stimme klang kalt.

»Nun«, er hob die Arme in die Luft. In einer Hand hielt er eine Zeitung. Dann verengten sich seine Augen plötzlich und er sprang auf mich zu. »Du hast mir nie erzählt, dass wir ein Kind haben«, zischte er.

Meine Beine gaben nach, fühlten sich mit einem Mal wie Pudding an. »Was?« Das Wort stolperte aus meinem Mund, schräg und krumm.

»Ein Kind! Unser Kind!« Er schrie wieder.

Ich taumelte, prallte an die Wand. Mit einem Schlag kamen die Bilder zurück, die ich all die Jahre verdrängt hatte. Die fürchterlichen Schmerzen im Bad. Das Blut. Der Wäschekorb, im Schnee, auf der Straße. Ich schlug meine Hand vor den Mund.

Dann wurde mein Blick wieder klar, er stand vor mir, so nah. Klein und verschlagen. Trevor. Dieser widerliche Mistkerl. Was scherte ihn plötzlich ein Kind? Ihn, der zu keinerlei Gefühlen fähig war, dumpf wie eine Maschine?

»Du bist ... deshalb nach Fehmarn gekommen?« Die Worte suchten noch immer den richtigen Weg, störten sich an den Lippen, knickten um.

Trevor kam noch näher, sein Körper genau vor meinem. Er lachte auf. »Ich hab *Britain's Superstar* gesehen, vor einiger Zeit«, sagte er.

Ich begriff nicht. Was in Gottes Namen hatte diese Sendung mit all dem hier zu tun?

»Da war dieser Junge«, fuhr Trevor fort. »Mit einer ganz rührenden Geschichte. Sie haben sie lang und breit erzählt. Dass er adoptiert worden ist. Dass man ihn auf einer Straße in London gefunden hat, in einem Wäschekorb, mitten im Winter. In Peckham.«

Meine Beine gaben nach. Ich rutschte an der Wand entlang auf den Boden.

Trevors Stimme dröhnte in meinen Ohren. »Und dann fing er an zu singen. Eine Stimme wie ein Engel. Der sieht ja genauso aus wie du, hat mein Kumpel John gesagt. Ich habe gelacht.« Trevor schwieg. Seine Stimme wurde leiser. »Aber John hat nicht aufgehört. Der hat die gleichen Augen und den gleichen Mund, hat er gesagt.« Er hockte sich neben mich, sein Mund dicht an meinem Ohr. »Abends im Bett habe ich darüber nachgedacht. Über diese Geschichte. Und Johns Worte. Und weißt du, was mir da eingefallen ist?«

Ich konnte nicht antworten. Mein ganzer Kopf drehte sich. Mir war furchtbar schlecht.

»Sie haben gesagt, wie alt er ist. Und da fiel mir diese Nacht wieder ein, vor fast sieben Jahren. Als ich zu dir gekommen bin und dein Nachthemd voller Blut gewesen ist. Alles war rot. Und du ... du warst so komisch. Und kurz danach, dass Susan, deine dämliche Mutter, mal einen Riesenaufstand gemacht hat, weil ein Wäschekorb mit Handtüchern verschwunden war, einfach weg. Ein Affentheater war das. Mein Vater konnte sie nur beruhigen, indem er sofort los ist und alles neu gekauft hat. Das muss zur selben Zeit gewesen sein. Zu seinem Geburtstag. Da wusste ich es.« Er seufzte tief. »Der Junge ist unser Kind. Unser Wunderkind!«

Das Atmen fiel mir schwer. Ich röchelte, schnappte nach Luft wie ein Bergsteiger auf dem Himalaja.

»Er hat die Show gewonnen«, fuhr Trevor vor. »Singt wie ein junger Gott, sagt die Presse. Überall gibt er Interviews. Er hat die hunderttausend Pfund Preisgeld eingestrichen und bekommt jetzt einen Plattenvertrag. Auf TikTok geht er viral.«

Ich hob meine Hand, stützte meinen Kopf. Darum ging es ihm. Mich durchfuhr ein Schaudern. Nicht um das Kind. Nein, um das Geld. Um den Ruhm. Hinter meiner Stirn dröhnte es.

»Ich habe mich bei der Presse gemeldet. Denen alles erzählt und von offizieller Stelle einen Vaterschaftstest verlangt.«

Mein Bauch zog sich zusammen.

»Aber sie haben abgelehnt. Nach der Mutter gefragt.« Er pikste seinen kleinen, dicken Finger in meine Brust. »Sie wollen dich. Du musst die Story bestätigen, du kennst doch alle Einzelheiten. Wo genau hast du den Korb abgestellt? Wie viel Uhr war es? All das. So könnte es mit dem Test klappen.« Er grinste mich an »Dann haben wir einen Sohn, der ein Star ist. Kapierst du das?«

»Nein.« Meine Stimme hallte hohl in dem Raum wider.

Er zog die Augenbrauen zusammen. »Wie, nein? Bist du verrückt? Wir werden reich, müssen nie mehr arbeiten. Das Kind ist eine Goldgrube.«

»Er ist adoptiert«, sagte ich heiser. »Wir haben nichts mit ihm zu tun.«

»Natürlich, wir sind seine Eltern!« Er sprang auf, stand groß und bedrohlich vor mir. »Ich sehe die Headlines schon vor mir. Rührende Familienzusammenführung. Du musst nur ein bisschen reumütig sein, dann wird er dir schon verzeihen.«

»Er ist sieben«, stieß ich zwischen zusammengebissenen Zähnen hervor.

»Das ist doch völlig egal!« Der alte Trevor kam zurück. Der wütende, bösartige.

»Wieso … sind diese drei überhaupt hier?«, versuchte ich abzulenken. Trevor fuhr herum.

»Sie sollten mir helfen, dich zu finden«, sagte er. Er klappte die Zeitung in seiner Hand auf. »Weißt du es eigentlich?«, fragte er. »Dass du tot in den Dünen liegst?«

Die eisige Kälte kam zurück, umschloss mich noch fester. »W ... was?«, stotterte ich.

Ich starrte auf das Bild, das groß auf der ersten Seite des Fehmarnschen Tageblatts prangte. Die Fehmarnsundbrücke im Abendlicht. Die Dünen davor. Ein schönes Foto. Eigentlich. Wenn dort nicht eine Leiche gefunden worden wäre. Eine verbrannte Frau. Mein rechtes Augenlid begann unkontrolliert zu zucken.

Trevor runzelte die Stirn. »Wenn du da nicht liegst«, murmelte er, »wer ist es dann?«

Ich antwortete nicht. Er stopfte die Zeitung achtlos in seine Jackentasche. »Egal, geht mich einen Scheiß an«, sagte er und packte mich am Arm. »Hauptsache, du bist hier. Wir fliegen jetzt nach London zurück und du erzählst unsere Geschichte.«

»Nein!« Ich versuchte, mich von ihm loszureißen, aber sein Griff war unerbittlich. Er stieß mich zu der Treppe hinüber.

»Und was ist mit uns?« Die Stimme der Frau hörte sich ängstlich an. Ich kniff die Augen zusammen und starrte sie an. Sie kam mir irgendwie bekannt vor. Doch ihr Gesicht war so geschwollen und so mit Blut bedeckt, dass ich es nicht richtig erkennen konnte. Was hatte Trevor ihr bloß angetan?

Trevor blieb stehen. Ich nutzte den Moment und riss mich los. Sprang von ihm weg, in den Raum hinein. »Ich komme nicht mit dir mit, niemals«, rief ich.

»Ach nein?« Sein wütender Blick war zurück. Die Bulldogge kurz vorm Angriff. Er hob den schwarzen Rucksack auf, der nur einen Meter von ihm entfernt stand. Holte eine grüne Flasche heraus. Öffnete sie und goss den durchsichtigen Inhalt über den Boden. Die Frau mit dem blutverschmierten Gesicht schluchzte auf. Der durchdringende Geruch von Spiritus hing in der Luft. Ich hielt den Atem an, als er anschließend ein Benzinfeuerzeug herauskramte und es kurz darauf hell aufloderte.

»Ich würde vorschlagen, du kommst mit raus«, sagte er und sein Lächeln tanzte im Schein der Flamme. Er stellte ein Bein auf die Treppe.

Die Frau kreischte auf. »Binden Sie uns los!«, schrie sie panisch.

Doch Trevor schaute nur mich an. »Walk or burn.«Er nickte nach oben, hinauf in den grauen Himmel.

Kapitel 37

Sylke presste ihre Lippen fest aufeinander. Sarah und dieser Mann, Trevor, kannten sich. Hatten ein Kind zusammen. Aber sie wollte nicht mit ihm mit.

Trevor sah nicht nur wütend aus. Der Feuerschein auf seinem Gesicht glühte auch in seinen Augen. Er würde das Schiff in Brand setzen, wenn sie nicht gehorchte. Ein Raubtier, das außer Kontrolle geraten war.

Der Geruch von Spiritus füllte den Raum. Verklebte Sylkes Nase. Doch ihre Augen waren starr auf die Flamme des Feuerzeugs gerichtet. Wenn er es fallen ließ, würde der Raum in Sekunden brennen. Jedenfalls alles vor der Treppe. Ihr Ausgang würde versperrt sein. Er hingegen stand auf der Stiege, würde es hinaufschaffen und das Flammenmeer hinter sich lassen.

Sie musste aufspringen. Sich auf ihn stürzen. Sie hatte ein Messer. Aber was, wenn sie zu spät kam? Es brauchte eine Sekunde, um das Feuerzeug fallen zu lassen. Einen einzigen Atemzug.

Du musst es tun! Los! Sylkes Gehirn gab ihr den Befehl. Doch die Furcht hüllte sie ein, umschloss sie. Paralysierte sie. Sie konnte ihre Finger nicht mehr bewegen, ihre Beine nicht. Sie sah, wie Nele sie flehend anblickte. Ihre Augen waren groß und weiß und voller Angst.

»Okay.« Sarah hob beide Hände nach oben. »Ich komme mit.« Langsam ging sie auf ihn zu. Sobald sie vor ihm stand, packte er sie grob und schob sie zur Treppe.

»Rauf«, befahl er.

»Ist schon gut. Ich komme ja. Aber leg das Feuerzeug weg!« Sie stieg die Stufen hoch.

Er blickte Sarah nach. Doch er machte das Feuerzeug nicht aus. In dem Moment sah Sylke es glasklar: Er würde es fallen lassen. Sobald er oben war, würde er ein Inferno verursachen und die Luke schließen. Er brauchte keine Zeugen.

Das Boot aus Stahl würde zu einem Brutofen werden. Hier drinnen würden sie bis zur Unkenntlichkeit verbrennen. Nicht wie die Leiche in den Dünen. Nichts würde übrig bleiben. Nichts von ihr, nichts von Nele, nichts von Jo.

Trevor drehte sich leicht, setzte seinen zweiten Fuß auf die Treppe. Sarah war oben angekommen, schaute zurück.

Los! Sylkes Gehirn schrie. Sie musste aufspringen. Wieso gehorchte ihr Körper nicht? Wieso konnte sie sich nie bewegen, wenn sie Angst bekam?

Er hatte ihr nun den Rücken zugedreht. Zweite Stufe. Das Feuerzeug in seiner rechten Hand brannte noch immer.

Plötzlich sah Sylke Emmi vor sich. Ihr lachendes Gesicht, die blonden Haare zerzaust vom Wind. Sie spannte ihre Muskeln an. Und sprang. Hechtete nach vorne, zu ihm. Stieß ihn in den Rücken.

Er taumelte. Krallte sich mit der linken Hand an der Treppe fest. Seine rechte Hand fuhr durch die Luft. Sylke nahm die Augen nicht von dem Feuerzeug, griff danach. Riss es ihm aus der Hand und schloss ihre Faust um die Flamme. Der kurze Schmerz war ihr egal, die Flamme war aus. Ein Blitz der Erleichterung schoss durch sie hindurch.

Doch er hatte sich zu ihr gedreht. Holte aus. Und ließ seine rechte Faust mit voller Wucht gegen ihren Kopf krachen.

Sylkes Körper knallte nach hinten. Als sie aufschlug, fiel ihr das Feuerzeug aus der Hand, direkt auf den Boden. Gleißende Sterne tanzten vor ihren Augen. Wie durch einen Nebel sah sie einen Fuß. Er kam von oben und schmetterte gegen Trevors Kopf. Nun taumelte auch er, kippte, ging in die Knie. Sarah kam die Treppe hinunter, setzte ihm nach. Doch Trevor wich aus.

Irgendwo schrie jemand. Sylke aber blickte nur auf das Feuerzeug. Es lag nicht weit von ihr entfernt. Trevors Hand griff schon danach. Sie drehte sich, zwang sich, ihren Arm auszustrecken. Er fühlte sich merkwürdig an, so als sei er ellenlang und gedehnt. Und doch war er näher dran, verdammt. Seine Fingerspitzen berührten das helle Silber.

Dann wurde er zurückgerissen. Sarah hatte seinen Kragen gepackt und zog ihn nach hinten. Sylkes Hände umschlossen das Feuerzeug. Sie kroch zu ihrem Platz hinüber. Dort lag das Messer. Sie griff danach. Neben ihr keuchte Sarah, die krampfhaft versuchte, Trevor am Boden zu halten, ihn niederzuringen.

Sylke robbte zu Nele hinüber. Die schrie immer noch. Zitternd nahm sie das Feuerzeug in die linke Hand und setzte mit der rechten das Messer an das Plastikband. Vor ihren Augen waberte eine trübe Brühe. Als Nele lauter brüllte, glaubte sie, in ihre Haut geschnitten zu haben. Im nächsten Augenblick wurde sie nach hinten gerissen. Jemand zog mit aller Kraft an ihrem Bein. Sylke klatschte auf den Bauch. Sie trat aus, wand sich. Trevor hatte ihr Bein umkrallt.

Sarah blutete aus einer großen Wunde an ihrer Schläfe. Ihre blonden Haare färbten sich rot. Blond. Sylke kniff ihre Augen zusammen. Wieso war sie eigentlich blond? Hatte

Sarah nicht rote Haare, so wie Nele? In ihrem Kopf begann sich der Nebel zu verdichten. Etwas Warmes rann auf ihre Lippen hinab, schmeckte nach Eisen.

»Mach mich los, verdammt!« Jos Stimme dröhnte durch den Raum. Er brüllte.

Für einen Moment war Sylke abgelenkt und schon kam Trevor herangekrochen, legte seinen bulligen Körper auf sie. Sylke konnte kaum noch atmen. Er griff nach ihrer linken Hand, der Hand, die das Feuerzeug umklammerte. Mit aller Macht schloss Sylke ihre Finger noch fester, doch er bog sie, zerrte. Als er den Zeigefinger nach hinten riss, schrie Sylke auf.

Aus den Augenwinkeln sah sie, wie Nele sich bewegte, ihre Hände nach vorne schob. Gott sei Dank, sie war frei. Sylke drehte ihren Kopf, hin zu seinem Arm. Und biss mit aller Macht hinein. Schmeckte Stoff. Blut. Trevor schrie auf. Ließ ihren Finger los.

Plötzlich sah sie das Messer. Es schwebte in der Luft. Verschwand. Und dann schrie Trevor nicht mehr, er brüllte wie von Sinnen. Der Druck auf ihrem Körper ließ nach. Trevor rutschte zur Seite. Sylke robbte weg von ihm. Nele kniete auf dem Boden. Neben ihr lag Trevor, der das Messer umklammert hielt. Es steckte in seiner Seite, ungefähr da, wo sich die Nieren befanden.

Hinter ihm tauchte Sarah auf. Sie hatte sich aufgerichtet. Jo brüllte noch immer. »Macht mich endlich los!« Seine Füße ratschten über den Boden.

Trevor hatte das Messer herausgerissen, neben sich fallen gelassen. Ein dicker, roter Schwall Blut schoss pulsierend aus der Wunde. Er presste seine Hände darauf, versuchte, aufzustehen. Sylke blickte auf die rote Klinge, drehte sich, fasste danach. Hielt den Griff fest umschlossen und kroch zu Jo hinüber. Links umklammerte sie das Feuerzeug, rechts das Messer. »Mach schon, mach endlich«, schrie Jo, als Sylke die Klinge an dem Plastik ansetzte.

Der Nebel wurde lichter. Sie konnte das weiße Band erkennen. Schnitt.

Jo riss die Arme nach vorne. Sylke sah nur ihn, wie er zur Treppe stürmte. Nicht Trevor, der sich von hinten auf sie schmiss und ihren linken Arm so weit nach hinten riss, dass sie vor Schmerz und Überraschung ihre Finger lockerte. Nur für einen winzigen Augenblick. Aber der genügte Trevor, um ihr das Feuerzeug zu entreißen. Dann sprang er auf und hechtete hinter Jo zur Treppe. Trevors linke Hand lag auf der Wunde, die schon weniger blutete. Wahrscheinlich hatte das kleine Messer keinen großen Schaden anrichten können. Mit rechts packte er Jos Fuß, der bereits auf der dritten Stufe stand, zog ihn schnell und gezielt zu sich. Jos Kopf knallte an die Treppe, dann fiel er nach hinten.

Nele war ebenfalls aufgestanden und hatte sich zur Treppe geschleppt und auch Sylke stand auf wackeligen Beinen. Sie streckte ihren Arm aus, um Sarah aufzuhelfen. Sarah griff nach ihr, Sylke zog. Die beiden Frauen umklammerten sich, um sich gegenseitig Halt zu geben. Jo lag auf dem Boden und wimmerte.

Trevor jedoch hatte begonnen, die Treppe hinaufzusteigen, erreichte die Luke. Dort drehte er sich triumphierend um. In seiner Hand glitzerte es silbern. Sylke blinzelte. Sie schleppte sich mit Sarah näher an die Treppe heran. Wie in Zeitlupe sah Sylke die Flamme aufleuchten. Hell und groß. Dann fiel das Feuerzeug, nach unten. Und Trevor verschwand in den grauen Himmel.

Kapitel 38

Sylke sah das angezündete Feuerzeug fallen. Sekunden später loderte die Flamme hell und riesig auf. Nele keuchte, stürzte zur Treppe. Sylke schob Sarah nach vorne. »Schnell«, rief sie. Die Flamme züngelte, fand den Spiritus, schoss empor. Nele hatte den Himmel erreicht, kletterte aus der Luke. Sarah war direkt hinter ihr. »Los, kommt hoch!« Die Panik ließ Neles Stimme schrill klingen.

Hinter Sylke raschelte es. Jo lag noch immer auf dem Boden, versuchte aufzustehen. Sein Arm knickte unter ihm weg. Mit weit geöffneten Augen starrte er auf die Flammen, die vor ihm hochschlugen, immer größer wurden. Sylke hustete. Beißender Rauch breitete sich in dem Raum aus.

»Hilf mir!« Die Panik in Jos Stimme war unüberhörbar. »Hilf mir, verdammt, ich komme nicht hoch!«

Sarah hatte die Luke erreicht. »Nun mach schon«, schrie sie und streckte ihren Arm nach Sylke aus.

Sylke zögerte. Biss sich auf die Lippen. Dann drehte sie sich um. Die Flammen schlugen höher, breiten sich aus. Jo war in dem dicken Rauch nur noch schwer zu erkennen. Aber sie hörte seine Stimme. Er schrie.

Sie griff nach seiner Hand. Zog. Etwas Warmes umschloss ihr Bein. Doch sie ließ nicht los. Zog mit aller Kraft. Verdammt, war das heiß. Ihr Gesicht glühte. Sie hörte Sarah, die irgendetwas brüllte. Jos Stimme.

Dann war er neben ihr. Klammerte sich an die Treppe, stolperte die ersten Stufen hoch. Sein rechtes Hosenbein war verbrannt, es roch nach rohem Fleisch. Sylke war direkt hinter ihm. Verdammt, warum tat ihr Fuß so weh?

Die Flammen hatten die Treppe erreicht, leckten an dem Holz. Ein Arm griff nach Jo, zog ihn ganz nach oben, dann wurde auch Sylke gepackt.

Sie schaute in Sarahs Gesicht. »Schneller«, keuchte sie. Sylke sprang nach draußen, sah die brennende Treppe. Mit einem lauten Knall schlug Sarah die Luke zu. Dann nahm sie ihre Jacke und haute sie wie wild auf Sylkes Bein. Verwirrt blickte Sylke nach unten. Aus ihrem rechten Schuh kamen kleine Flammen. Erschrocken trampelte sie, das Rot-Gelbe erlosch.

Jo stand stöhnend an die Bootswand gelehnt. Er hatte sein Bein gegriffen. Die Hose hatte sich in seine Haut gebrannt, rotes Fleisch schaute daraus hervor. Nele hockte zitternd auf der anderen Seite.

»Wir müssen hier runter!« Sarah hatte Sylke gepackt, hievte sie zum Bootsrand und von da zum Ufer. Nele folgte ihnen.

»Wo ist Trevor?« Sylke schaute sich um.

»Abgehauen.«

Mit einem Satz war Sarah auf dem Boot zurück. Sie griff nach einer kleinen schwarzen Reisetasche. Dann legte sie Jos Arm um ihre Schultern und zog ihn mit sich.

Die Flammen hatten die Luke erreicht. Es knisterte und knackte und in Sekunden verwandelte sich die Tür in ein rotgelbes Flammenmeer. Erschrocken sprang Nele ein paar Schritte nach hinten.

Sarah hatte Sylke erneut gepackt und zog auch sie von dem Boot weg. Dann schaute sie ihr in die Augen. »Es tut mir leid«, flüsterte sie.

»Ich verstehe noch nicht ganz ...« Sylke versuchte, all das Gehörte zu verdauen, in eine richtige Reihenfolge zu bringen. Wenn doch ihr Kopf nicht so sehr dröhnen und ihr Fuß nicht so schmerzen würde!

Sarah ließ sie los und griff nach ihrer Tasche. Sie holte einen alten, abgenutzten Collegeblock heraus. Einen Moment wiegte sie ihn in der Hand. »Ich wollte ihn eigentlich verbrennen«, murmelte sie. Ihr Blick fiel auf das Boot zurück. Die Flammen hatten nun die Kajüte erreicht.

Mit einem Ruck legte sie Sylke den Block in die Hand. »Das wird dir helfen, zu verstehen«, sagte sie. Sie drehte sich um, die Reisetasche geschultert. »Gib mir nur noch bis morgen früh.«

»Wo ... wo gehst du hin?«

»Auf zu neuen Ufern.« Sarahs Mund verzog sich zu einem kleinen Lächeln. Dann lief sie los, in Richtung Werftgelände. Nach ein paar Schritten war sie hinter den Gebäuden verschwunden.

Die Flammen schlugen nun hoch aus dem Boot. Sylke hielt den Collegeblock fest an sich gedrückt, als sie die Sirenen hörte und mehrere Feuerwehrwagen mit quietschenden Reifen auf das Hafengelände einbogen.

Kapitel 39

Es klopfte sachte an der Tür. Vorsichtig richtete Sylke sich auf. Ihr ganzer Körper schmerzte. Am schlimmsten war allerdings ihr Fuß. Das Pochen darin hörte nicht auf, obwohl er dick verbunden war und hochgelagert auf einem weißen Kissen thronte.

»Ja?«

Ein Kopf erschien in der Tür. Zerzauste, dunkle Haare, braune Augen, die sie mitfühlend ansahen. »Darf ich reinkommen?«

»Äh, natürlich.« Sylke strich ihre Haare nach hinten. Oh Mann, das würde auch nicht viel bringen. Sie hatte sich eben im Spiegel angeschaut, als sie sich ins Bad geschleppt hatte. Die Frau, die ihr mit den vielen Schrammen und der aufgeplatzten Lippe entgegengeblickt hatte, gefiel ihr gar nicht.

»Hey.« Martin Grüning zog sich einen Stuhl heran und setzte sich nah an ihr Bett. »Was machst du denn für Sachen?«

Sylke versuchte ein Lächeln und hoffte, dass sie nicht wie der *Joker* aussah. »Ich hatte Langeweile und dachte, es sei an der Zeit, mal wieder entführt zu werden.«

Martin griff nach ihrer Hand. Sie zuckte zusammen. Erschrocken zog er seine Hand zurück. »Es ist nur ... das Handgelenk.« Sylke nickte mit dem Kopf zu dem Verband an ihrem Arm. »Das Kabel hat die Haut bis auf den Knochen abgeratscht. Die Verbrennung von dem Feuerzeug dagegen ... Peanuts.«

»Junge, Junge.« Martin schüttelte den Kopf. Dann berührte er mit seinen Fingerspitzen ganz sachte ihren Handrücken. »Es tut mir so leid. Von allen Menschen bist du die Letzte …«

»Ist schon gut.« Sylke setzte sich gerader auf. »Habt ihr ihn gefunden? Trevor?«

»Nein.« Martin seufzte. »Die Ärzte sagen, du musst geschont werden. Aber es wäre wirklich gut, wenn du mir ein bisschen mehr erzählen könntest als dem Streifenbeamten, der als Erster vor Ort war. Du bist dann ja sehr schnell ins Krankenhaus gebracht worden.« Seine Finger fuhren immer noch leicht über ihre Haut. »Ich bin sofort gekommen, als ich gehört habe, was passiert ist, und schon eine Weile hier. Aber ich durfte erst jetzt zu dir rein.«

»Ja, sie haben mich gut versorgt.« Sylke schloss für einen Moment ihre Augen. Seine Berührung war nur ein Hauch, doch sie fühlte sich besser an als jede Medizin.

»Levke holt Emmi gleich von der Schule ab?«, fragte sie.

»Genau, darum hab ich sie gebeten. Emilie weiß noch von nichts.«

»Das ist gut.« Sylke seufzte. »Levke wird es ihr schonend beibringen, da bin ich sicher und ich werde später natürlich auch noch einmal mit ihr reden. Trotzdem …« Sie holte tief Luft. »Sind Nele und Jo auch im Krankenhaus?«

»Ja, Nele Schmidt liegt nebenan. Johannes Binder hat starke Verbrennungen an seinem Bein erlitten, deshalb ist er nach Oldenburg gebracht worden. Frau Schmidt scheint keine großen Verletzungen davongetragen zu haben, ihr Gesicht sieht schlimmer aus, als es ist. Sie hat berichtet, dass du ihn gerettet hast. Ohne dich wäre er verbrannt, sagt sie.« Seine dunklen Augen schauten sie prüfend an.

Sylke schluckte. »Ich konnte ihn doch nicht da unten zurücklassen«, flüsterte sie. Das allerdings war nicht die ganze Wahrheit. Sie dachte an die eine Sekunde. Die sie gezögert hatte. In der sie nicht sicher gewesen war.

»Wir haben jetzt so viel gegen ihn, deine Erlebnisse und auch, was Laura Wiegand in seinem Haus widerfahren ist. Dazu kommen die Berichte von Nele Schmidt. Das reicht. Ich verspreche dir, wir bringen ihn vor Gericht.«

In dem Moment öffnete sich die Tür, und eine Frau in einem weißen Kittel kam herein. »So, das ist genug«, sagte sie energisch. »Wir haben gesagt, nur fünf Minuten.«

»Aber …«, wollte Sylke protestieren.

»Kein Aber. Sie brauchen Ruhe.«

Martin stand auf. »Ich komme später wieder, in Ordnung?«

»Frühestens heute Abend.« Die Ärztin überprüfte den Verband an Sylkes Fuß. »Und bis dahin versuchen Sie bitte ein wenig zu schlafen.«

»Wie … lange muss ich denn hierbleiben? Ich möchte gern nach Hause. Zu meiner Tochter.«

»Das sehen wir später. Es werden noch einige Untersuchungen folgen. Sie haben Glück gehabt, die Verbrennung ist nur oberflächlich. Aber ihr Kopf hat viel abbekommen. Außerdem müssen wir uns um ihre Handgelenke kümmern, die sehen wirklich nicht gut aus.«

»Ich werde mit deiner Freundin Levke sprechen«, versicherte Martin. »Emilie wird es gutgehen. Und sobald es hier das Okay gibt, können sie dich besuchen, ja?« Er lächelte sie liebevoll an. »Jetzt ruh dich aus. Umso schneller bist du wieder fit.«

»In Ordnung.« Sylke ließ sich in ihr Kissen zurücksinken. Martin und die Ärztin verließen den Raum. Ruhe. Ein paar Minuten verstrichen. Sylke zog die Schublade an ihrem Nachttisch auf und holte den Collegeblock hervor. Vollgeschrieben, Seite für Seite, vorne und hinten. Unnummeriert und mit keinem Datum versehen. Sie schlug ihn auf.

Vielleicht sollte ich alles aufschreiben. Ich habe gelesen, das kann helfen. Helfen, seine Gedanken zu sortieren. Ob das stimmt? So begann der Text. Sylke rückte sich das Kissen zurecht und las. Die erste Seite, dann die nächste. Und die nächste. Zwischendurch keuchte sie auf. An der kurzen Stelle, als Sarah die Nacht beschrieb, in der sie das Kind bekam, musste Sylke stoppen. Tränen liefen ihr die Wangen hinab. Was hatte Trevor Sarah alles angetan? Und dann kam er, verfolgte sie nach Deutschland, verlangte von ihr, dass sie das Kind kontaktierte, das er mit Gewalt gezeugt hatte.

Sylke brauchte eine lange Zeit, bis sich ihr Atem beruhigte und sie weiterlesen konnte. Als Sarah von Jo erzählte, ließ sie erneut den Block sinken. Wie kam es, dass Sarah sich ausgerechnet ihn ausgesucht hatte? Eine so intelligente, schöne, junge Frau. Dann dachte sie daran, wie Sarah aufgewachsen war. Dass sie nie die Liebe erfahren hatte, die jedes Kind auf dieser Welt erfahren sollte. Fürsorge, Schutz und Geborgenheit waren Fremdwörter für sie. War es da nicht verständlich, dass es sie gerade in seine Arme getrieben hatte? Und Jo hatte ja auch nicht gleich seine Fratze gezeigt. War witzig, gab sich jugendlich, sah gut aus. Sein schwarzes Inneres verbarg er gut. Eine Zeit lang jedenfalls. Sylke atmete tief aus. Wie gern hätte sie Sarah jetzt einfach gehalten und ihr über das Haar gestrichen. Sie las weiter, hielt nicht mehr inne bis zum Schluss.

»Danke«, murmelte ich und quälte mich aus dem Auto. »Sind Sie ganz sicher, dass Sie keinen Arzt wollen?«, fragte sie zweifelnd. »Ganz sicher«, antwortete ich.

Seufzend ließ Sylke den Block sinken. Sarah musste sich den Sommer über noch irgendwo auf Fehmarn aufgehalten haben. Aber was war dann geschehen? Vermutlich hatte sie heute am frühen Morgen Trevor entdeckt und war ihm zu dem Boot gefolgt. Doch was hatte sie den ganzen Sommer über getan?

Sylke wollte den Block zurück in die Schublade stecken. Die Gedanken wirbelten nur so in ihrem Kopf. Als sie sich vornüberbeugte, fiel ein Zettel aus den noch unbeschriebenen Seiten des Blocks heraus. Er war einmal zusammengefaltet. Den hatte sie gar nicht gesehen. Stirnrunzelnd faltete sie ihn auseinander und bemerkte, dass es zwei ineinandergesteckte Blätter waren. Sowohl die Vorder- als auch die Rückseiten waren beschrieben, winzige Buchstaben in krakeliger Schrift. Einige Wörter sahen verwischt aus, als wäre Wasser darauf gekommen. Tränen?

Isabel, du bist das Beste, was mir je passiert ist!, stand dort. Dann waren einige Zeilen frei gelassen.

Warum habe ich dich bloß angelogen? Ich wollte einfach nicht mehr Sarah sein, glaube ich. Als ich dich in der Bar das erste Mal gesehen habe, an dem Abend, als ich auch Jo das erste Mal traf, warst du so fröhlich, so unbeschwert. Ich fand es schade, dass wir nur ein, zwei Sätze miteinander gewechselt haben.

Dann habe ich dich nicht mehr gesehen, denn ich bin bei Jo eingezogen, Wochen, die nur ihm gehörten. Nachdem ich schließlich von ihm weg war und in der Jugendherberge ein wenig zu Kräften gekommen war, habe ich dich plötzlich wiedergetroffen. In Lemkenhafen, wohin ich mich eines Nachmittags gewagt hatte, um ein bisschen spazieren zu gehen. Ich weiß es noch genau. Ich habe am Meer gestanden und musste wohl mein Lieblingslied vor mich hin gesummt haben. Du hast lachend gefragt: »Kennen wir uns nicht?« Und ich: »Ja, aus der Bar.« »Wer bist du noch mal?« Dein Lächeln war ansteckend und ich hatte noch das Lied im Kopf. »Julia. Ocean child calls me ...« Die Beatles. »Julia«, hab ich zu dir gesagt. Ganz spontan. Ich wollte nicht mehr Sarah sein. Sondern Julia, das Meereskind mit den Muschelaugen und dem Haar aus fließendem Himmel.

»Hi, Julia, ich bin Isabel.« Wir haben schweigend am Wasser gestanden, die Sonne warm auf unserer Haut. Dann hast du mich gefragt, ob ich abends mit dir ins Sailor's Inn kommen würde. Eine deiner Freundinnen hatte dir abgesagt. Ich habe sofort zugestimmt.

Wir haben uns dann ein paarmal getroffen, auch tagsüber, meist am Strand. Und schließlich hast du mir angeboten, bei dir zu wohnen. Bei den Hinrichs. Aus einem Tag wurden zwei, aus zweien drei und aus dreien fast der ganze Sommer.

Du bist wunderbar, Isabel. Oft habe ich mir gewünscht, so zu sein wie du. Wir hatten die beste Zeit zusammen. Es war das erste Mal, dass ich glücklich war, weißt du das?

Bis zu jenem Nachmittag, als du nur einen Eistee für mich holen wolltest. Und nicht wiedergekommen bist. Ich habe dich nicht gehört, Isabel. Ich habe geschlafen. Selbst das Klirren hat mich nicht geweckt, als du das Glas am Kühlschrank fallen lassen hast. Nicht mit Eistee darin, sondern dem roten Kirschsaft, den du kalt so liebst.

Was ist da passiert, Isabel? Hast du gemerkt, dass etwas mit dir nicht stimmt? Ist dir deshalb das Glas mit dem Saft aus der Hand gerutscht? War dir schwindelig, musstest du dich abstützen?

Du hast dich in unser Schlafzimmer geschleppt. Warum, Isabel? War dort etwas, von dem du dachtest, es könnte dir helfen? Warst du krank und hast mir nichts davon erzählt?

Hast du nach mir gerufen? Habe ich auch das nicht gehört?

Ich weiß es nicht. So viele Fragen und keine Antworten. Ich weiß nur, dass du reglos auf dem Boden lagst. Du warst furchtbar blass. Ich habe alles versucht. Herzmassage, Mund-zu-Mund-Beatmung. Aber du warst schon tot, Isabel. Du warst einfach tot.

Ich habe neben dir gesessen. Deinen Kopf in meinem Schoß. Es hat lange gedauert, bis ich weinen konnte.

Dann hat plötzlich dein Handy geklingelt. Ich bin drangegangen, es waren die Hinrichs. Und weißt du was? Sie dachten, ich sei du. Ich habe den Hörer an den Käfig mit den Wellensittichen gehalten, gesagt, dass alles in Ordnung sei. Alles wie immer.

Bitte verzeih mir, Isabel. Ich wollte nicht mehr Sarah sein. Ich habe die Nase so voll von ihr. Von ihrem ganzen verschissenen Leben.

Ich habe dich vergraben in der Nacht, kurz vor Morgengrauen. An deinem Lieblingsplatz in den Dünen. Aber ich musste sichergehen, dass man dich nicht erkennt, falls man dich finden sollte. Deshalb wollte ich dich vorher verbrennen. Ich dachte, du zerfällst zu Asche. Das hat allerdings nicht funktioniert. Die Feuerstelle in Hinrichs Garten war dafür nicht geeignet. Aber ich habe dich nicht mehr erkannt und so habe ich dich vergraben. Mit meinen Ausweisen. Dann habe ich weiter bei den Hinrichs gewohnt. Mit ihnen gesprochen, die Vögel versorgt. Bis zu dem Tag Anfang Oktober, als sie zurückkommen wollten. Und als man dich zufällig fand.

Jetzt werde ich gehen und all das hinter mir lassen. Mit frisch gefärbten blonden Haaren und mit deinem Geld. Ich weiß, dass du es nicht mehr brauchst. Die PIN habe ich auf einem kleinen Zettel in deiner Handyhülle gefunden. Bitte nimm es mir nicht übel, Isabel.

Es tut mir leid. Ich hoffe, dass du mich verstehst. Dein Körper ist nur noch eine leere Hülle. Hoffentlich sitzt du auf einem Stern und lächelst mir zu.

Denn Sarah ist tot. Und Isabel lebt.

Kapitel 40

»Hey.«

Sylke schreckte auf. Martin streckte den Kopf zur Tür herein. Sie warf einen Blick auf die Uhr. Schon acht. Sie musste eingeschlafen sein.

»Komm rein.« Sie lächelte, als sie sah, wie leise er in ihr Zimmer schlich.

»Hast du geschlafen?«

Sylke rieb sich die Augen und gähnte hinter vorgehaltener Hand. »Ich glaube schon.« Tatsächlich fühlte sie sich ausgeruht, nicht mehr so erschöpft.

»Sie haben mich den ganzen Nachmittag untersucht«, fuhr sie fort. »Die gute Nachricht ist: Mit der Zeit wird alles verheilen.« Sie deutete auf ihren Fuß. »Den Verband muss ich noch etwas länger tragen. Und auch den an meinen Handgelenken.«

Erneut zog Martin den Stuhl heran, aber Sylke klopfte leicht auf ihr Bett. Selbst das ging jetzt mit der verletzten Hand, ohne dass sie vor Schmerzen keuchte.

Martin setzte sich auf die Bettkante. »Gott, bin ich froh, du hast endlich wieder etwas Farbe im Gesicht.«

»Ich habe vorhin mit Emmi telefoniert. Das war schön. Sie wird heute Nacht bei Levi schlafen.« Sylke lächelte. »Levke wollte lieber, dass ich die richtigen Worte finde. Ich kann Emmi nicht anlügen und so tun, als sei nichts. Aber ich habe die Geschichte ziemlich abgemildert. Nur dass du Bescheid weißt.«

»Schon klar.«

Sylke schaute ihn aufmerksam an. »Was hast du denn heute gemacht? Gibt es etwas Neues von Trevor?«

»Er ist vor zehn Tagen nach Deutschland eingereist, das konnten wir feststellen. Wie lange er schon auf Fehmarn ist, wissen wir nicht.«

Nachdenklich wiegte Sylke den Kopf. »Ich habe Schritte an unserem Hausboot gehört und Schatten gesehen. Vielleicht war er das. Trevor. Er musste Nele schon einige Zeit beobachtet haben.«

»Das kann gut sein. Er wird nicht weit kommen. Der Grenzschutz ist informiert, die Briten auch.« Er nickte bekräftigend. »Ich habe eben außerdem länger mit Nele Schmidt gesprochen. Ihr geht es so weit gut, sie kann schon heute entlassen werden.«

»Das freut mich.« Und das war die Wahrheit. Eigentlich hätte sie sauer sein sollen auf die Frau, die sich für eine andere ausgegeben hatte, um ihre Aufmerksamkeit zu erlangen. Aber sie hatte die Verzweiflung in Neles Augen gesehen und den Wunsch, Jo endlich dahin zu bringen, wo er hingehörte: ins Gefängnis. Nun, das würde klappen. Denn jetzt kam noch eine Zeugin hinzu. Schriftlich.

»Ich versteh bloß nicht, warum sie an dem Abend, als sie ins Wasser gefallen war, wieder weggelaufen ist.« Sylke konzentrierte sich wieder auf Nele. Sie hatte lange über alles nachgedacht. Das allerdings machte für sie immer noch keinen Sinn.

»Ihr habt doch den Rettungswagen gerufen«, erklärte der Kommissar. »Sie hat mir gesagt, dass sie mit einem der Sanitäter gut bekannt ist. Sie hatte Angst, dass er sie erkennt und alles auffliegt. Ihr Sturz in die kalte Ostsee war ja nicht geplant gewesen.«

Sylke runzelte die Stirn. »Oh, das macht Sinn. Und wisst ihr schon, woher Trevor Zugang zu dem Boot hatte?«

»Wir vermuten, dass er Olaf Bährenkamp, den Bootseigentümer, zufällig kennengelernt hat.«

»Ist der groß und dünn, mit schwarzen dichten Haaren und schmalem Gesicht?«

»Woher weißt du das?« Erstaunt sah Martin sie an.

»Weißt du noch, die beiden falschen Polizisten? Einer von denen war Trevor, das habe ich jetzt begriffen. Und der andere könnte Bährenkamp gewesen sein. Ich kann mir nicht vorstellen, dass ein Typ wie Trevor gleich so viele gute Freunde findet.«

»Meine Kollegen reden noch mit ihm. Ich werde ihnen das durchgeben. Wahrscheinlich hat Trevor ihm Geld geboten, damit er sein Spiel mitspielt, oder er hat ihn unter Druck gesetzt. Fest steht, der gute Mann ist nicht gerade mit Intelligenz gesegnet.«

»Ja, im Druck ausüben war Trevor gut.« Sylke schauderte.

Martin griff erneut nach ihrer Hand, ganz vorsichtig diesmal. »Ich bin so unglaublich froh, dass es dir besser geht«.

»Ich auch.« Zaghaft bewegte Sylke ihre Finger, schloss sie um seine.

»Ich habe auch mit dem Rechtsmediziner gesprochen.« Mit seinem Daumen streichelte Martin über Sylkes Hand. »Er hat die Leiche aus den Dünen schon untersucht und mir einen vorläufigen Bericht gegeben.« Er zuckte leicht mit den Schultern. »Es handelt sich tatsächlich um eine Frau, und es sieht ganz so aus, als sei sie eines natürlichen Todes gestorben. Ein

Riss in der Aorta. Das muss alles ziemlich schnell gegangen sein.«

»Oh.«

»Merkwürdig, oder? Aber irgendjemand muss sie doch verbrannt und in den Dünen vergraben haben.«

Sylke atmete tief ein. Sie griff mit der linken Hand zur Schublade und holte den Collegeblock heraus. »Das hier hat Sarah mir gegeben«, sagte sie. »Ich glaube, du solltest es lesen.«

Verwundert schlug Martin den Block auf und schaute stirnrunzelnd auf die vollgeschriebenen Seiten. »Was ist das?«

»Du musst es selbst lesen. Dann wirst du alles verstehen.«

»Ich ...« Martin wurde unterbrochen, denn die Tür öffnete sich und die Ärztin kam herein. »Schon wieder Sie«, sagte sie mit einem strengen Blick. »Die Ermittlungen müssen warten. Frau Harmsen wird jetzt schlafen.«

»Jawohl.« Sylke grinste. »Aber morgen möchte ich nach Hause.«

»Nur wenn Sie sich dort auch wirklich ausruhen und sich jemand um Sie kümmert.« Sie hielt Sylke ein Fieberthermometer vor die Stirn.

»Ich kann dich morgen früh abholen.« Martin war aufgestanden, den Collegeblock fest in der Hand, und schaute Sylke an. »Ich bringe dich nach Hause und mache dir Frühstück. Was meinst du?«

Erstaunt blickte die Ärztin auf.

»Ich meine, das ist grandios. Kauf viele Brötchen ein.« Sylke lächelte über das ganze Gesicht. »Ich habe jetzt schon einen Bärenhunger.«

Epilog

Ich habe mir eben ein Notizbuch gekauft. Ein richtig schönes, der Einband ist bunt und glänzt. Ganz anders als der mickrige Collegeblock. Ein paar Seiten auf einem Notizblock, den mir ein Kellner am Flughafen überlassen hat, habe ich noch im Flieger geschrieben. Die Geschichte zu Ende gebracht. Ich werde die Blätter stellvertretend für den ganzen Block verbrennen. Denn alles, was war, soll hier nicht mehr sein. Diese Geschichte ist auserzählt.

Nun beginnt eine neue.

Jetzt sitze ich am Strand. Der Sand an meinen nackten Beinen ist warm, das Meer glitzert in der Sonne. Ich habe den Herbst noch nie gemocht. Hier ist es auch im November heiß. Meine Haut ist braun, fast so braun wie im Sommer. Ich strecke meinen Arm aus und betrachte ihn. Ich sehe sie noch immer. Neben mir. Isabels Arm neben meinem, sonnenwarm. Gott, ich vermisse sie. Aber immer, wenn ich meinen Namen sage – ihren Namen – ist sie bei mir. Ganz nah.

Vermutlich hat Sylke der Polizei alles erzählt. Wenn sie den klein zusammengefalteten Zettel gefunden hat. Dann wissen sie, was ich gemacht habe. Aber Isabel war schon tot. Natürlich weiß ich, dass es nicht richtig war, Isabel zu verbrennen. Aber die Polizei wird deswegen nicht nach mir fahnden, nicht bis nach Mexiko, da bin ich mir ziemlich sicher. Und merkwürdigerweise ist Identitätsdiebstahl in Deutschland überhaupt nicht strafbar. Völlig verrückt, wie so vieles im Leben. Aber ich sehe mich auch nicht als Diebin. Isabel ist gestorben und hat mir gewissermaßen alles hinterlassen. Sogar ihren Namen. Ich bin mir sicher, dass ihr das nichts ausmacht. Vielleicht findet sie es sogar schön, dass sie so irgendwie weiterlebt.

Jetzt werde ich jeden Tag an sie denken, jeden verdammten Tag. Immer, wenn die Sonne auf mich scheint. Und nachts, wenn ich in den Himmel schaue.

Ich hoffe, du sitzt da oben auf dem Polarstern, Isabel. Der leuchtet heller als alle anderen in seinem Sternbild. Der ist für dich gemacht.

Vor mir im Sand liegt eine junge Frau. Sie liest in einem Buch. Ab und zu wirft sie ihre langen Haare zurück und lacht hell auf. Irgendwann möchte ich auch einmal so lachen können.

Ich habe einen Job bekommen. In einem kleinen Restaurant hier in der Bucht. Der dicke Mexikaner mit den goldenen Zähnen wollte meinen Pass noch nicht einmal sehen. Auch dass mein Spanisch katastrophal ist, stört ihn nicht. »Immer nur lächeln«, ruft er mir zu und grinst. Die Leute sind fröhlich und gut gelaunt. Sie geben viel Trinkgeld.

Gestern habe ich eine Werbung gesehen, für eine Tauchschule hier um die Ecke. Tauchen. Schwerelos im Wasser schweben, in einer ganz anderen Welt. Das muss so schön sein, dass man es nicht sagen kann. Deshalb werde ich auf einen Tauchkurs sparen. Wer weiß. Wenn es mir gefällt, kann ich weitermachen. Tauchlehrerin werden. Warum auch nicht? Alles ist möglich.

Die Frau vor mir lacht wieder. Sie sieht nett aus. Ihre weißen Zähne blitzen in der Sonne. Ich glaube, ich gehe einmal rüber, frage sie, was sie da liest.

Das muss ein verdammt gutes Buch sein.

Von derselben Autorin

Meike Messal, Düsterstrand
Fehmarn-Krimi
ISBN 978-3-95475-205-8

Verschwunden auf Fehmarn

Das Abitur hat sie glänzend bestanden, ein neues Leben wird für sie beginnen: raus aus Hamburg, Studium, neue Freunde. Doch kann man in die Zukunft schauen, wenn man mit der Vergangenheit nicht abgeschlossen hat?
Erinnerungen plagen Laura. Ihre Eltern sind bei einem Unfall ums Leben gekommen. Jetzt fehlen sie ihr. Genauso wie ihr Bruder, der beim gemeinsamen Urlaub auf Fehmarn verschwunden ist. Spurlos. Einfach aus Lauras Leben herausgerissen.
Laura reist auf die Insel. Vielleicht kann sie doch eine Spur von ihrem Bruder finden? Ein sehr gefährliches Vorhaben ...

Von derselben Autorin

Meike Messal, Klippenfall
Fehmarn-Krimi
ISBN 978-3-95475-228-7

Entführt auf Fehmarn

Komm schnell. Jemand ist hinter mir her. – Als Sylke Harmsen diese SMS von ihrer Tochter bekommt, glaubt sie zuerst an einen Scherz. Wer sollte Emilie an der Steilküste Fehmarns verfolgen? Und warum? Ganz sicher läuft da nur ein harmloser Jogger zufällig in dieselbe Richtung.
Doch sie folgt der Bitte ihrer Tochter und eilt zum Katharinenhof. Kurz darauf findet Sylke sich mitten in einem Albtraum wieder. Sie muss um alles kämpfen, was ihr lieb und teuer ist. Ihr Gegner treibt ein diabolisches Spiel mit ihr, schreckt vor keinem Mittel zurück.

Von derselben Autorin

Meike Messal, Nachtfahrt ins Grauen
Minden Krimi
232 Seiten, Paperbac, ISBN 978-3-95475-123-5

Im Wald bei Häverstädt wird eine grauenhaft zugerichtete Leiche gefunden. Das Opfer, eine junge Rechtsanwältin, war an einen Baum gebunden und dann mehrmals mit einem Auto angefahren worden. Kurz darauf wird eine weitere junge Frau auf dieselbe Art umgebracht. Geht in Minden ein Psychopath um?
Die Mindener Kommissarin Marlene Borchert und ihr Team erhalten Unterstützung von einer Gruppe Bielefelder Kollegen unter der Führung von Benno Erdmann. Gemeinsam arbeiten sie mit Hochdruck an der Aufklärung der Morde. Marlene und Benno waren einmal ein Paar, aber das stört ihre Ermittlungen nicht, bis Marlene den Mörder im Alleingang stellt und von ihrer eigenen Vergangenheit eingeholt wird ...

Von derselben Autorin

Meike Messal, Atemlose Stille
Minden Krimi
282 Seiten, Paperback, ISBN 978-3-95475-164-8

Wie lange kannst du die Luft anhalten?
Eine Minute, sogar zwei? Das wird nicht reichen ...
Luft! – Verzweifelt hämmerte er mit den Fäusten an die Scheibe. Seine Augen waren weit aufgerissen und schmerzten. Er hatte das Gefühl, der Druck würde sie aus den Höhlen sprengen. Aber noch mehr brannte seine Lunge. Er brauchte Luft!
An der Schiffsmühle in Minden treibt ein toter Mann auf der Weser. Doch schnell stellt sich heraus, dass er nicht in dem Fluss ertrank. Für die Mindener Kommissarin Marlene Borchert und ihren Kollegen Benno Erdmann aus Bielefeld beginnt quer durch OWL ein Wettlauf gegen die Zeit, der sie bis an die Abgründe der menschlichen Seele führt.